不負相思

3

完

風文創 380

藍嵐 著

目錄

第六十章

沈寄柔乖巧可愛，誰看到誰都喜歡，皇太后便是因為這樣，對自己女兒產生了好感，幾次接到宮裡去陪公主，後來雖不曾明說，作為父母，也大約知道了皇太后的意思。捫心自問，當時沈夫人還有些不捨得。皇家無情，且沈寄柔嫁給穆戎多半要去衡陽的，只是他們又有何選擇？皇太后一句話，怎麼都得嫁的。

誰料到，中秋節就出了事！

沈夫人慢慢回想，那衛鈴蘭好似是八年前便常來他們家玩的，她知書達禮，生得好，而自家女兒雖然也不錯，可相比起來還是差了一截。衛鈴蘭真是好得挑不出毛病，沈夫人心想，便是她那麼大的時候，恐怕也沒有衛鈴蘭如此八面玲瓏。

她一直都想，女兒有個這樣的朋友很好，因沈寄柔天真單純，而衛鈴蘭恰恰是成熟懂事，像沈寄柔的姊姊，能照顧她……

沈夫人越想越是心驚，手不由自主地握成了拳頭。

節前，衛鈴蘭來家中作客，她是聽到二人對話的，只是當時不曾在意。記得女兒問衛鈴蘭中秋節如何過，衛鈴蘭說今年較冷清，她那傻女兒立時就叫衛鈴蘭來家裡玩。

可如何冷清，衛鈴蘭提都沒有提。

到了中秋，正當要拜月，又是衛鈴蘭提起小時候放河燈的事情，傻女兒急忙呼應說要去放，衛鈴蘭又說姑娘家不應當去，可沈寄柔起了興頭，定是要去……

沈夫人呼出一口氣。所以她從來不曾懷疑過衛鈴蘭。她總是掌握了說話的技巧，引著女兒達成她的目的，而她反倒常常成了勸阻的那一個。說到底，還是寄柔傻，被衛鈴蘭摸得透透澈澈的！

今日要不是姜蕙這般陰陽怪氣地說衛鈴蘭，自己亦不會懷疑。可見這衛鈴蘭與穆戎是有些不三不四，所以姜蕙私底下很討厭她，不然何至於要這麼說救了自己相公的人？若衛鈴蘭對穆戎無意，一個姑娘家又哪裡有這等勇氣迎著箭上去呢？且還那麼巧，可見一早便跟在後面。

姜蕙瞧見沈夫人緊緊抿著嘴，臉色難看，便知她已然明白自己的意思，當下微微笑了笑，端起桌上的茶喝。以沈夫人的本事，要衛鈴蘭難堪也不是太難。

梁氏也發現了，詢問道：「可是哪裡不舒服？」

沈夫人鬆開手，面上有些許痛苦之色。「舊疾了，恐是昨日受涼，引得胃疼。」

老太太哎喲一聲。「那得好好歇息了。」

沈夫人抱歉。「教妳們失了興致。」

「身體不好，哪裡擋得住，再讓妳陪著，倒是咱們的不對了。」老太太勸道。「快些叫大夫看看，咱們來一趟也不麻煩的，以後有的是機會呢！身體要緊。」

沈夫人道：「我進去歇歇便罷了，妳們可不能走。」她笑。「今兒都讓廚房準備了好些膳食呢！」

「也罷。」老太太也笑起來。「那咱們繼續坐著玩，四處看看。」
沈夫人吩咐沈寄柔。「妳好好招待。」
沈寄柔應了一聲，又關切道：「娘，您莫要硬撐著呀。」
「沒事，躺會兒就好了。」沈夫人輕撫一下女兒的頭髮，往臥房而去。
她是氣得胃疼！原來當真自己一把年紀，也能被個小姑娘耍弄?!
沈夫人走了，老太太笑著對沈寄柔道：「妳也不用管咱們幾個，一會兒沈夫人還得出來呢，妳陪阿蕙她們去園子裡走一走好了。」
沈寄柔躊躇。「老夫人，那妳們做什麼呢？我怕招待不周。」她小心詢問。「要打葉子牌嗎？我打得不厲害，不過也能玩一玩的。」
胡氏噗哧一聲笑了。「打什麼葉子牌啊，咱們還能贏妳小姑娘的錢？」
「是啊，我跟我這兩個媳婦說啥都行。」老太太知道沈寄柔是怕單獨留她們幾個不好，寬慰道：「妳莫擔心，去玩吧，我們就同在自個兒家一樣，該幹啥幹啥，妳多端些點心來就好。」
「那不行啊！」沈寄柔忙道。「今兒好些好吃的，妳們吃飽了，一會兒就吃不下了。」
眾人聽了都笑起來。
「我叫她們再削些瓜果來，今年西瓜很甜的。」沈寄柔叮囑老太太。「不過年紀大了，吃多了也不好。」
老太太笑著點頭。「好好，就少吃點。」
沈寄柔這才走了。

「這孩子是真單純。」老太太對梁氏道。「娶進門一點也不費神的。」

梁氏自然對這個兒媳婦滿意，微微一笑。「是啊，越瞧越喜歡，已經怕阿辭欺負她了。」

幾個年輕人則往園子裡去。寶兒不見有大人了，牽著沈寄柔的手道：「大嫂啊！」

沈寄柔的臉一下子紅了。「還、還不是呢。」

「反正以後會是的。」她嘻嘻笑。「妳早些嫁進來，咱們晚上一起睡！」

沈寄柔都不知道說什麼了。

姜蕙嘴角抽了抽。「寶兒，別胡說。」

「怎麼胡說了，我如今想找個姊姊睡覺都不成，上回妳好不容易陪我一回，大半夜就不見人了。」寶兒生氣。「阿瓊姊姊又不老實，手腳都壓我身上，差點被她壓死了。」

姜瓊叫道：「誰稀罕跟妳睡！」

寶兒嘟著嘴。

沈寄柔紅著臉輕聲道：「我、我以後下午同妳睡。妳愛睡午覺嗎？」

「好啊！妳莫騙我。」寶兒不逼人太甚，下午也行了，晚上留給哥哥。

姜瓊正與姜蕙說話。「堂姊妳可知道，寧大夫發大財了呢！」

「喔？」姜蕙挑眉。「怎麼？」

「他買大宅子了。」姜瓊嘻嘻笑道：「大伯沒告訴妳呀？我聽說那宅子挺大的，有回寧大夫來咱們府裡給我娘看病，我問他了，他說撿來的。騙鬼呢，那麼多錢撿來的？堂姊妳說，他哪來的錢？」以前都是租地方住，就是在藥鋪當坐堂大夫，也不至於賺那麼快。

姜蕙打了個哈哈。「我怎麼知道，寧大夫可能賺錢有方吧。」

「會不會……」姜瓊眼睛一轉，輕聲道：「妳把錢都給寧大夫管，他是不是私自拿了？」

「胡說，寧大夫哪裡是這種人。」姜蕙被姜瓊的好奇心弄得很無言，只得低聲與她道：「我告訴妳，其實是寧大夫治好了一個身分很高的人，那人賞的，可不能說出來。」

「這麼奇怪！」姜瓊又笑。「其實我也知道寧大夫是好人，倒不知為何他還未娶妻，我瞧他年紀真不小了。」

「還用妳操心。」姜蕙一拍她腦袋。

其中唯獨胡如蘭不說話，姜瓊見了，拿胳膊捅她。「這幾日都怎麼了，整天陰著個臉，誰欠妳錢了？」

「沒有。」胡如蘭悶聲，瞧見沈寄柔那歡喜的樣子，只覺有根刺不停扎著自己的心。

這時節，百花齊放，彩蝶翩飛，正是園子裡最熱鬧的時候，就是有些熱，幾人行走間，丫鬟都跟在旁邊搧風。

胡如蘭好不容易逮到機會，眼見姜蕙幾個在一處說話，她走到沈寄柔身邊輕聲道：「我有話與妳說。」

沈寄柔奇怪。「為何不能在此說？」

「我有些心事……」胡如蘭低垂著頭，很是難過的樣子。「娘娘、阿瓊她們都幫不了我。」看起來楚楚可憐，難怪剛才姜瓊說她這幾日怎麼了，真是有事。

沈寄柔善良，忙道：「好。」

「妳不要告訴她們。」胡如蘭央求。

沈寄柔點點頭，想了想，走過去與姜蕙她們說：「我得了一些書畫，今日妳們來，正好拿出來咱們一起品品。妳們先在此賞花，我與胡姑娘去拿。」

姜瓊奇怪，還未問，那二人已經走了。

要說清靜的地方，便是她住的院子了，沈寄柔同胡如蘭進去，把丫鬟遣了，又關上門，這才柔聲道：「妳是出了什麼事，有我能幫得上忙的？」

她要嫁給姜辭，胡如蘭自然也是她的表妹了，且平日也常來往的，她對胡如蘭並無戒心。

滿臉關懷絕不似假，胡如蘭盯著她看了會兒，忽然冷笑起來。就是憑著這張天真的臉，她才能得了姜辭的心吧？可若她真那麼不懂算計，豈會偷偷告訴姜辭，她喜歡他？不要臉的東西！

她聲音如同尖刀，卻又極低地道：「妳為何要那麼害表哥？因為妳，他以後去翰林院要被多少人恥笑，妳知道嗎？那些人背地裡說他撿、撿破鞋穿！」

這種話她也是第一次說，臉色通紅。

沈寄柔一下子愣住了，腦中轟轟直響。她沒想到胡如蘭會這麼對她。

破鞋……她的眼睛裡一下子蓄滿了淚。「我是清白的，我沒被人碰過……」

胡如蘭臉色猙獰。「可旁人又如何知道？我表哥以後一輩子要被人戳著脊梁骨呢！以後生出孩子，指不定旁人也會笑話，問他這孩子是誰的，妳可想過？妳就知道嫁給他，妳可為他想過？」她看沈寄柔一雙眼眸晶瑩剔透，更是凶狠。「收起妳這嘴臉，我一點也不可憐妳，就算妳是清白的，妳的心也是黑的！勾引表哥，使得他神魂顛倒，也不知妳是不是使了什麼手段，是不是就是那日放河燈，妳這般浪蕩，劫匪才擄了妳去？」

長長的侮辱、控訴，好像刀子一樣一下一下往她心口戳。沈寄柔連著退了好幾步，無法理解胡如蘭為何要說這麼惡毒的話。

她胸口強烈地起伏著，只覺透不過氣來。

「要我是妳，還不如再死一次。」胡如蘭不屑地道。「外面的人都是怎麼說妳，妳難道當真不曾聽說嗎？妳——」

正說著，沈寄柔打斷她。「我不會再死了！」

胡如蘭訝然。

她再一次道：「我不會再死了，不會再如了你們的願！」她眼中還有淚，可是態度堅決，兩隻手握得緊緊地道：「只要姜公子相信我，我就嫁給他。我不管旁人怎麼說，他相信我，他也不會管旁人怎麼說，不然他不會娶我的。而我虧欠他的，我會一輩子來還，假使哪一日他嫌棄我了，我便離開他，我不會後悔。」

胡如蘭驚得眼睛都瞪大了。「妳、妳臉皮真厚！」

沈寄柔道：「為何不該厚一些？我已經死過一回了，我不再怕這些。」她臉上竟然還露出笑。「死了就見不到他了，也見不到娘跟哥哥，和我所有喜歡的人，還有這世上好些漂亮的東西。」她直視著胡如蘭。「所以，不管妳怎麼說，我都不會介意了，我要好好地活下去！」

胡如蘭滿腔的怨恨在腹中，卻無法再化作言詞從口裡出來，她看著沈寄柔，一時找不到一個字說。

倒是沈寄柔，忽地道：「妳是喜歡姜公子吧？」

胡如蘭驚駭。「誰說的？我沒有！」

「妳不喜歡他，就不會這樣了。」沈寄柔嘆了口氣。「我雖然沒那麼聰明，可還不至於看不出來。娘娘、大夫人，她們尚且都不曾嫌棄我，唯有妳……妳從前也與我很好的，不會無端那麼恨我。」

胡如蘭的呼吸急促了起來。她隱藏不了，絕望地道：「他都要娶妳了，我喜歡他又有何用！都是妳，妳竟敢……」

她無法再自欺欺人。她恨沈寄柔，不若說恨自己，要是她也有這個勇氣，或許姜辭會願意娶她？可是她沒有。

她忽地哭起來，捂著臉道：「我從來也不敢說，我、我原本只願他能娶個門當戶對的好妻子……」

沈寄柔聽了心裡難過。「原本我也不敢說的，咱們女子本來也不能說，要不是我經歷這些，誰能逾越呢？」她對胡如蘭剛才的侮辱已經釋然了，她也是個可憐的姑娘。

二人一時都不再說話。

姜瓊活潑好動，一個人尋過來，在外面敲門。「妳們躲在裡面做什麼呢？讓咱們一番好等！」

胡如蘭嚇一跳，連忙擦眼睛。

沈寄柔看她擦好了，方才去開門。

姜瓊四處一看。「書畫呢？」又發現胡如蘭眼睛紅紅的，奇怪道：「怎麼哭了？」

「是我講到不好的事情，把她惹哭的。」沈寄柔一笑。「妳正好來了，咱們一起去挑。」

姜瓊皺了皺眉，說胡如蘭。「表姊這麼大人了，還哭鼻子呢！」

胡如蘭看向沈寄柔，慢慢垂下頭，輕聲道：「誰哭了，只是剛才有蟲子從窗外飛進來，弄到我眼睛裡了。」她一推姜瓊。「走吧、走吧，快些去挑，莫讓娘娘跟寶兒等了。」

三人走出去。

沈寄柔在最前面，胡如蘭在最後面。她看著她的背影，驚訝地發現，心裡的怨恨已經消散了很多。

他們彼此喜歡、彼此相信，她又何必為姜辭抱不平呢？人的命有時候是注定的吧？哪怕她早先認識姜辭，可她這一生早已注定不能成為他的妻子了。

胡如蘭深呼吸了一口氣，抬頭看向藍天。

想她年幼時，不過希望每日能吃到葷腥，等到大一些，不過希望每日能出去玩一玩；再大一些，又希望自己像個富貴人家的千金小姐，到現在，又再希望自己能嫁個好相公……人的貪心真是沒有底。

可回顧曾經，她其實已經過得很好了，又為何非得要樣樣滿足？

胡如蘭自嘲一笑，往前行了。

從沈家回去，已是傍晚。姜蕙清洗一下，換了身家常裙衫出來，見穆戎已到家了，她笑道：

「我哥哥與沈姑娘的事情定了。」

「喔？這是大好事啊。」穆戎摟住她，低頭親了一下。

「沒了？」姜蕙道。「你就一句話？」

「還要本王說什麼？」穆戎想一想。「祝妳哥哥與沈姑娘百年好合？」

姜蕙噗哧一聲。「算了。」

因原先沈寄柔要嫁給穆戎的，可現在許給她哥哥，她以為穆戎會有些什麼想法，結果她猜錯了，他一點也沒往心裡去，還什麼百年好合。不過也是，沈寄柔嫁給哥哥定是比嫁給他好多了。

正想著，她瞥見地上一個紅木箱子，奇道：「這是什麼啊？」

穆戎道：「打開。」

金桂、銀桂忙就去開了蓋子，只見一片珠光寶氣，姜蕙驚訝道：「這麼多珠寶啊！還有金子。」

金子不是金錠，而是些金項圈、金珠冠、金匣子，甚至還有些金貔貅、小金麒麟等瑞獸。

「父皇賞的，上回不是說藏寶圖嗎？這裡是其中的一半。」

可皇上上次說徒有虛名，才一點點東西，這一點點就是這麼多啊？姜蕙蹲下來，拿著裡面的寶石玩。「這祖母綠真夠大的，我下回送給祖母做頭面，她肯定高興。這南珠給我娘，還有這……」她說著一頓。「咱們得了這個，是不是要給皇祖母、母后也送一些去？」

她很公平的。

穆戎道：「早送去了，這些都是妳的，愛怎麼用怎麼用吧。」

又是她的了。姜蕙嘆口氣。「從前見到一顆寶石都會高興半日，如今可沒往日那麼興奮了，也沒意思。」

「得了便宜還賣乖。」穆戎捏她的臉。「那本王以後什麼都不給妳。」

她哎喲一聲喊疼。「那殿下送給誰呀？」

「給誰還不容易，本王再弄幾個女人回來，給她們分分，還有妳的事情？」穆戎隨口一說。

姜蕙愣住了，眉頭皺了一皺，本來手裡拿著的寶石也落回箱裡。

穆戎瞅她一眼。

她眉梢微揚。「那倒是，往後這府裡可擠呢，是不是東西跨院得提早修葺一下啊？省得到時候忙不過來。」顯得多開明似的，不知道語氣裡透著酸。

穆戎道：「妳生氣了？」

「生氣什麼？」姜蕙橫他一眼，吩咐金桂。「叫人抬到庫房去，記在我冊子上。」又淡淡道：「現在能撈一些是一些吧，往後指不定連一顆寶石都得不到呢。」

就他那性子，還指望他一輩子對著她一個？不可能。

「擺飯吧。」她坐下來。

穆戎好笑。這還沒納妾，她就生氣了，擺著正房太太的譜，想學他母后。可她學得了嗎？

穆戎一扯她胳膊。「剛才不過說笑，妳拉什麼臉？本王真要納妾，還跟妳說這個，直接弄回來了，妳信不信？」

姜蕙噘起嘴。「信，你什麼做不出來？」

「那妳還生氣？」

「我沒氣。」姜蕙道。「肚子餓了不該吃飯？」

眼觀鼻，鼻觀心，坐得直挺。

穆戎越發好笑，又挺高興，她生氣自然是因為吃味，可見還是在乎他的；不過話又說回來，哪個女人為此能不生氣呢，只是有些掩飾得好，有些掩飾得不好罷了，她到底是在乎自己這個人，還是在乎別的，難說。

穆戎唔了一聲。「吃飯。」

兩人各有心思，很安靜地吃了頓飯。

姜辭與沈寄柔的喜事後來定在九月十六，離此時也只有兩個月。過了幾日，姜蕙剛睡了個午覺起來，便聽見金桂的聲音。「娘娘，又出事了，衛姑娘去沈家作客，路上被劫匪抓走了！」

第六十一章

姜蕙精神一振。「是嗎?妳怎知?」

「娘娘,滿城都在傳呢!」金桂道。「今兒出去的人都聽到了,回來一說,奴婢自然也知道了。」

姜蕙忍不住就笑起來。她尋常一笑,千嬌百媚,這回卻透著一股陰寒。

金桂常跟在身後,姜蕙與衛鈴蘭有仇怨,她自是清楚,故而心知主子是在幸災樂禍,又道:「已派人到處找了,不過現在仍沒消息,順天府、兵馬司都派出了人。」

姜蕙問:「妳可知隔多久了?」

「好似有一個多時辰。」金桂心想,上回沈姑娘為此名譽受損,只怕這回衛姑娘也是在劫難逃……她忽地嘆口氣。「京都也真是危險,娘娘以後出門得更小心呢。」

姜蕙笑了笑。這跟小心有何關係?一個人處心積慮要對付妳時,總是防不勝防,尤其是還沒開始防備的時候。

衛鈴蘭大概也沒想到沈夫人對她起了疑心吧?她把沈寄柔害成那樣,每回去沈家,那裡的人都好心招待,她把沈家人玩弄於股掌,連沈夫人都不曾放在眼裡,自作聰明,以為誰都不知她的真面目,如今可算是惡有惡報。

姜蕙心情大好,叫她們把針線籠拿來。

她又開始做鞋子了。只是插了一針下去，問金桂。「這鞋我是要繡什麼花樣來著？」

金桂暗地裡嘴角一抽。隔得時間太久了，她都忘了，忙問銀桂。「妳還記得？」

銀桂想一想。「男兒的鞋也沒什麼花樣，奴婢記得娘娘好似說在兩邊繡些瑞草。」

「喔。」姜蕙想起來了。

等穆戎回來，她把鞋子放下，要迎上去。

「妳繼續做。」他露出笑容。

瞧他心情不錯，姜蕙問：「在衙門遇到好事了？」

「衙門能有什麼好事，本王難道還能升官不成？」穆戎挑一挑眉，走過來，眼睛卻看著鞋子。「這給誰的？」

明知故問，這麼大的鞋子還能給誰？不過姜蕙也懶得逗他，笑道：「做給殿下的。」

穆戎一聽，笑容更深了，但轉念一想，她嫁給他也有小半年了，可至今為止連一雙鞋都還沒做完，他有什麼好高興的？他記得大哥娶了太子妃，太子妃不知道做了多少東西，便是他這個弟弟，都沾了光，雖然他不稀罕。

可他這王妃……

穆戎又不太喜歡了，板起臉來。

姜蕙見他陰晴不定的，不想惹他，問道：「殿下要吃飯嗎？」

「還不餓。」他語氣淡淡。

看他坐著又不走，姜蕙閒說幾句，繡了一陣子，瑞草終於繡好了，她拿剪刀把線一剪，笑道：「殿下試試？」

穆戎想試不想試的，不願意再教自己表現得高興。

姜蕙總算摸清一點他的性子了。她蹲下來，給他脫了鞋子，把做好的鞋子幫他穿上。

也不知是不是新布的原因，他只覺腳底一涼，在炎熱之日特別教人舒服。他忍不住站起來，在屋裡走了一會兒。這鞋子底很軟，像是縫了好幾層，不大不小，十分合他的腳。

他從屋子東頭走到西頭，才又折回來。

姜蕙問道：「舒服嗎？假使哪裡大了或小了，我再重做一雙。」

穆戎淡淡道：「挺好。」

這語氣怪讓人不高興的，姜蕙撇撇嘴。「看來是不好了，殿下脫下來，我再重新做，這鞋子就給我哥哥吧！我瞧著，殿下跟哥哥的腳恐怕也差不多大。」

她蹲下來，要拿鞋子。

穆戎皺眉。「不是說挺好嗎？要是妳覺得自個兒做得不夠好，再給本王做一雙。」

「那這雙還我。」姜蕙伸手。

穆戎一巴掌朝她掌心拍下去，怒道：「還什麼？做一雙鞋幾個月，等妳再做好，都明年了，本王穿什麼？」

姜蕙抬起眼睛看他。「敢情您就一雙鞋啊？」

旁邊的金桂、銀桂忍俊不禁。

穆戎臉有些紅。「怎麼說話的？」

「是你自己說沒鞋穿了。」姜蕙道。「難道我耳朵不好？」

穆戎氣得叫兩個丫鬟出去。

眼見他逼近過來，姜蕙退到書案旁，也無處可逃，不由皺眉道：「都要吃飯了，別鬧了，這鞋我不要行了吧？」

穆戎沒理她，等抓到她後抱著就往床上扔。

耽擱了一頓晚飯，直到天黑才消停，姜蕙累得不想動，趴在床上，覺得渾身散了架，只是肚子又餓，忍著起來穿衣服。穆戎看過去，她一頭烏髮垂到腰間，好像光滑的綢緞，想到她剛才死死握住自己胳膊的樣子，他嘴角露出笑，知道她快活了，可是怎麼就急著走？她哪回不得偎著自己休息會兒呢？

「妳幹麼去？」他問。

姜蕙道：「給你做鞋子去！」

穆戎嘴角一抽，把她拽了回來。「還在胡說，信不信本王——」

「算了，多給你做兩雙好不？」姜蕙哄孩子一般道：「咱們不提鞋子了，我以後給你多做幾雙。」

不就為這個嘛，把她往死裡折騰。

穆戎放開她。「是妳不知道早些討好本王。」

「你也沒說喜歡啊。」姜蕙忽地嘆口氣。「我從來也不知道你喜歡什麼。」

屋裡暗了，只有月光流淌著，她的神情很是黯淡。

穆戎微微怔了怔。

「給你做多了，又怕你膩了。」姜蕙聲音很輕柔，像囈語般道：「假使膩了又怎麼辦？我還不如少給你做一些。」

簡簡單單的一句話，卻教他的心忽地有些難受。

他想起幼時一件事。母后原也是在給父皇做鞋子，那日，父皇本是要來同她一起用膳的，可後來不知怎的，去了一個妃子那裡，母后聽見後就把鞋子放下。他還記得她說的話。

「做了又如何，只怕他穿時都不記得是誰做的了。」

他後來再沒看見母后做這些事。

他上次還想，她學不了母后。可現在，他突然覺得她身上已經有母后的影子了。她會有一日，從這樣討人喜歡、千嬌百媚的樣子變成母后那樣嗎？

穆戎心頭一陣發涼。不是說他不喜歡母后，他敬佩母后，可他喜歡的人卻絕不能像母后那樣，好像這世間所有婦人的楷模，挑不出絲毫的錯處，有一日，興許還會變成皇祖母那樣，教人不願意親近。

他把手伸出去，握住她的。「誰說我會膩了，只要妳做，我就不膩。」

聽到他溫柔的聲音，姜蕙睜大了眼眸。

這樣的話，居然從他口裡說出來。她驚訝地看向他，眸中像是有霧氣。「可你說的也只有現在，往後呢？」她想起沈寄柔的結局，忍不住道：「我要黏著你，你總有一日會嫌棄我的。」

他皺起眉頭。「誰說的？妳聽誰說的？」

「我猜的。」她噘噘嘴。「殿下看起來就是這類人，我可不敢。」

他氣得笑了。就因為這，所以她才不願意全心全意地喜歡他？做個鞋子，還吝嗇得不願意多做一些，別說黏著他了。想想除了床上，她願意靠著自己，平日還真是很少來打攪他。

可他怎麼會嫌棄她呢？他巴不得……

穆戎嚴肅地糾正她的錯誤。「妳猜錯了，往後改一改。」

姜蕙歪著頭打量他。「真的不嫌棄？」

「不。」

「萬一你誆我呢。」她道。「人總是變來變去的。」

「君子一言！」他說著惱火了。「妳敢不信本王？」抬手就要來抓她。

她忙一迭連聲地道：「好、好，我信了。」又添一句。「我明兒給你做雙羅襪？」

孺子可教也。穆戎穿衣下床。「餓了，去吃飯。」

見他高大的身影往門口走去，姜蕙微微笑起來。他說不嫌棄，那她倒真要試試呢，反正嫁給他，橫豎是逃不了的，看他到底說的是不是真心話，假使他露出嫌棄的意思，她以後再不會把他的話當真。

她從床上下來，二人並排坐著吃飯。

姜蕙吃了會兒，忽然給穆戎挾了一筷子雞樅。這東西是滇南來的，極為鮮美，尋常人家絕對吃不到。

穆戎怔了一怔。布菜的丫鬟，動作也是一緩。

姜蕙淡定地道：「挺好吃的，殿下多吃點。」不是要黏人嗎？

穆戎笑起來，也給她挾了一筷子。「今日雞脯不錯。」

兩人一頓飯，互相挾了數次，算是打破平日的習慣了。

姜蕙此時才來得及說衛鈴蘭的事情。「殿下可知道？」

「自然。」穆戎道。「鬧得很大，我看是有心人做的。」

當真細心！姜蕙詢問：「殿下如何察覺？」

「妳可記得沈姑娘的事情？當初她被人劫持，也是鬧得滿城風雨，可至少過了一晚上旁人才知；而衛姑娘一出事，不過半個時辰，大街小巷的人全都知道了，衛家想攔都攔不住。」

姜蕙目光在他臉上打了個轉。「那殿下會插手此事嗎？」

「干本王何事？」穆戎很是無情。「想必是衛姑娘自己得罪人。」

「原本也是她的報應，當初沈姑娘便是她害的。」她對衛鈴蘭就更是無情了。

二人正說著話的時候，衛鈴蘭被人找到了。

城中謠言傳得更盛。有人說看到她衣服都沒穿好，有人說看到地上還有血。見到她白皙的皮膚，調笑之言從那些猥瑣男人的嘴裡說出來，更是加油添醋，因為衛鈴蘭在京都一向有美名，第一美人，又是才女，多少男人心嚮往之，如今落到地上，自有人搶著去踐踏。

衛夫人聽到這消息的時候，渾身顫抖，急著問：「人在哪兒啊？怎麼沒有帶回來？」

衛老爺道：「在沈家，就在他們後面一條巷子發現的，沈夫人一片好心，看鈴蘭傷得重，就先接到家裡，請了大夫看——」

他還沒有說完，衛夫人已經叫起來。「這等時候，怎麼能放在別人家裡！沈家還那麼多人，人多口雜，萬一哪個知道一點什麼傳出去，鈴蘭還怎麼活？走，咱們快去沈家，把鈴蘭接回來，她……」她失聲大哭。「不知道怕成什麼樣了，這孩子怎麼那麼命苦呢！」

衛老爺忙扶著她往外走，心裡卻是一片蒼涼。如今還有什麼辦法，就是沈家不救她，直接回府邸，外面也一樣傳，已經阻止不了了……以後這女兒，恐怕連家裡都不能再留。

衛老爺嘆息一聲。捧在手心裡長大的姑娘竟遇到這種事，真應該早些把她嫁了出去的！

二人急匆匆坐上馬車。

衛鈴蘭躺在床上，只覺渾身都在發疼。剛才夢裡，有個人戴著猙獰的面具走到她面前，脫了她的衣裳，什麼話也不說就把她壓在下面，她嚇得只知道哭，身子疼得好像有根燒紅的棍子不停在捅著自己。

也不知道怎麼就作這樣的夢，她從來不曾這樣恐懼、無助過，她慢慢睜開眼睛。

只見幔帳是天青色，上頭繡著雲紋，看起來有些老氣。

她叫道：「素英、素英，妳怎麼把幔帳換了？」

「衛姑娘。」耳邊一個有些熟悉的聲音響起。

衛鈴蘭側頭一看，不知何時床邊竟然坐著沈夫人。

「沈夫人？」她驚訝。「怎麼在我家裡呢？」

沈夫人看著她清瘦的臉，溫柔道：「這是在沈家啊，衛姑娘，妳不記得了？」

衛鈴蘭奇怪，想要掙扎著起來，可一抬起身子，到處都很疼。沈夫人忙扶住她，叫她別動，說她傷到了。她四處看一眼，果然這地方不是她的閨房，難道真在沈家?可她怎麼來沈家了?

「沈夫人，快些叫我娘來接我。」她央求道。「我好像病了。」

「不是病了。」沈夫人寬慰道：「妳是受傷了。妳今兒本是來我家作客的，還記得嗎？後來也不知怎麼回事，竟然被劫匪抓走了，過了三、四個時辰才找到妳呢！妳瞧瞧，如今天都黑了，妳來時，天還亮著吧？」

聽到「劫匪」兩個字，衛鈴蘭渾身一抖。「胡說！什麼劫匪？」

「妳不知道什麼是劫匪？」沈夫人微微一笑。「妳以前不是還請過劫匪嗎?把我的寄柔抓了去。」

「什麼?!」衛鈴蘭尖叫起來。「妳說什麼！我聽不懂！」

沈夫人一把掀開她的被子。「妳瞧瞧，妳被救回來時便是這個樣子，我還未來得及給妳換衣服，妳自個兒瞧瞧。這兒破了、那兒也破了，破的地方還不少呢。」她拉起一處裙邊。「這兒還有血，妳哪兒流血了？」

衛鈴蘭順著她說的看過去。今兒她穿了身杏紅色的襦裙，衣襟上繡著玉蘭花，十分素雅的，可現在有好些污跡，衣襟壞了，腰帶也沒了，再往裡看，抹胸都歪了，露出半個胸脯。

她再看那處血，不知何時早凝固了，暗紅的一灘，她急著四處找傷口，可沒有，一點傷口都沒有。她的身子忽然抖得厲害，越來越抖，像是風中的落葉一般。

原來那不是夢，那是真的……

她好不容易手好了，沈家請她去作客，她想著許久不曾出門，正好散散心，又聽說沈寄柔竟然要嫁給姜辭，正覺有趣呢，誰想到路上馬兒瘋了般衝出去，衝到一條小巷子，沒等她回神，就有人上來把她弄暈了……她不敢再回想。

「可記起來了？」沈夫人的聲音溫和可親。「衛姑娘，妳今兒總算能明白一個道理……妳害了人，總有一日，妳也跑不了。」

「是妳！」衛鈴蘭驚恐地瞪著沈夫人。「妳派人抓了我？」

她的樣子害怕極了，臉色白得連一絲血色也沒有。

那日，自己女兒也是這般吧？自己最疼的女兒，一輩子想保護好的女兒，差點就這麼毀了！

沈夫人收斂了笑意，一個巴掌就搧了上去，厲聲道：「是我又如何？妳當日如何害寄柔，今日也有回報了！小賤人，真當我沈家無人，任妳欺負？」

搧得極重，她臉上立時多了紅色的巴掌印。

衛鈴蘭捂住臉，不可置信，抖聲道：「誰說是我害的？妳、妳可有證據？」

「我何須證據？不是妳，也沒有旁人了。」沈夫人不與她說廢話。「我如今也解了恨，只瞧著妳下半輩子怎麼過吧。」

衛鈴蘭的臉色又一下子鐵青。沈寄柔至少還是完璧之身，可她呢？她的貞潔都沒有了！

她恨得想爬起來，往沈夫人撲去。沈夫人往後一讓，嘲笑地看著她，好像看巷子裡的垃圾。

衛老爺、衛夫人趕來了。

衛夫人一見衛鈴蘭的樣子，立時就嚎啕大哭，抱著衛鈴蘭直叫道：「我的兒啊，妳怎這麼命苦？蒼天啊，不長眼睛，到底是哪個殺千刀的──」

「娘，是她做的！」衛鈴蘭指著沈夫人叫起來。「娘，是她派人抓我的！爹，你快把她抓起來送到衙門去，是她啊！」

衛夫人聽到她說這些，更著急了。「鈴蘭，妳可是糊塗了？」

沈家、衛家素有交情，沈夫人豈會做這種事？她也沒有理由做。

衛老爺長嘆一聲。「快些帶鈴蘭回去，最好能請了太醫看看。」又朝沈夫人道：「多謝夫人了，也打攪了。」

見父母對沈夫人那麼客氣，衛鈴蘭雙眼噴火，大聲控訴道：「娘，別被她騙了，就是她害我的！她說是我害了沈姑娘，可我怎麼害沈姑娘？她為報仇，所以才做了這麼惡毒的事情！」

那更是無稽之談，一來這事都過去很久了，沈寄柔此番也尋到了好人家，沈夫人只顧著高興呢！二來無憑無據的，沈夫人又是這等身分，怎麼可能會對付她一個姑娘家？

衛夫人柔聲道：「鈴蘭，咱們先回去。」

沈夫人也道：「怕是受到太大的驚嚇了。唉，也是我，不該請了她來作客的，想著她與寄柔從小長大，如今寄柔要嫁人，怕以後不能常見面，才請了她來。」

她語氣裡滿是抱歉。

可衛夫人也不好真為這個怪她，那是在街道上，便是衛夫人不請，難道自家女兒就不出門了？衛夫人只搖頭。

沈夫人忙叫人扶著衛鈴蘭出去，又親手給她披了件披風。

衛夫人此時才瞧見衛鈴蘭裙衫上的血，心裡頭咯噔一聲，險些暈倒，勉強撐著，手握住女兒的胳膊。「回到家就好了，看過大夫，好好歇息一陣子。」

衛鈴蘭大哭，臨到門口，回過頭滿是痛恨地看了沈夫人一眼。

沈夫人笑了笑。「衛姑娘要保重啊，咱們寄柔很擔心妳。」

衛鈴蘭咬碎了銀牙。

她踉蹌著與父親、母親走了。

不知何時，城裡又出了旁的謠言，說衛鈴蘭是遭了報應，當初沈姑娘就是她害的，所以她這回也得了一樣的結果。當然很多人都不信，可那日沈寄柔出事，衛鈴蘭確實在她身邊……端看旁人怎麼想了。

至於沈夫人，她也不怕衛家懷疑。為了給女兒報仇，便是與衛家為敵，她也在所不惜。

過了一陣子，衛鈴蘭搬去了城外的莊子裡養傷。

這日，她將將睡著，脖頸處一疼，繼而氣都透不過來了，差點要被活活扼死，她勉強睜開眼睛，藉著月光，看到一張既痛苦又猙獰的臉。

第六十二章

她費盡力氣才能發出些聲音。「殿下……」

清瘦的臉楚楚可憐，一雙明眸落下淚來。太子心頭一震，微微鬆開些手。

衛鈴蘭哽咽道：「沒想到殿下會來看我……如今他們都唾棄我，便是我父親母親都不能留我於家中……殿下剛才是想殺我嗎？便殺了我好了，我活在世上也沒有什麼意思，只是辜負了殿下……」

「妳還想騙我？」太子大吼一聲，眼睛發紅地瞪著她，聲音低啞地道：「什麼辜負我？妳、妳原來也喜歡三弟，甚至不惜……可妳在我面前卻裝得那麼單純，只有我像傻子，偷偷喜歡妳，甚至想違背皇祖母……妳對得起我嗎？」

衛鈴蘭淒然一笑。「原來殿下也聽信了那些謠言，在殿下心中，我真就是這種人？也罷，那你殺了我吧。」她坐起來，仰起脖子。

太子對著她，想到那幾年自己的心意，卻又下不了手了。

衛鈴蘭看他沒有動靜，幽幽嘆了口氣。「殿下冷靜下來想一想，便知我的心。假使我喜歡三殿下，還需要耽誤至此嗎？皇祖母那麼疼我，只消我一早去求一求，皇祖母自然會答應。」她說著眼睛紅了。「如今皇祖母心裡怪我，還是因為殿下呢。」

太子怔了怔。這倒是實話，因皇太后確實很喜歡衛鈴蘭，之前就總愛讓她入宮，待她如同親孫女一般。後來她受傷在宮中休養，是自己唐突，惹惱了皇太后，結果卻連累了她。

太子無言以對。

衛鈴蘭看他垂頭的樣子，面上露出些不屑。

比起穆戎，他當真是蠢，到現在也不知道皇太后的心思！皇太后豈會願意把她嫁給穆戎？可今兒，她卻能利用這一點來說服太子。她往後靠了靠，輕聲道：「只能說我命苦，沈夫人懷疑我害了寄柔，不但派人對付我，還四處散播謠言，我一個弱女子又能奈何？我也認命了，如今便在這莊子住一輩子吧。今日殿下肯過來一見，更是沒有遺憾了。」

一席話說得太子心都疼起來。

以她的樣貌才華，要嫁給穆戎又有何難？可見她的心確實不在穆戎身上。他心裡起了深深的憐惜，握住她的手道：「真是難為妳受了這麼大的委屈，這仇我必會給妳報的。」

衛鈴蘭哭起來，如梨花帶雨，教人的心都軟了。

太子看著，忍不住往前湊了湊，想吻上她的唇。

衛鈴蘭身子微微繃緊。她當然一點也不喜歡太子，甚至對他很有些瞧不起，明明擁有了這樣的身分，結果卻莫名其妙死了，連龍椅的邊都沒碰到，可如今她除了抓住他，又能怎麼辦呢？

她閉起眼睛。

誰料太子忽然停住了，熱氣噴到她臉上，又消散了。

他又重新坐直了。雖然那張小嘴是他夢寐以求的，他無數次作夢都陷在裡面，然而想到她遭遇的事情，他心裡忽然起了一陣噁心，也不知她被那賊匪怎麼糟蹋了，他無法忍受。他身上的溫度又降了下來。

衛鈴蘭睜開眼睛看到他的神情，心頭一冷。他嫌棄她了！竟然不想碰她！

可當時在宮裡，他以為她睡著了，恨不得把她的手指都舔一遍。

衛鈴蘭心裡一陣悲哀。果然如此，他對她又有多少愛意呢？恐怕持續不了多久的。

或許自己應該告訴他將來的事情？這樣她還能對他有些用處，她也能藉他報仇。不管是沈家、姜家，甚至穆戎，她一個都不會放過！但這些，只能寄託在太子的身上，只有他當上了皇帝，才能實現。

既然已經不能談論感情，便談些旁的。

她輕聲問太子。「殿下來此，恐怕會被旁人發現吧？」

太子道：「不會，我奉父皇之命去青州，路過此地，抽空前來的。」

衛鈴蘭想了一想，原來是那日了。

如今事情都已改變。原本這日她在衡陽，因沈寄柔嫁了穆戎，她心裡傷心，遠避到衡陽外祖家，因她知穆戎早晚也會去衡陽。後來聽說太子去青州平反賊失敗，而後穆戎前往援助，大勝。

她眉頭皺了皺。「青州鬧災，我也聽說了，好像還有人趁亂起義？」

「是。」太子笑了笑。「不過烏合之眾罷了。」

這等輕易立功的事情，他自然要去，一來給父皇留個好印象；二來，也讓群臣知道他的本事，好讓他們心裡有數，知道到底擁護誰才是正確的。

衛鈴蘭看他一副未勝先驕的樣子，暗地裡搖了搖頭。她柔聲叮囑。「殿下切莫小看這些人，青州地形複雜，易守難攻，未必容易的，且那邊……我記得南雄侯府也在那兒？殿下去了，不若詢問下侯爺。」

太子見她那麼認真，不由驚訝。「妳小小女子還懂這些。」

「只是怕殿下失利。」衛鈴蘭看向太子。「還望殿下凱旋歸來，也好早日回來，殿下的孩子快出生了吧？莫要錯過了。」

太子惋惜，道：「也只能錯過了。誰讓發生了這種事，當以國事為先。」

他伸手摸摸衛鈴蘭的臉。「我先走了，改日再來看妳。」

衛鈴蘭點點頭。

太子臨走時道：「我留了一個侍衛給妳，妳若有什麼需要我幫忙的，與他說一聲便是。」

衛鈴蘭道了聲好，衝他甜甜一笑。她難得如此，太子很高興，轉身走了。

見他背影消失了，衛鈴蘭才露出厭惡的神色。沒想到自己竟淪落到這一日，要去諂媚太子這等庸才，可惜了她的一番聰明才智！不過也只能如此了，如今只要能報仇，她不會再苛求什麼。

眼見就要到八月，姜蕙早早就讓管事準備中秋的事情，備些節禮。

這日穆戎也在家中休息，她做了一會兒針線活，想到他，便端了茶水點心去書房。

這書房幾丈之內都沒有人，除了何遠在外面隨時聽從吩咐。

「殿下還在吧？」她問。

何遠忙行禮。「娘娘，殿下在，娘娘請。」絲毫不阻攔，連通報都不去說。

自從穆戎夜闖姜家，何遠已經明白了姜蕙的地位，如今進個書房算什麼？
姜蕙輕笑一聲，走了進去。
穆戎正展開一張地圖看，見到她來，看一眼又低下頭。
「給殿下送些吃的，解解悶。」她立在旁邊。
他唔了一聲。
若是往常，她定是不管，直接就出去了，可今兒，她眼睛一轉，走過去往他腿上一坐。
一股芙蓉香鑽入鼻尖，穆戎一下子沒反應過來，她的手已經摟上來了，微微側過頭，臉也只距他的臉不過幾寸的距離，偏偏神情還一本正經。「殿下在看什麼呢？這地圖是用來打仗的？」
聲音嬌軟，呼吸輕拂在他臉頰上，他竟忍不住嚥了下口水。
那聲音還不小，姜蕙掩嘴笑起來。
穆戎道：「笑什麼？正巧渴了。」
他拿起茶壺倒水。
她在他腿上笑得輕顫，一動一動的使他手一抖，茶水滴到地圖上，立時染了一小塊水漬。
姜蕙臉色一變，不敢動了。他一向把這些當作寶。
誰料穆戎眉頭皺了皺，道：「帕子呢？」
她忙給他。他把水擦了，又繼續倒茶。
姜蕙驚訝。「這不要緊嗎？都是我，我要是不動，就不會弄髒了。」
「又不是什麼緊要的事，不過是青州地形圖。」其實皇上派太子去的時候，他也想去。他自小看了不少兵書，自問也琢磨出了不少學問，可皇上竟不准他去，說一個人去就夠了。

他沒法子，可心裡癢，取了地圖來看，還讓周知恭調查青州現在的狀況。

姜蕙看他絲毫不在意，心裡高興。可見她的地位比地圖還是高不少的。

「這是什麼地方？」她見他在喝茶，指了指其中一處標了紅字的。

「便是反賊起義的莊縣。」他道。「此處多山，若不熟悉地形，很容易遭到伏擊，咱們的騎兵在此反而起不了作用。」他一想，好似太子還帶了不少騎兵去？

「喔。」姜蕙問道：「那勝仗不好打？」

「倒也不是，只是需要耐心，畢竟不過是一群烏合之眾罷了。」他面上露出些許遺憾。

她環住他脖子，笑道：「殿下有勇有謀，以後大有用武之地，何必在意這些反賊？不若別看了，咱們去院子裡走走，你這一日都在書房裡呢。」

穆戎笑起來，捏她的臉。「妳就是這樣當賢妻的？攪亂為夫？妳一來，本王確實沒法看了。」

「那殿下不喜歡？」她歪頭問。

第一次來書房這樣勾引他，他怎會不喜歡？穆戎低頭吻她的唇。「不許日日都來，不然本王如何做事？」

她輕聲笑了。

他的手已經伸進她衣服裡，握到兩團豐盈，只覺身子燒了起來，聲音低啞地道：「……阿蕙，今兒不冷不熱的，妳不會冷吧？」

姜蕙輕呼，一把捂住裙衫。「外面有何遠呢。」
「他會走遠一點的。」他哄她，把她抱起來放在案上。「誰讓妳自己送上來，本王不收白不收。」
她臉通紅，只覺陽光照進來，熱辣辣的，好像夏日一樣。
只是穆戎將將把她裡衣褪到一半，何遠在外面咳嗽一聲，道：「殿下，皇后娘娘使人來說，太子妃要生了……」
姜蕙聽到這一句，往穆戎臉上瞧，他兩道修眉擰了起來，很明顯的不樂意，看起來像要發火，她忙道：「這是大好事，殿下，母后既然使人傳話，便是希望咱們都去呢。」
她握住他的手往外推，倒是沒有絲毫留戀，唯有他渾身難受。
這算什麼？他挪開她的手，順著她胸口一路往下撫去，到了一處卻停下來，姜蕙只覺渾身酥麻，雙腿不由自主緊繃了，輕聲道：「不是要走了？」
「等會兒。」他瞧著她，露出壞笑。
手指靈巧得好像唇舌，姜蕙身子一下子弓了起來，嘴裡抑制不住地想要輕吟。她往他胸口靠過去，求饒地道：「殿下，別、別鬧了好嗎？你這樣……我……」
她難以說話，一雙眸子好像要溢出水來。
見她雙頰緋紅，嘴唇張開了只知道呼吸，他猛地收了手。「走吧。」這下兩人一樣，還差不多。姜蕙恨得差點打他。
穆戎抱她下來，見她癟著嘴繫腰帶，一頭烏髮垂下來，在白皙的臉龐上微微搖擺，他嘴角就忍不住翹起來，在她耳邊道：「咱們回來再繼續，好不好？」

姜蕙輕哼一聲不理他。他又伸手去摸她，她好似觸電般地併攏了腿。

「好不好？」他問，一副她不回答，他就不收手的模樣。

姜蕙只得道：「好。」

他滿意了。

二人出來，稍稍收拾了一番便去往宮中。

「……已經有四個時辰了。」皇后與他們道。「大早上起來就在喊肚子疼，讓太醫一看，便是要生了。」皇后嘆一聲。「你父皇也是，竟還真讓炎兒去青州，幸好這胎一向穩。」

她眉宇間還是有些擔憂。

穆戎笑道：「大哥去青州也是為越國，想必很快就能得勝而歸的。」

皇后道：「但願如此了。」又看姜蕙。「阿蕙比起往日倒是胖了一些，這樣更好看了。」

「因為吃得比以前多。」姜蕙微微一笑。「也不太走動。」

「走還是要走的，總是悶著也不好。咱們好些親戚，妳常去坐坐。」皇后叮囑。

姜蕙應一聲。

皇太后瞧著這兩個孫兒孫媳，想到衛鈴蘭的事情，不免一陣心痛。

看著長大的姑娘，誰忍心看她變得那麼下作？外面傳她為嫁給穆戎不擇手段，皇太后是半信半疑，不過事已至此，她的名聲是難以挽救回來了，衛家把她送去莊子，可見清白也是不保。

她命人徹查此事，然而竟找不到禍首。

衛夫人求到宮裡，好似也有懷疑沈家的意思，她不曾說什麼，皇后倒是當場發作，說沈夫人不是這等人，要去為難一個小姑娘。再者，沈寄柔一事也一樣找不到賊人，誰懷疑誰難說。

皇后是偏向相信這謠言。她向來喜歡沈寄柔，當初穆戎娶不得，也傷懷過一陣子，如今想來，確實是太過巧了。

衛夫人求不成，含淚而去。

皇太后也救不了衛鈴蘭，姑娘家一旦名聲毀了，坐實了「失去貞潔」這件事，一輩子只能伴青燈古佛，要麼隱姓埋名，遠嫁到別處，不然還能如何呢？

心痛歸心痛，皇太后對她也有些恨鐵不成鋼。假使早早沒了那執念，又何來這一說？

她暗地裡嘆口氣，語氣淡淡地與穆戎道：「你母后說得是，你們年輕人便是遊山玩水也沒什麼，等到炎兒回來，不若去四處玩玩。」她看向穆戎。「戶部那麼多大臣，還能少得了你不成？你少時喜歡遊歷，如今偕同妻子，豈不更暢快些？」

穆戎笑了笑。「皇祖母說得是。」

皇后的眉頭卻皺了皺，只是也沒有說什麼。

皇太后又與皇后說起永寧的婚事。「我看蔣大人家的小兒子不錯，哪一日妳與皇上商量商量，她年歲也不小了。不過她再嫁出去，宮裡更是冷清了，就盼著阿瑤能給炎兒多開枝散葉。」

皇后頷首，姜蕙也陪著說會兒話，等到天都要黑了，東宮才傳來好消息，說太子妃生了個男孩，母子平安。

眾人大喜，都一起前往東宮。

皇上此時也來了，高興地道：「朕又多了一個孫兒，皇后，妳看看賞些什麼去，多賞點，生個孩兒可不容易。可惜炎兒去青州了，不然定是歡喜得很。」

「還不是皇上答應的？」皇后道。「如今卻在惋惜了。」

「也是讓他歷練歷練。」皇帝笑笑。「他自己請纓的，又派了兩位將軍，不過小事一樁。」

他們都說去青州對付反賊很容易，哪怕穆戎也是，姜蕙心想，可太子好似對打仗並不擅長。在她印象裡，上輩子伺候穆戎的時候，零星聽到何遠等人與穆戎提起太子時都是不屑，說他一事無成，說他不配坐這個位置，可見這次太子應是打輸。

入了東宮，皇上與穆戎不方便進去，只在外面慰問一下。

她們女人都圍在床邊。太子妃滿頭是汗，看起來很虛弱，皇后心疼，親手拿了手巾給她擦拭。「得好好休息了，咱們女人生一次孩子，真跟過了鬼門關似的。幸好都平安。」她看孩子一眼，笑道：「長得還很胖呢，有六斤。」

太子妃露出欣慰之色。可見是很健康的，這一個應該能長大成人了吧？

皇太后笑著與太子妃道：「剛才皇上在路上說了，給他取名叫穆仲煥。」

煥乃光亮、鮮明的意思，皇上對這個孫兒還是有期待的。太子妃笑道：「這名兒真好，謝謝父皇了。等殿下回來，知道了定然也喜歡。」她說著，面上閃過一絲黯然。

他說要去青州，她當時便很難過，可也知道太子的心思。有穆戎這樣的威脅，他的壓力很大，她只好讓他走了。

他們夫妻之間感情雖然淡了，可命運是牽扯在一起的，他興盛，她也跟著好；他衰了，她自然也一樣受到牽連，甚至家族也會受到波及。
太子妃很快又抹去了那絲不樂。
姜蕙也來關懷她幾句，太子妃笑道：「妳也早些給三殿下生個孩兒才好。」
姜蕙點點頭。「等調養好身子。」
宮人們把孩兒抱給皇上跟穆戎看。
皇上呵呵笑著道：「小孩都是一個樣子啊，戎兒，你來看看，你生下來也是這般的，眼睛都睜不開，跟個小貓兒似的，過了幾日才像個人樣呢。」
穆戎低下頭，果然見這姪兒小得可憐，皮膚紅紅、皺皺的，說不出地難看。
可他想，他與姜蕙生的孩兒指不定不一樣呢！她生得那麼好看，旁人哪有這等雪也似的皮膚，那樣嫵媚的眼睛？
二人看了一眼，宮人便又抱了回去。
他們不再打攪太子妃歇息，穆戎陪皇上去乾清宮。「剛才皇祖母說，叫兒臣與阿蕙多出去玩一玩，兒臣心想，這也不錯。」
聽到他有走的意思，皇上有些著急，吹鬍子瞪眼。「什麼不錯？你走了，朕要找人說說話都難。你該不是要去衡陽吧？朕都給你在京都開府了，你還走？你捨得朕？」
穆戎笑起來。「父皇身邊那麼多妃嬪，還無人說話？」
「那不一樣，女人們懂什麼？可惜，接連出事，一會兒周王謀反，一會兒有魏國餘孽，一會兒那些匪徒又不安分，弄什麼起義，不然朕與你一起去遊玩，不是更熱鬧？」

皇帝雖然喜歡玩，可受過刺激後還是怕死的。

穆戎看著父親的目光很柔和。這世上，父親對他一片赤子之心，愛護他疼愛他，從來都不加掩飾，哪怕這舉動引來眾多非議，所以他也願意為父親守住這江山。

他想起那次在宋州，何遠問他又不是太子，何必要操心？他雖然有私心，可也是為了父親。

「要不父皇還是准許孩兒去山西？」穆戎笑道。「孩兒總在一個地方，也待不住，假使哪日驅除了北元，父皇也可以往山西走一走呢。」

「不行。」皇上直擺手。「北元軍實在剽悍，你去幹什麼？你是朕的兒子，難道真的拿命來搏？你又不需要建功立業，朕的東西，也是你的。」他說完，愣了一愣。

他的東西都是穆戎的，那太子得什麼？

皇上自覺失言，咳嗽一聲。

姜蕙微微睜大了眼睛。沒想到皇上對穆戎那麼好，他心裡大概是想讓穆戎繼承皇位的，不然豈會說這種話？只是不得已，已經立了太子，畢竟上有皇太后，下有群臣管束，他自己又不是什麼厲害的皇帝。

確實是，姜蕙沒接觸到皇帝之前，真不知道皇帝也可以是這樣，實在是很沒架子，像個尋常的父親，還很貪玩。

穆戎心裡感動，也替父親為難。手心手背都是肉，就算多麼疼一個，又如何能對另一個殘酷呢？

一切都留給時間吧，總有一日，會到了必須抉擇的時候……

第六十三章

皇上此時道：「等炎兒回來再說，你去不去山西，再定。」

他態度緩和了一些。穆戎答應了。

走到乾清宮門口，等皇上進去，夫妻二人才又折回，坐了轎子回王府。

一路上卻很沈默。皇上那句話，引得兩人都有些想法。

到了王府，姜蕙才說話。「殿下要去山西的話，得去多久啊？我呢？」

聽得出來，她有些不樂意。

穆戎笑著撫摸她腦袋。「不捨得本王？」

她嗯了一聲，伸手抱住他的腰。「剛才父皇說北元軍很凶狠，殿下為何要去？那些將軍平日拿了俸祿的，這些事就該他們做啊，你去打什麼仗？我在家中定是提心弔膽的。」

畢竟夫妻也做了那麼久，她豈會不擔心？人非草木孰能無情，且他對她真的不錯。

穆戎挑眉。「那本王帶妳一起去？」

沒個正經！

姜蕙眉頭皺了皺，不知上輩子他到底去了山西沒有？好似還是去了，因聽說他立下不少功勞。這人啊，為爭個皇位也是夠努力的，但即便不去，皇上也偏向他，又何必如此？莫不是為了更名正言順些？

見她突然又不說話了，穆戎俯下身，把她攔腰抱起來。

姜蕙嗔道：「我在想事情呢！」

「女人想這麼多做什麼？夫唱婦隨妳不知？」穆戎道。「現在把在書房的事情做完是正經。」

臉皮真厚。

姜蕙把頭埋在他懷裡，任由他抱著進去了。

滿室春光。等她歇口氣回過神，才知都戌時了，金桂端了避子湯來，這藥是宮廷秘方，喝一次藥效能持續個幾天。

姜蕙正要接過時，穆戎道：「別喝了。」吩咐金桂。「拿走。」

姜蕙奇怪。「怎麼了？」皇太后吩咐要她調養身體的。

「給本王生個孩子。」他長手一伸，把她撈在懷裡，手指畫過她臉頰，告誡道：「生個漂亮的。」

姜蕙側過頭看他。「怎麼會想要孩子了？」她盯著他問。

「這叫什麼話？男人娶女人，哪個不要生孩子的？」穆戎捏她的臉。「妳傻了不成？還是……」他頓一頓，臉色忽然就沈下來。「妳不肯為本王生孩子？」

她忙搖頭。「也不是，可我以為你不急呢。」

他臉色一緩。「水到渠成，沒什麼急不急的。」

今日見到太子妃的孩子，他想了，便讓她生了，哪有什麼道理可言？

「生一個男孩，一個女孩。」他把玩著她頭髮，又繼續道：「一子一女便是好字，本王也覺著不錯。」

姜蕙為難。「這怎麼好控制，萬一都是女的，或都是男的呢？」

「那都是妳的事，本王不管。」他笑。「不湊成雙，妳就一直生。」

姜蕙心道：傻子才給你生呢！

她氣哼哼起來。「生孩子不是那麼容易的，沒聽母后說，在鬼門關轉了一圈的，有些人生不下來，就死在床上了。不信殿下去打聽下，多少女人生個孩子死了呢！」

穆戎被她嚇一跳。

她很明顯地看見他臉色變了。

「金桂！」他很快就吼起來。「把避子湯拿回來！」

姜蕙噗地笑了。

穆戎轉過頭看她，才明白自己一時失態，被她戲弄，整個人就壓上來，扼住她脖子道：「好啊，妳膽子越來越大了！」

姜蕙被他扼得難受，咳嗽一聲。「我氣透不過來，我要死了……」

穆戎忙放開手，嘴裡卻道：「活該！」

姜蕙便順他的毛。「妾身錯了，是沒那麼可怕，但我也不是完全瞎說的，殿下隨便去問個穩婆，就能知道個大概。」

他眉頭一皺。

「不過我這身體生一、兩個應該沒事。」她本來是委屈，看他一意要她生孩子，不曾關心她身體好不好才脫口說這些，結果他連忙又要讓她吃避子湯，她這心裡又舒服了。

怎麼會不願生？上輩子，她後來孤孤單單，沒個自己的孩子，便是死了，也沒有太大的牽掛。

見她眉眼間滿是溫柔，好像外面的月光汩汩流淌著，穆戎竟是看得一呆。女人真是天生的母親，她只是說一說，就好似見到孩子一般了。

他又把她攬過來。「那說好生了？」

「嗯。」她點點頭。

沒再喝避子湯，二人出去用晚膳。

等到九月十六，姜辭要成親了，姜蕙前一晚就睡不著，這一大早起來，就叫人從庫房裡搬東西。穆戎出來一看，整整一大車。「有這麼巴結娘家的嗎？」

姜蕙也不怕他，嘻嘻笑道：「怎麼巴結了？巴結娘家是把夫家的東西貼出去，可這都是我的。」

穆戎哈哈笑起來。給點顏色就開染坊，真把王府當她的了？不過也算了，他不至於這點都不捨得，小舅子娶妻，是該送份大禮的。

姜蕙看著下人搬完，與穆戎道：「我一會兒就去娘家了，殿下何時來？」

她先去，正好與母親她們聚一聚，說會兒話，畢竟也是一陣子沒見了。穆戎是男兒不一樣，生怕他去了悶著，他又不是怎麼愛交際的人，還能待上大半日？姜辭成親可得到傍晚呢！

果然穆戎也不想早去，叫她路上小心點。

姜蕙坐著轎子就走了。一到姜家，只見四處張燈結綵，這番熱鬧從來沒有過。因這是年輕一輩中第一個娶妻的，梁氏忙得團團轉，見到姜蕙，只道：「妳先去見見妳祖父祖母，廚房那兒，我還得再去看一看。」

家中要擺上幾十桌宴席，光是這個都是大差事。

這些客人中有二房姜濟顯的同袍，有他們姜家平日結交的各個家族，還有姜辭自己的同窗好友，反正沾親帶故的不少，便是胡氏也忙得很。將來她兒子姜照成親，也得梁氏幫忙的，她不可能坐視不理。

姜蕙就先去上房。

老太太一早聽說了，笑道：「唉唷，阿蕙妳送這麼多東西，只怕阿辭都不肯收。」

「不收也得收，我就擺這兒了。」

姜蕙笑著問起二老身體，兩個老人都很健康。

姜瓊、寶兒、胡如蘭陸續都來了，不一會兒，賀家的人也來了。

幾個女眷又聚在一起，這回姜瑜的肚子已經有些鼓起來，過了三個月，她可以稍許出門了，賀玉嬌道：「還是要小心，娘千叮萬囑的，說吃喜酒就在大嫂原先住的小院吃，別去與那些人一起，碰到了可是不得了的。等會兒回去也是，空一些了再走，不急。」可見賀夫人多看重。

姜瑜笑道：「知道了。」

她性子溫柔，便是旁人多叮囑幾句，她也不會嫌煩，故而在賀家，賀夫人很喜歡她，賀玉嬌也是。

姜瓊道：「姊姊如今真是個寶啊！」

眾人都笑。

寶兒拉著姜蕙的手，欣喜道：「姊姊，一會兒我有大嫂了呢！」小臉上滿是興奮。

姜蕙有些酸意。「有大嫂，就不要我了？」

「要妳幹什麼，妳都不陪我！」寶兒噘嘴。

「好寶兒，妳來王府，我不就能陪妳了？」姜蕙把她摟在懷裡。「可不能有了大嫂就忘了我，不然小心我跟娘說把妳嫁出去，讓妳與我一樣。」

寶兒叫道：「別糊弄我，我才八歲呢！」

姜瓊笑得打跌，跟著嚇唬她。「八歲也能嫁的，有些人一出生就訂了娃娃親。」

寶兒小臉一白。

姜瑜道：「妳們啊，竟然欺負寶兒。寶兒來，別理她們，她們才不捨得妳嫁人。咱們寶兒長那麼好，將來也不知哪個能娶呀。」她在寶兒的臉上親了親，只覺這小堂妹越發漂亮了，乍一看都不像個真人，要是自己肚子裡的這一個長得也那麼好看就好了。

寶兒又高興地笑了，伸出手摟住姜瑜的脖子。「還是大堂姊最疼我！」

胡如蘭坐在旁邊沒出聲，想起前些日子自己做的傻事，竟覺得好像作夢一樣。眼看姜辭就要娶妻了，如今她心裡也不再難過，塵埃落定，終是無法改變的。

幾人說了會兒，很快就到下午，姜濟達催兒子。「快些把喜袍穿起來，還發什麼呆呢？」

姜蕙立在外面，噗哧一笑。

見到妹妹，姜辭無端地臉紅起來。

姜蕙進來笑道：「哥哥這麼快就害羞了，一會兒去接新娘該如何是好？」

她是過來人，現在可取笑姜辭了。

姜辭的臉更紅了，嘴裡卻道：「胡說什麼？我有什麼好羞的，我又不是女兒家。」

「不羞？還不穿呢，可別誤了時辰。」她把大紅色的喜袍拿來，親手給姜辭換上。「哥哥穿上這個，可真英俊。難怪說人生兩大喜事，洞房花燭夜，金榜題名時。阿爹，是不是？」

「是啊！」姜濟達哈哈大笑。「說得真不錯，瞧咱們阿辭，今日這氣色不亞於中榜時啊。」

梁氏與寶兒也來了，一個個都看著他笑，姜辭渾身不自在，可心裡卻是滿溢著激動、歡樂，以及對未來的憧憬。

那是他想娶的姑娘，不知她此時的心情，又是如何？

這時，外面下人通報說是穆戎到了。

姜濟達看姜蕙一眼。「快些去接三殿下。」

姜蕙撇撇嘴。「何須接啊？他熟門熟路的。」

大半夜的都能闖到家裡把她給偷走，還要接什麼啊？

梁氏抿嘴一笑。這女兒，像是被寵得有些不著邊了，可到底對方是親王，她道：「阿蕙，妳還是出去一下吧。」

父親母親都說了，姜蕙只得去門口迎接穆戎。

穆戎看到她後，四處看看，道：「弄得挺熱鬧的，這樹上都掛了喜燈。」他頓一頓，問：「咱們成親可也掛了這些？」那日他一心想著娶她，當日王府如何佈置的，竟一點也不記得。

「我怎知道啊？殿下，我蒙著頭呢。」姜蕙道。

穆戎一想，笑了。是啊，那日她頂著紅蓋頭，是他牽著她去了正堂又去了洞房的。

他牽住她的手往裡走，鞭炮聲忽然就響了起來。

姜濟達忙推著兒子往外走，姜照笑嘻嘻地跟在後面。「堂哥，一會兒去沈家，不知道他們鬧不鬧？我可給你準備了好些錢，陪你一起去，省得到時候還接不回來。」又問姜濟顯。「父親，可行？」

姜濟顯笑道：「自然好，咱們是年紀大了，不然也跟著一起去看看。」

他們出來就遇到了穆戎，忙上去一個個行禮。

穆戎看看姜辭，恍若看到那日的自己，或許他與他都是幸運的，至少，娶的姑娘是自己心甘情願娶的。他笑著道：「騎馬騎穩點，等回來，本王與你不醉不歸。」

姜辭道好，翻身上了馬。

眼見他走了，樂聲也跟著遠了，姜蕙一掐穆戎的胳膊。「什麼不醉不歸，你少跟我哥哥喝酒，一杯就夠了。」

穆戎才想到什麼，哈哈笑起來。「是，娘子說得是。」

眾人翹首以待，過了半個多時辰，姜辭總算把沈寄柔接回來了。

姑娘頭戴鳳冠，用紅綢蓋著，從花轎裡慢慢走出來。姜辭牽著她，去了大堂。

在賀喜聲中，姜蕙看見父親與母親都忍不住落了淚，她的眼睛也微微一紅。

穆戎握住她的手，溫暖從掌中流出，好似在安慰她，她側過頭衝他一笑。

行過大禮之後，姜蕙與姜瑜等人坐在洞房裡看新娘。

姜辭把她蓋頭挑下來的時候，沈寄柔露出一張臉，嬌羞漂亮，一雙眸子好似暗夜裡的星星，明亮又滿是歡喜。

那二人對視，好似這世上的時間都停止了。

弄得她們都不好意思久留，一個個誇讚幾句，早早便體貼地溜走了。

用過酒席，待到離開姜家，已是滿天星辰。

姜蕙坐在轎中，靠在穆戎懷裡，只覺這一刻渾身輕飄飄的，真是幸福。

重活這一輩子，她只希望可以改變命運，然而，她得到的遠比期望的要多，不只她做了王妃，哥哥也娶到了喜歡的姑娘，他們家一日比一日好，所有人都好好的，真像是個夢。

她輕嘆一聲。該不會哪日醒來，真發現是夢吧？她該不會還是那個奴婢？

她伸手摸穆戎的臉，呢喃道：「殿下，今年是哪一年啊……」

穆戎看著她紅彤彤的臉，暗道：還叫他少喝點，她自己倒是好，雖然那酒不烈，她卻喝了好幾杯，如今怕是醉了。他笑了笑，道：「是崇光二十年。」

那不是夢了。可若不是夢，他怎會對自己這般溫柔呢？不只讓她靠著，還讓她亂摸他的臉。

這眼睛、這鼻子……以前她哪裡敢這樣胡來？她就是盯著他看也不敢，可第一眼看到他，她就喜歡他了，但他總是冷冷的。她那次鼓起勇氣送給他一個香囊，他隨手就扔了。

此後，她再也不敢喜歡他，從此成了一個心結。

她有時候真不知道他對她是好，還是壞。

「你為何扔了我做的香囊？我便是奴婢，也是真心實意的。」她忍不住問，滿是委屈。「你若不喜歡我，就該放我走，偏又要讓我留在府裡，到底是為何？」

穆戎一頭霧水。什麼奴婢？她莫非醉了在說那個夢？夢裡，他扔了她做的香囊？

姜蕙執著地又問一句。「為什麼啊？」

穆戎忍不住笑了，摸著她的臉，道：「奴婢就該好好做奴婢，貪心什麼呢？越貪心，死得越快。再說，本王也不能娶一個奴婢為妻，至於放妳走……」他盯著她那張嬌豔的臉。「不管妳是奴婢還是什麼，都不能放啊，是不是？」

姜蕙眉頭皺了起來。死得快？

她道：「不放死得更快呢，還不是被人害死？你護得了嗎？你只知道……」她哼了哼，伸手撓他胳膊。「反正你也不喜歡我，你原本就是個壞得不能再壞的人。」

好像一個喝醉酒的貓兒，不知道自己在幹什麼。

穆戎哈哈笑了。

到了王府，他把她抱下來，往床上一放，她沈沈睡了過去。

等到第二日醒來，頭昏沈沈的，下床時，差點要摔了。

「果然酒不能多喝。」姜蕙扶著腦袋。

金桂給她端來醒酒茶。「娘娘喝了這個就會好一點了。」

姜蕙把茶喝了之後，問：「昨兒我怎麼回來的？」她一點也不記得了。

「娘娘在酒席上就醉了。」金桂道。「後來到王府更是醉得……是殿下抱著娘娘走的，澡也沒洗呢。娘娘身上有沒有不舒服，要不要現在先洗個澡？」

姜蕙點點頭，怪不得有些難受，好似出了汗。

她泡在浴桶裡，稍後出來，等到用飯的時候，聽到外頭一陣喧鬧。奇怪了，居然還有人在王府門口鬧成這樣？便叫人去看看，來人回來稟報。「不只這兒，街道上都是人呢，原來是太子殿下得勝而歸了！」

姜蕙一驚。先前也沒個信兒回來，他是故意要給皇上驚喜不成？怎麼就贏了？

明明上輩子，他不該做成這件事的啊……

第六十四章

傍晚，穆戎回來，姜蕙急著詢問：「今兒聽說太子殿下凱旋，殿下可去過宮裡？」

穆戎嗯了一聲。這種事，作弟弟的自然是要去恭賀。「皇兄只花了半個月的工夫。」

他心裡是詫異的，沒想到大哥居然也有這等本事，倒是自己一直小瞧了他。

姜蕙眉間閃過一絲擔憂。「只花半個月，那是很厲害了？」

「是。」穆戎笑了笑。「不過他說是請教了南雄侯，南雄侯向來善戰，有他指點，如虎添翼。」

「原來如此。」姜蕙點點頭。

可心裡卻在想，假使太子善於用人，上輩子也不至於落得如此境地了。他被穆戎毒死之後，皇上雖然下令徹查，可最後查出來什麼？什麼都沒有，只是一個替死鬼罷了，穆戎安然無恙，大搖大擺回了衡陽。

她心事重重。

二人用完晚膳，穆戎道：「過兩日，本王帶妳去城外玩玩？」

姜蕙驚喜。「去哪裡？」

她嫁給他之後，除了去見過些皇親國戚，當真沒去過旁的地方，他突然要帶她去，自是高興的。

「去香山。」

「好啊。」姜蕙嫣然一笑。「倒真是想散散心呢！」

穆戎看她喜歡，別的話先沒說，只吩咐管事準備。

到了那日，二人早早就坐了轎子前往香山。

那轎子大，裡頭也佈置過了，一應俱全，小几案上擺著瓜果點心、茶水，左手邊還有個小多寶格，擺了些書、小玩意兒，路上解悶；為了方便，今日甚至還有個恭桶。

姜蕙第一眼看到就笑。「哪個敢在這兒用啊？萬一有聲音……」

「妳去看看。」穆戎道。

她湊過去，原來桶裡堆放了好幾層花瓣，香味撲鼻，什麼倒進去都沒有味道。

「可真周到啊。」

穆戎習以為常。「不周到，還要他們做什麼？過來。」

姜蕙聽話地趴在他懷裡。

窗子已經重新做過了，簾子拉開來，光線挺亮，從外面也看不清裡面，她隨手拿了卷書看。

他什麼都不做，只管東摸摸西摸摸，好似她比什麼都好玩。

過了一個多時辰，才到香山。

此時已是九月，漫山遍野的楓葉好似燃燒的火，紅豔豔一片，消去了秋的蒼涼。二人走在山間，踩到地上原先堆積的落葉，窸窸窣窣地響，一條路上，旁的行人一個也無，十分清靜。

姜蕙知道定是他派了人守在四處，不准人來。

「上回看楓葉還是在宋州了。」姜蕙瞧了會兒，感慨道。「我來京都後，便不怎麼出門。」她折了一片葉子，在手裡轉來轉去地玩，笑道：「外面的空氣還是很好的。」

穆戎道：「以後回衡陽了，咱們便是天天出去也沒什麼。」到時，他也沒什麼公務好忙。

姜蕙哼了一聲。「騙人！」

他不去戶部，背地裡要做的事情也不少。

穆戎笑起來，拿過那片楓葉往她臉上輕拍了下。「那五天出去一次。」

這還有可能實現，不過姜蕙想到太子的事情，又有些不太確定，回衡陽到底是不是正確？一個人知道的事情多，果然煩惱也多。

到了山頂，穆戎帶她來到一處空曠的地方。

此處沒什麼樹木，一無遮擋，姜蕙奇怪，正當要問，卻見何遠帶一人過來，她看一眼，微微張開嘴。這不是她外祖父嗎？

「如今風頭過了，你們最後見一次。」穆戎道。「本王去旁處等妳。」他先走了。

姜蕙才知道今日不光是為遊玩，還有重要的事情。

梁載仕乍一見到外孫女，恍如隔世。他當初被抓之後，只以為自己必是要沒命了，誰想到半途被人帶走，關在一處暗無天日的地方，可也沒有人來拷問他。

他不知日夜，度日如年，不知過了多久，又被人帶出城。

誰想到，還能見到姜蕙。

「阿蕙！」他很是激動，也有些了悟。「莫非是妳……」

「是殿下的意思。」姜蕙上下打量他。

他更瘦了，也有些憔悴，那麼近看，臉上皺紋甚多。

想起家中祖父，梁載仕真是蒼老得很。他跟著魏國餘孽四處逃亡，何曾過過安寧的日子？自然是比不得的。

姜蕙一直看著他。

梁載仕嘆口氣。「想必除了老夫，其餘人等都不曾倖免吧？」

「都在天牢，也未可知。」

「天牢！」梁載仕慘笑幾聲。「那真是生不如死了，可嘆咱們魏國血脈，僅剩幾條，也得葬送在此地。」

姜蕙驚訝。「外祖父您的意思是，魏國皇室都在那些人裡？可當年不是有兩位皇子逃出去嗎？」

梁載仕搖搖頭，不答。

姜蕙勸道：「外祖父，我與殿下說過了，只要您都交代出來，盡可安享晚年的，您又何必執著？魏國一早就滅亡了，根本也沒有可能復國，那只是一個不能實現的夢罷了，還不如實實在在過日子，您說是嗎？外祖父。」

梁載仕微微笑了笑。「阿蕙，妳還小，也不曾體會過亡國的痛，如何理解？而老夫雖則老矣，熱血未乾，要我出賣魏國人，那絕無可能！」

他說得斬釘截鐵，姜蕙眉頭皺了皺。當初看他不甚堅決，沒想到竟不肯背叛。

但她心裡卻沒有那麼生氣，畢竟背叛不是一件好事，而梁載仕是真正的魏國人，生在魏地，長在魏地，她確實也無法了解這種感情。

姜蕙沈默一會兒。「魏國人其實於越國來說不足為懼，外祖父不說也罷了。」

梁載仕暗暗鬆了口氣。

「可與你們勾結的人，外祖父今日卻必得交代出來。」她直視著梁載仕，嚴肅道：「他可以說是越國的罪人！」頓一頓。「外祖父沒有包庇他的理由吧？」

「這……」梁載仕為難。

「他曾想暗殺殿下，也曾想誣衊我。」姜蕙笑了笑。「外祖父，您沒忘掉我中毒的事情吧？」

梁載仕忙道：「是了，妳好了嗎？我當初勸過殿下，可他一意孤行……」他露出擔憂之色。

「已解毒了，但那人此前誣衊我，甚至不惜利用您。」

她把那日有人冒充梁載仕，在皇太后面前揭穿她是魏國人的事情一五一十說了。

梁載仕大驚。「不可能！他們不會如此對老夫！」

姜蕙道：「怎麼不可能？他們為了復國，什麼做不出來？心甘情願被人利用不說，也利用您！」她語氣一下子提高了。「明知道您的家人只剩下母親與我，可他們如何做的？令我中毒、威脅我，一點不曾考慮到您的心情。此計失敗後，又利用您的身分，要害死母親與我，最終再剷除您的親外孫女婿！說什麼復國？外祖父，即便成了，您又得到什麼呢，一個丞相之位？這便是您想得到的？不惜眼睜睜看著家人去死？」

「不、不……」梁載仕否認。「我只是想復國而已，讓咱們魏國子民重新擁有魏國人的身分！」

「您覺得這得花多少年呢？」她淡淡問。

梁載仕無言以對。他心裡清楚，這很難。

姜蕙道：「我並不想嘲笑外祖父您的心願，只是關乎我姜家，關乎阿娘與我，我不得不請求您把這人說出來，不然他必會再次對付我；即便不是，也會對付殿下。我夫君若死了，我恐怕也不會有什麼好結果。您清楚得很，必是會如此的，那人一開始的目的就是想除掉殿下，不然不會有宮裡的毒箭，也不會有威脅我的事情了。外祖父，您畢生的心願除了復國，還有什麼呢？」她又問。

梁載仕心頭一震，聲音微顫地道：「一家團聚。」

姜蕙不再說話，默默看著他。

復國這個理想，也許一輩子都不可能完成，可為了這個理想，卻要犧牲掉家人，假如這真是梁載仕所希望的，她當真是無話可說！

一片寂靜。

過了好一會兒，梁載仕才徐徐吐出一口氣道：「是越國的太子穆炎。」

當年太子去大名府，他們得知這一消息，路上便埋了伏兵，最終生擒太子，想殺了他洩憤；誰想到太子卻提出一個建議，這建議挽救了他的命。

太子說，假使他登基，他會准許他們重回魏國接管魏地。

經過商議，他們同意了。但口說無憑，太子寫了憑證，且按了手印。

後來，他們便計劃進入京城。刺殺穆戎，自然也是太子安排的。

姜蕙追問道：「那憑證呢？」

「在皇上手裡。」

姜蕙聽到這詞有點哭笑不得。那麼幾個人還真弄了個皇帝出來。她問：「皇上在天牢？」

梁載仕拒絕告知。「我只能說這些了，阿蕙，算我這個做外祖父的對不起妳！我若背叛魏國人，將來死了，實在無顏面對地下的列祖列宗。」因為激動，他的臉都紅了，鬍鬚隨風飄動，視死如歸。「假使殿下不滿意，妳便讓他殺了老夫！」

聽到這話，姜蕙知道他已鐵了心。

「外祖父，您保重了。」她朝他行一禮。

穆戎等在不遠處的林子裡。

「外祖父不肯透露別的魏國人。」姜蕙吸了口氣。「妾身想請求殿下一件事……」

那麼年邁的老人，當真要受那些折磨嗎？

母親知道了，不知要如何心痛，雖然她永遠不可能知道，然而自己總有一種背叛母親的感覺。

穆戎看她臉色鄭重，便知她要說什麼，淡淡道：「留他一命，算不得什麼。」

她鬆了口氣，感激道：「殿下心慈。」

穆戎冷笑。「本王不過是看妳的面子。」

姜蕙挽住他胳膊搖了搖，嬌聲道：「妾身自然知道，謝謝殿下。」

他斜睨她一眼。「什麼都沒問到？」

「問到一樁事。」姜蕙遲疑會兒，才一字一頓道：「是太子指使的。他在大名府向他們許諾，假使他哪日登基，便讓他們管理魏國。這真是一個極大的誘惑，只是也可笑！」

「是可笑，畫餅充饑。」魏國人自欺欺人也真是教人開了眼界。穆戎一拂袖。「下山吧，妳外祖父，本王自會讓他們安置妥當的。」

二人又坐回轎子。

路上靜默得很。穆戎坐在窗邊，低頭凝思，像是雕刻而成的人一般。

只恐旁人聽見，姜蕙也沒敢提這事。

到了晚上，她躺著睡不著，一樁是太子得勝的事，一樁是坐實了太子要殺穆戎的事，她滿腦子的想法，眼見穆戎好似已經睡了，她才輕手輕腳起來。

結果剛起身，她的胳膊就被抓住了，扭過頭一看，他正瞧著她。

「妳想幹什麼，不好好睡？」他問。

姜蕙道：「殿下不也沒睡嗎？」

「我是我，妳是妳。」穆戎皺了皺眉。

姜蕙嘆口氣，躺下來，一隻手搭在他胸口上，道：「咱們是夫妻了不是？殿下的事自然也是我的事。」

她也擔心他啊……

穆戎聽了嘴角翹一翹，伸手摸摸她腦袋。「莫怕，如今既然知道，自然有法子應付。」

月光下，他的表情很平靜，好像這事對他來說也不是特別難，可事實上，真的要殺自己的親大哥，滋味能好受？姜蕙一直都不知道他的心思，想了想，幽幽道：「殿下想必也挺傷心的吧？」

這些日子，她分明能感覺到他心裡還是有溫柔的，不至於天生就那麼冷血。

穆戎沈默半晌，道：「咱們自小感情就不好。」

年幼的時候，他就能感覺到來自兄長的敵意了，因為他在各方面都勝過太子，只是自己也是個好強的人，明知道哥哥不喜歡，卻不願意屈服，還是綻放光芒，要說今日這結果，他自己得承擔一大半。

沒有人退一步，不管過程如何，到最後，又怎不是你死我活呢？

他早料到如此，太子定也是這麼想的，所以，又有何傷心？

生在皇家，要麼縮著頭過，要麼就只能拿命來拚！便是生命中曾有些許溫馨，也只能拋之腦後了，誰讓他不甘心屈從呢？

他伸手把姜蕙抱緊一些。「睡吧。」

溫暖包圍住她，她微微閉上眼睛。在他寬闊的懷抱裡，好似什麼也不用害怕。

然而，她這一夜都睡得很不安寧。

夢裡，一會兒見到太子做了皇帝，下令斬殺穆戎，一會兒又見到穆戎那日用毒酒把太子毒死，一會兒又看到衛鈴蘭做了皇后，高高在上，命人把她綁到殿中，賜下三尺白綾。模模糊糊中，只覺透不過氣，好像那日吃了毒酒，腹中絞痛，她啊地尖叫一聲，坐起來。

月光下，冷汗從額頭沁出，順著臉頰而下。

穆戎被叫聲驚醒。「怎麼了？」他湊近來，見到她的臉，急道：「莫不是病了？」

「不是，作了惡夢。」她輕輕呼出一口氣。「嚇死我了。」

「怕什麼，有本王在呢。」他忙抱住她，一隻手輕撫她的背。「只是夢而已。」

是啊，只是夢，可也是她擔心的事。

姜蕙靠在他肩頭，輕聲道：「殿下，我怕衛鈴蘭……」她不知道怎麼說，原先就有心思，可作了這夢，她終於明白自己最怕的是什麼，便是衛鈴蘭。

她知道太多的事情了，如今又被沈夫人報復，遭受了那麼大的磨難，衛鈴蘭難道會不想報仇？

他們姜家如今與沈家可是姻親，可她竟放鬆了警覺，以為衛鈴蘭經此一事總是受到了報應，可怎麼足夠？衛鈴蘭這樣的人，必定會想盡辦法東山再起的，她心機太深又有前世記憶，假使她豁出去，未必不會成事……太子不可能無端就改變了命運！

「殿下，查查衛鈴蘭如今在做什麼，可行？」她語氣急切。

穆戎眉頭挑了起來。「妳莫非又作了什麼預示的夢？」

「不是！」姜蕙道。「只是惡夢，可我想到衛鈴蘭知道些將來的事情，我怕……」她說服穆戎。「萬一她與太子聯手。」

穆戎心頭一跳。他想起太子對衛鈴蘭的態度——他很關心她。

所以那日衛鈴蘭中箭，他急匆匆趕過來，滿臉痛惜，只怕是喜歡她的。

他對他大哥這方面還是了解的，風流多情。可衛鈴蘭已失去清白……

「不怕一萬，只怕萬一！」姜蕙強調。

看她那麼著急，穆戎道：「也罷，既然妳懷疑，本王自會派人去查。」

「還有太子。」她道。

一個都不能放過，她不能容許一個失誤，把她這輩子苦心挽救的命運再次顛覆！

穆戎看她拳頭都握了起來，忍不住一笑，摸摸她腦袋。「好，現在可以睡了吧，這都什麼時辰了？」

看他都答應了，姜蕙才放心。兩個人擁著睡了。

穆戎第二日起來，把周知恭尋來，說了衛鈴蘭的事情，至於太子，雙方都有暗衛，要牢牢盯住並不容易。

周知恭領命。

姜蕙看他放在心裡，也就沒那麼緊張了。

這日早上起來，金桂伺候她穿衣，一邊道：「娘娘小日子兩日不曾來了，奴婢看，是不是請太醫看看？」

她調理過身子之後，小日子十分準，大致都沒有提前或延遲，金桂、銀桂作為貼身丫鬟，很是清楚。

姜蕙怔了怔，歪頭問金桂。「還要請太醫？」

她平常很聰明，這會兒居然猶猶豫豫地問，金桂噗哧一笑。「娘娘，這是好事啊，自然要請了看看的。」

「喔，不過還是別請太醫了。」一請太醫，那就有風聲透到宮裡，驚動到皇太后、皇后，萬一是白高興，那可太尷尬了。姜蕙想一想，笑道：「走，去看看我那仁心堂。」

金桂忙道：「萬一有了呢？可別有個閃失。」

「坐轎子去，沒事的。」

金桂沒法子，只得出去吩咐，臨行前，叮囑轎夫一定要抬穩。

其實轎夫哪敢不穩，上頭坐了王妃娘娘，真有點事，他們腦袋不保。

二人抬著姜蕙就去了仁心堂。

她不方便露出臉，戴了帷帽，只見醫館裡滿是人，頓時喜笑顏開。「看來生意真不錯。」

耳邊只聽那些病人交頭接耳地誇寧溫醫術好，看來時隔多日，他本事又有長進了。

姜蕙先不打攪他，徑直往內堂去，誰料一推開門，裡頭哎喲一聲。

那聲音清脆，姜蕙定睛一看，不是姜瓊是誰？

她摘下帷帽，疑惑道：「阿瓊，妳在這兒做甚？」

姜瓊伸手拍著胸口，後怕道：「可把我嚇到了，我還以為我娘找到這兒來了呢！」她笑嘻嘻道：「我在這兒看醫書啊，跟夫子學那些著實沒有意思。堂姊，妳看堂嫂會刻字挺好的吧？我也想學點的，有回在書房隨便找了些書，見到有本講藥材的，我一看就迷上了，妳可不能告訴我娘啊。」

姜蕙抽了下嘴角。「妳瞞得住？妳這回怎麼偷溜出來的？」

正說著，寧溫進來了。

姜蕙道：「寧大夫，你下回看到我堂妹，可別留她，轟出去才好。」

寧溫正好有理由。「三姑娘妳看，不是在下不肯，娘娘都發話了。」

姜瓊呸的一聲。「寧大夫，你明明說我很有資質的，可惜是個姑娘家浪費了！」

寧溫道：「是啊，沒聽我說可惜嗎？小姑娘還是等著嫁人好了，妳總往我這兒跑，被外人知道了我不好交代。這回當著娘娘的面，妳老實點，別再威脅我，說我占妳便宜。」

這死丫頭！姜蕙知道姜瓊的性子，雖然覺得她這樣爽直挺好的，可要被胡氏知道姜瓊跑來這鋪子，興許會怪在她頭上。

姜蕙道：「妳快些回去，不然我非得告訴二嬸。」

姜瓊沒法子，拿著幾卷書就走。

姜蕙在後面問：「我大哥跟大嫂怎麼樣？」

「唉，好得我都不忍看，恨不得天天黏一塊兒。」她一溜煙地不見人影了。

姜蕙笑起來。

寧溫瞧瞧她。「娘娘今兒怎麼有空來鋪子，該不會是來收錢吧？這錢我還沒捂熱呢。」

姜蕙噗哧一笑。「錢你還是管著吧，今日來是叫你給我看看。」

她坐下來，伸出手。

寧溫打量她一眼。「不像是有什麼病啊？」他說著，靈光一閃，把手按在她手腕上，過了會兒，笑容在他臉上綻放開來。

「難怪……恭喜娘娘，您有喜了！」

第六十五章

沒想到還真是……姜蕙伸手輕撫一下小腹。「多大了啊，真能一摸就知道？」
寧溫道：「這精確的時日可不好說，得有十來天了吧。」
姜蕙暗道：真是事事都稱穆戎的願，他想要孩子，她很快就懷上了。
不過想歸這麼想，她自己也挺高興的，要是生下來跟寶兒一樣漂亮就好了。
她問：「是男是女，你知道嗎？」
寧溫道：「難說。」
「多大不清楚，男女又不清楚。」姜蕙斜睨他一眼。「那你知道什麼啊？」
寧溫哈哈笑了。「在下醫術不精，教娘娘失望了。」他頓一頓。「可確實還小，得過些日子才知。怎麼……娘娘想生個兒子？」
「只是好奇罷了。」是兒是女都是她的孩子，不過她喜歡女兒，男孩小時候都皮得很，也不知道教不教得好，生活也複雜。生個女兒，只管養漂亮了、養好了，高高興興地相夫教子，簡單。
兒子的話……萬一以後穆戎當上皇帝，那兒子必得是太子？要再生一個，兩個兒子會不會也跟太子與穆戎的關係一樣呢？
她突然擔心起來，又想到衛鈴蘭的事情，便把兩個丫鬟遣開了，問寧溫。「之前我與你提過的毒藥丸，你到底能不能做出來？」

「這個啊……」寧漚一擺手站起來。「娘娘稍等。」

他走到左邊一處藥櫃，拿出個匣子。

姜蕙驚訝。「還真做了？」

寧漚可沒有把她的話當玩笑，任何一個人提到毒藥，都不會是無緣無故的，何況她當時的目光中滿是擔憂，與現在一樣，可見她是有什麼事藏在心裡。

是要殺人嗎？年紀輕輕，也不知她與誰有那麼大的仇恨；或者，她也是無可奈何。

寧漚打開匣子，裡面有兩枚藥丸。「這枚無色無味，殺人於無形。這枚是丹毒，一入口即死。」

姜蕙盯著藥丸瞧了瞧，想起上輩子自己被毒死的滋味，面色很複雜。

寧漚關切地問：「不知在下可還有為娘娘效勞的地方？」

「沒有。」她收起匣子。「寧大夫只要好好給我掙錢就行了。」

寧漚認真道：「希望娘娘不到萬不得已，別做傻事。」

姜蕙笑著點點頭。「自然不會。」

寧漚又叮囑她一些該注意的事情，門外忽然有人喊「師傅」。

姜蕙驚訝，問道：「剛才見到幾個面生的夥計，難不成是你徒弟？何時收的？」

寧漚道：「才收的，收了兩個。」

他打開門，原來有一家抬著一個病重的病人來，眼看著都要不行了。

夥計急死了，忙解釋。「這小子有些愣頭愣腦的，非說救人要緊，沒攔成，衝撞娘娘了。」

那徒弟看來是個好心腸的人。姜蕙道：「那麼重的病，是該先看的。」她朝寧溫笑笑。「藥鋪越來越好，我瞧著放心，你好好看病吧。」

她站起來走了，寧溫目送她離開。

走到外面，兩個丫鬟連忙來扶，金桂道：「娘娘往後真要當心了！不是說前三個月都不能出門的，得趕緊回去。」

好消息出來，傳到穆戎耳裡，他在衙門坐不住了，急忙就回了王府。

姜蕙正用午膳，他大踏步進來，劈頭就道：「請了太醫看沒？」

她愣愣的。「也不用吧，寧大夫不至於這個都看不準。」

這是最基本的，有喜沒喜都看不出，這大夫早不用當了。

穆戎臉一沈，回頭跟何遠道：「趕緊去宮裡請太醫來，請劉太醫！」又把桌上她吃的東西一推。「什麼都還不知道呢，亂吃，萬一對身體不好怎麼辦？得先聽聽太醫怎麼說。」

可這都是好東西啊，有沒有寒涼的，她都問過了，寧溫也提醒過她，他急什麼啊？姜蕙道：「我餓了還不能吃？等到太醫來，不知得什麼時候了。」滿臉委屈。

穆戎眉頭皺了皺，往桌上的菜看一眼，點了點青菜。「吃這個吧，這個準沒事。」

姜蕙就挾了一筷子吃。

他坐到她旁邊。「宮裡女人有喜了，一天天都得列出菜單來，哪有像妳這麼吃的？妳有喜歡的，可以說，不過也得問過太醫才行。寧大夫雖然醫術不錯，能比得上太醫精細？」

這個聽起來實在太精細了，難怪他一驚一乍的。

姜蕙道：「照你這麼說，咱們民間的婦人都不能活了？還不是好好地把孩兒生下來。」

「本王的孩兒可不行！」他的孩兒是龍鳳，豈能粗略對待？

姜蕙無言以對。她當然也知道她這身分是得要看太醫的，不過才一頓飯，何至於這麼緊張？她瞧穆戎一眼，他臉色還沈著，特別嚴肅，她撇了下嘴道：「不吃就不吃，你那麼凶，我也吃不下。」

她總是懷了他的孩子，一回來不知道小心體貼地對待，盡顧著訓斥她了。

穆戎怔了怔，半晌笑起來。「還不是妳自己不懂道理，不然本王豈會……罷了，妳吃吧，啊。」他給她挾菜，放在碗上。「就吃兩口沒事的。」

姜蕙道：「又准我吃了？」

「就吃青菜。」

她哼了哼，撇過頭去。他咳嗽一聲，叫眾人都退下，把菜挾到她嘴邊。「我餵妳還不行嗎？餓到可不好。」聲音很溫柔，能把雪都融化了。

姜蕙這才吃了。

他餵兩口，又給她一口飯。「光吃菜，鹹了。」

哪裡還像平日裡冷酷的衡陽王，姜蕙盯著他俊美的容顏有些發愣。他真就喜歡上自己了？因為喜歡，才有了那麼大的變化？她不太確定，可他對自己的耐心，對她的好，她一日日都能感受到，不像是假的。

興許人的際遇，影響真的很大吧？上輩子，他二十幾歲，經歷了什麼，她並不清楚，而這次，她那麼早就遇到他了，又有些慶幸。

她調皮地問穆戎。「我懷上你的孩子了，殿下該獎賞我什麼啊？」

穆戎捏捏她鼻子。「真貪心，本王送了妳那麼多東西，妳還想要啊？妳想要什麼？」

「要你的人。」她目送秋波。

穆戎噗哧一聲笑起來，但很快，他就發現了一個很嚴重的問題。她懷孩子了，他就不能碰她了啊！這幾個月怎麼過？

他忽然痛苦起來，也不想餵飯了，把碗一放。

「妳這肚子是很爭氣，本王說要孩子，它就有了，只是也太快了點。」他摸摸她小腹。「早知道，本王不該急的，便是晚個一年半載，又有什麼呢……」

姜蕙暗自好笑，色胚本性又暴露了。他自己要的，如今又後悔，真是……不過她也得熬著呢，想著，姜蕙又有些難受。

一會兒後，卻是吳太醫很快就來了，剛見到穆戎就笑著說：「皇上與皇后娘娘千叮萬囑的，恨不得也一同來，只是不方便出宮。下官聽說娘娘已經叫人先看過了，如此必是不會錯，先恭喜殿下了。」

穆戎笑道：「好說，還請吳太醫再看看。」

二人進去，姜蕙讓吳太醫又看了一下。

吳太醫道：「娘娘身體康健，脈搏很穩，實在無須擔憂。」

「要不要吃些安胎的？」穆戎問。

「不用，不用。」吳太醫連連擺手，只問姜蕙平日的口味，他一連寫了好些菜單出來。「這些膳食都是由太醫院與御膳房一起商量出來的，娘娘體質有些火性，最適合吃這些。」

穆戎拿來看一眼，點點頭。

吳太醫走後，他沒有把菜單直接交給廚房，而是自己又審了一遍。

姜蕙好奇，探頭來看。「難道殿下是廚子，還懂這些？」她不知道他幹麼費這個工夫。

穆戎朝她腦門上拍了一下。「還不是為了妳嗎？妳自己來看！」

一把將她抱來，放在腿上，他正好休息一下。

姜蕙眉頭皺了皺。「可吳太醫開的，能有什麼？」

「宮裡的人，哪個也不能輕信。」穆戎正色。他父親那麼多妃嬪，被臨幸過的也有不少，結果只有五個兒子，有些在肚子裡就沒了，哪個不是宮裡的人做的好事？

他想到母親，微微垂下眼簾。當然，裡頭也包括他的母親。

所以他的人，不管是他的妻子還是孩子，他都要保護好。再說，這吳太醫原本也是皇太后的人，可他本來沒說請吳太醫，誰想到他卻來了。

姜蕙看他認真，便一道道菜看了，可她也不是廚子。

「要不送去給寧大夫看看？」她道。「寧大夫是可以信任的。」

這回穆戎沒有阻擋，叫人送了去。

至於廚子方面，因這廚子一早就來王府，他已派人查過，並沒什麼問題，只是他也去嚇唬了一回。

過了會兒，皇上又派人送了賞賜。

姜蕙對此也麻木了，實在是府中貴重的東西太多，她現在有種視黃金如糞土的感覺。其實這也不是好事，人擁有得越多，好似興奮的事就越少。

晚上，兩人躺在床上，穆戎很不自在。「會不會晚上碰到妳？」

「不會。」姜蕙道。「殿下睡姿又沒有不雅。」

頂多就是會亂摸嘛，又不會踢她。

「萬一壓到妳呢？」他問。

「不會。」

「我起得早，把妳吵醒了呢？」

姜蕙被他問得煩了。「要不那咱們分床睡？我去睡別的廂房？」

穆戎一想。「那還是算了。」

今日的事情多，姜蕙也有些累，很快就睡著了。

穆戎翻來覆去的，不知為何，就是睡不著，興許往日夜裡，把所有熱情都用在她身上了，如今他沒用便有些過剩，又興許自己當爹了，可又不敢靠她太近，他背對著牆壁，長嘆一聲。以後怎麼熬啊！

太子得了勝仗，皇上青睞有加，連著誇讚了好幾句，太子妃又順利生產，有了兒子，故而這幾日心情都很好。只是想到衛鈴蘭，竟覺虧欠，要不是得她提醒，自己輕敵，也許就親自領兵了，幸好去拜訪了南雄侯，他用兵老道，最後才能擊敗反賊，活捉了那賊首。

可惜衛鈴蘭失了貞潔，這一點教他左右為難。

要她尚且是清白之身，他定然會毫不猶豫就抬了她回來做側室，將來封個太子婕妤，也算對得起她，可現在……他無法向皇太后提這件事，自己也過不去這個坎兒。

正當他不知如何是好的時候，留在莊上的侍衛回來了。

太子奇怪，質問道：「大膽！竟敢私作決定！」

侍衛忙跪下來。「回殿下，是衛姑娘有急事，要屬下連夜趕回宮中。」

太子眉頭皺了皺。「何事？」

侍衛垂下頭。「只能說與殿下一人聽。」

太子看他神神秘秘的，便屏退了旁人。

侍衛道：「是關於魏國餘孽的，衛姑娘說——」

「什麼？」太子打斷他。「她怎會提起這些？」

「昨日衛姑娘突然問起魏國餘孽的事情，屬下便說在天牢裡。」侍衛說著又突然磕頭。「殿下把屬下派到衛姑娘身邊，屬下心想衛姑娘必是能信任的，一時不察，便把梁載仕的事情說了出來。」

也是衛鈴蘭聰明，旁敲側擊，他越說越多，只想著是魏國餘孽，又不是朝中秘辛。

「糊塗！」太子聽了大怒。

侍衛忙道：「屬下甘願受罰，只是衛姑娘說此事關係到殿下前程，她想與殿下見一面。」

太子揹著手道：「見了做甚？」

「衛姑娘說……梁載仕必是三殿下救走了，興許已招供，三殿下早晚會找到躲藏在別處的魏國餘孽，屆時他定能立下大功，搶了殿下風頭，是以要殿下注意。」

搶風頭還是其次，若是得到……太子臉色一變。

他那憑證還在魏國人手裡呢！

不過梁載仕即便是姜蕙的外祖父，他真會說出來嗎？可恨穆戎不知把梁載仕藏在何處，他又不可能滿城地去找。

太子之前也為此事心煩，如今又被衛鈴蘭提起，更是如同困獸。可她一介女子，能有什麼辦法？還想與他見面？他沈吟一會兒，與那侍衛道：「你先回莊子。」

便是他要去，也不是隨時可以去的。

侍衛領命，很快出了宮門，騎馬往莊子去了。

周知恭跟在後面，一邊派人去告知穆戎。

聽到這個消息，穆戎有些驚訝。沒想到姜蕙的直覺那麼準，這二人還真勾結在一起。

回到府中，他便把這事告訴姜蕙。「兩人確實有來往，之前大哥出發去青州前，聽說便在附近整頓停留，今日衛姑娘又派了大哥的侍衛去宮裡傳話，如今又回去了。」他笑了笑。「大哥對衛姑娘還真有幾分真心。」

姜蕙握著手道：「衛鈴蘭有預知，興許會告訴太子一些事情，被他占了先機。」

穆戎嘴角挑了挑。「能有什麼先機？」

有時候他是太過自信，以為太子樣樣不如他，可上回已經讓太子得勝，誰知道還有什麼呢？

姜蕙絕不會像他那麼輕鬆，她問：「假使衛鈴蘭知道未來的皇帝是誰呢？」

穆戎一怔。

「不是沒有這個可能。」姜蕙知道他在乎皇位。

誰想到穆戎道：「命運隨時都能改變，又豈有注定一說？」他看著姜蕙。「比如當初，妳從沒想過妳能當王妃吧？以妳的家世原本也做不成，可因為有本王，妳才能成了王妃。」

一切都是他的努力，他改變了她的命。

姜蕙眉頭一挑。「殿下說得也不錯，可奈何我命中注定要遇到殿下，這便是注定；假使遇不到，我今日也不是王妃。」

穆戎笑了。「妳這乃詭辯。」

姜蕙道：「殿下說不過，便要賴不成？」

「什麼叫命？」穆戎道：「本王今日認真與妳說一說，那日遇到妳，全是因本王。原本我一早就離開書院了，可妳哥哥來說話，是本王決定暫留一會兒的，故而才能在街上見到妳。」

這件事，都是由當日當時，他的決定才造就的，如何叫命？倘若聽天由命，他一早就該縮到衡陽，再不回來了！

姜蕙語塞，但她不可能放棄，想一想，道：「殿下總得承認，人的一生中有很多變數吧？那是難以預料的。」

穆戎上下打量她一眼，點點頭。「妳於本王來說就是變數。」

他從來不曾想過會娶一位這樣的姑娘，還耗費了如此多的精力，如今還與她談論命運，甚至都不忌諱提及皇位，那是把她跟自己合為一體了。

姜蕙臉一紅。「說正經的。」

他把她拉到懷裡。「也不知道妳操什麼心，如今懷了孩子呢，罷了。」為這衛鈴蘭，他這妻子是寢食難安。「妳要實在擔心，本王便給妳殺了她，如何？」

姜蕙眼睛一亮。「好！」

好像多大的喜事，她就在盼著這個。

一早猜到衛鈴蘭恐與太子聯結，她便動了殺心，如今穆戎要除掉她，正中下懷。

見她那高興樣，穆戎也不拖泥帶水，立時就要去吩咐何遠。

姜蕙卻取出一個匣子來。「裡頭有毒藥丸，用這個容易。」

穆戎驚訝。「妳哪兒弄來的？」

「叫寧大夫做的。」姜蕙面如冰霜，沈靜道：「假使殿下不動這個手，我只好自己來了。」

教衛鈴蘭嘗嘗這滋味，報她前世之仇！

穆戎哭笑不得，伸手拍拍她腦袋，感慨道：「好一個毒美人兒，妳這蛇蠍心腸，以後本王若待妳不好，妳會不會也拿一顆毒藥來伺候本王啊？」

「這難說。」姜蕙撇撇嘴。「我留顆備用。」

穆戎一把搶過來。「還來勁了，不准留。」

他叫何遠來。「送去給周知恭，把衛鈴蘭除了，今日動手。」

何遠吃了一驚。他竟然是當著姜蕙的面下令的，可見是兩個人的主意。

他連忙領命。

姜蕙看何遠走了，一下子好像坐不穩，整個人往椅背靠去，很慢很慢地呼出一口氣，眼睛也微微閉了起來。終於還是走到這一步，命運兜兜轉轉，她與衛鈴蘭注定要死一個。或者，正如穆戎所說，與許也不是注定，而是她與衛鈴蘭的選擇，導致了這樣的結局。誰教衛鈴蘭不甘心呢？又是誰讓她做上了王妃的位置，為保住自己，保住穆戎，保住她所有的家人，她只能殺了衛鈴蘭。

她伸手輕輕撫摸了一下小腹。

這裡，她的孩子也在長大呢。

看她滿臉溫柔，再無剛才的一絲冷酷，穆戎嘴角翹了翹。當初自己喜歡上她，便是愛她這外柔內剛的性子吧，她是個狠心的人，也是個勇敢的人，可是又不乏溫情，只有這樣的女子，才能與他並肩走到最後。

暗衛拿了匣子，直奔田莊而去。

衛家的莊子離京都並不遠，一個多時辰便到了，只是去得晚，到那兒天已經暗黑。

周知恭得到命令，看了看毒藥丸，取出一看一聞，便知是何用，當下取出丹毒。

此類毒藥最容易，塞入嘴裡很快致命。

他站在林子裡，往前面的宅院看去。

這莊子裡都是衛家的人，除了四個看家護衛，管事一家五口人，便只有十幾個下人，另外便是太子派的暗衛。莊子裡的人也不曾懷疑，興許是衛鈴蘭幫著證實，故也充作護衛。

要下手很容易，只等夜深人靜。

周知恭很有耐心，一直到了子時，才命人前往。睡著的人用迷煙，不曾睡的，以手刀打暈，那四個看家護衛根本不是對手；至於太子的暗衛，多花了些工夫，但也不難。

這些都做完後，周知恭伸手推開衛鈴蘭的房門。

門發出嘎吱一聲，衛鈴蘭受到驚嚇，一下子睜開眼睛，可沒等她發出聲音，周知恭鬼影一樣地竄上來，快如閃電，一把就壓住衛鈴蘭，往她嘴裡塞了毒藥。

月光下，周知恭的臉跟死人一般，蒼白，毫無血色。

衛鈴蘭差點沒嚇暈過去，眼見嘴裡被塞了東西，她拚命想吐出來。但周知恭一掌朝著她臉擊下，一股強烈的氣朝她嘴裡灌來，那東西咕嚕一下就滾入肚子。

炙熱感瞬間在全身湧動，她透不過氣地喘息，像得了肺癆，眼睛直往上翻。

萬般痛苦下，她不由得伸手撓自己的脖子，可哪裡有用，眼前漸漸地黑了，連月光都沒了，四周陰森得可怕。

迷糊中，她終於知道自己要死了……她中毒了。

衛鈴蘭慘笑起來，可憐她一生心願還未實現，就這般要死了！老天為何對她如此不公？她那麼樣的人，原本是該得到這世間最尊貴的身分啊。

誰要毒死她？姜蕙？那日她定也是這般死的……

「姜蕙，我、我便是……也不放過妳……」

然而，這話還未說出口，她便不能動了。

薄被一條，蓋住她僵硬的身體，風吹進來，滿屋的寂靜。

第六十六章

衛鈴蘭的命就像秋日樹上的葉子，要落就落下來了；這件事也像河面上的漣漪，蕩過就沒了。任衛家派人怎麼查，也找不到絲毫線索。

姜蕙最近睡得別提多踏實了，連夢都不作，精神也好，面色紅潤潤的。

今兒姜家得知消息，姜濟達夫婦帶著兒子、兒媳、寶兒來看她。一見女兒這等樣貌，不用問，都放心得很。

梁氏笑道：「阿蕙，妳在這王府，比在哪兒都好，看的是太醫，這吃的也是御廚做的，咱們是白白擔心呢。」

姜濟達沒見到穆戎，詢問道：「今兒休沐，殿下也忙？」

「被皇上叫去了，也是常有的事。」許是又要他陪著玩什麼。

「那妳是時常一個人在府裡？」梁氏又心疼女兒。

「你們莫要操心，」姜蕙握著母親的手。「也就這事。我偶爾有些悶，府裡冷清，其實生個孩兒也好。」有孩子，她就有事做了。

寶兒聽了，趴在她膝頭。「那我留在這兒陪妳，好不好？」

她個子又長大了，臉兒早不像幼時那樣豐潤，下頷尖尖的，露出瓜子般的模樣，眼睛又大，水盈盈的，與姜蕙已有五、六分像。

姜蕙斜睨她一眼。「妳又捨得妳大嫂了？」

沈寄柔笑起來。「她在我這兒總念叨妳，到妳這兒興許就念叨我。」

梁氏道：「還是小孩子心性，我倒不放心她在妳這兒，省得打攪妳，妳如今就要安安靜靜養胎的。」

「娘，我定會好好的，姊姊有孩兒了，我不鬧她，我只陪她說話。」寶兒拉著梁氏的手撒嬌。「好不好？阿娘，我就住半個月！半個月過了，一準又要想你們了。」

姜蕙寵寶兒，說道：「阿娘，便這樣吧。」

梁氏看她喜歡，便不多說，只叮囑她聽話。

說話間，姜蕙打量姜辭跟沈寄柔，只見那對小夫妻時時相看，感情遮也遮不住，她微微一笑，與梁氏道：「大哥跟大嫂真好呢。」

「可不是，寄柔前幾日還親手做菜給阿辭吃。」梁氏低聲道。「又每日給他做鞋子、做裡衣的，臨到晚上看書，點個油燈她都要去，唉，我勸都勸不了，由著她吧。」

兩人蜜裡調油，只是這等好也有些不尋常。

姜蕙道：「興許大嫂經歷的事情多，更珍惜吧。」

不過聽著沈寄柔是有些黏人，幸好哥哥性子也溫和。

幾人說了會兒，怕姜蕙乏，便起身告辭。

寶兒住的地方一直保持原樣，也沒什麼好收拾的。姜蕙睡了個午覺起來，便與寶兒一處玩，把庫房裡的珠寶拿出來，二人沒事串珠子，又商量拿這些打什麼首飾好看，誰料竟突然來客。

金桂道：「說是謝二夫人帶著謝二姑娘來了。」

姜蕙怔了怔。不請自來？可到底是皇后的娘家人，也算是她舅母，倒是不好閉門謝客，她叫金桂請進來。

謝二夫人與謝燕紅過來行禮，那謝燕紅戰戰兢兢的，很是拘謹，只是今日打扮得很好看，一件霞紅繡纏枝桃花的襦裙，月白暗紋百褶裙，腳上一雙繡花鞋都很精緻，最上頭頂著兩顆珍珠。

至於謝二夫人，一來就四處探看，又嘆氣道：「竟是全沒有修葺好呢，可是娘娘忙得很？這麼大的宅院未免浪費了。」

姜蕙叫人上茶，淡淡道：「這事不急，哪日要修都可以的。」

謝二夫人笑。「是這個理，娘娘莫怪我今日唐突，只是正好路過這兒，想到許久不見，又是這樣的喜事，便來賀一賀。」

她叫人送上賀禮。

「破費了。」姜蕙道謝一聲。

越過謝大夫人先來王府，也不知她什麼意思？

「如今阿蕙妳懷著孩子，只怕是更操勞了。」謝二夫人的目光在她臉上打了個轉。

姜蕙眉頭皺了皺。「我有何操勞？自有管事在，倒是終日裡閒著呢。」有穆戎這樣的主子，那些下人哪個敢偷懶？

謝二夫人見她懵懂不知，也是暗嘆。終歸是小姑娘，不懂事體，如今她有喜了，穆戎怎能沒個側妃？她這是好心來提點她，明白的，不如親自選個聽話的做側妃，可不是好？她身邊這個女兒便是最佳人選。

謝二夫人想到這兒，看謝燕紅一眼，笑道：「上回阿蕙來家裡，我這女兒便總念著，說娘娘心善，只可惜娘娘也不常來。」

姜蕙瞧瞧謝燕紅，她低垂著頭，哪裡有喜歡自己的樣子？分明是有些害怕。

她心裡一動，忽地有些明白了，上回謝二夫人就在她面前總是提起謝燕紅，如今又是，非得把她跟自己拉近，莫非是想……

她眸子微微睜大，看向謝二夫人。這人是瘋了吧？想替女兒自薦枕席？

她立時就很不喜。一個女人心再寬，也不會心甘情願給自己男人找側室的，別說她本就不是賢妻良母。

穆戎找不找，那是他的事，她絕不會主動給他找。

「我乏了，還請您見諒。」姜蕙下逐客令，手輕輕摸著小腹。

謝二夫人椅子還未坐熱，沒想就受到這樣的待遇，臉上有些掛不住，笑道：「有孩子是時常會這樣的，但也不能一乏就睡啊，那一天得睡幾回？」

姜蕙道：「可我現在就想睡呢，要不您隨意，等我歇會兒再出來？」

這怎麼成！謝二夫人沒法子，咬牙道：「那就算了，我下回再來看娘娘。」她領著謝燕紅就走，一邊輕聲斥罵。「一點也沒眼力，不曉得討好人，就不知道出個聲？」

眼見二人走了，寶兒歪頭道：「姊姊不是才睡過嗎？」

「嗯。」

「那怎麼又要睡？」她眼睛一轉。「姊姊討厭那兩個人？」

「是啊。」姜蕙道。「可那是親戚，不能撕破臉，只好說我乏了。妳學著點，以後遇到這等人，也不用太客氣。」

寶兒點點頭。

等到穆戎回來，姜蕙老實交代。「恐是得罪二舅母了。」

「怎麼回事？」他坐下，拿了茶喝。

「二舅母想讓殿下納了謝燕紅。」

穆戎差點一口茶噴出來，拿帕子一抹嘴。「妳莫理會便是。」

姜蕙笑著看他。「殿下看不上？」

穆戎皺眉。「壓根兒沒想過。」

姜蕙有點不信，挑一挑眉，道：「要是個風情萬種的人兒呢？殿下指不定就看上了，不就嫌謝燕紅不夠好？再說什麼壓根兒沒想過，您當初還想納我做妾，主母又是給誰當呢？」

這等爛芝麻的事情都能拿出來說，穆戎哭笑不得，把她小手抓過來。「沒想過妳不信，想過妳又不樂意，真要有跟妳一樣的，本王就納，行嗎？」

姜蕙哼一聲，把手抽了。

她的臉漸漸豐盈起來，原先嫵媚，現在又有些嬌憨，一挑眉一轉眼，說不出的俏皮可愛。穆戎又拉住她的手。「今日與父皇說了，妳現在懷著孩兒，並不方便去衡陽，舟車勞頓，恐有損傷。母后也贊同，且讓本王把原先王府的人調一部分回來。」

姜蕙驚訝。「原先王府的人，那邊……」

「乳娘慣會服侍有喜婦人的，當初母后把她安置在衡陽王府，原先也是為照顧本王妻兒。如今妳有喜，自然要接回來，還有一些下人。」

怎麼聽著有長住的意思？可那會兒他們原本準備要回衡陽的。

穆戎看出她的顧慮，笑一笑，道：「順其自然吧。」

他原先也不是心甘情願要走，如今姜蕙有孩子了，自然更不能走，他可不想路上出事，再者這理由，皇祖母也不能不接受。

皇家血脈，如何能輕視？別說父皇還盼著看他孩兒出生呢。

姜蕙點點頭。「都聽殿下的。」

以後也都看他的了，衛鈴蘭已除，好些事也改變，她能做的已經做了，剩下的，也只能靠他。

卻說永寧公主的婚事，前不久也定下了，是此前皇太后說的蔣公子，到了十月，便是出嫁的日子。姜蕙因頭三個月很緊要，故也不能去賀喜，只有穆戎自己去了，寶兒與她在家中玩。

皇室公主嫁人，場面自然隆重，一百二十抬的嫁妝，當真是綿延十里。

前來道賀的皇親國戚數之不盡，謝家自然也是其中之一。永寧公主雖不是皇后親生的，可皇后很喜歡她，一是自己沒女兒，二是這孩子單純，今日嫁出去確實有些不捨得，拿帕子抹了好幾下眼睛。

謝大夫人寬慰她。「蔣家人都很寬厚，那蔣公子是真正的溫和如春風，娘娘莫擔心了。」

謝二夫人也說幾句，又道：「原來衡陽王妃娘娘不曾來。」

竟是用了尊稱，皇后笑道：「這麼見外？不過阿蕙懷著孩子，是不便來的。」

「我哪敢不這麼叫她，上回專程去拜見，她不耐煩地趕我走了。」謝二夫人嘆口氣。「也是怪我多事，我見這府裡就兩個丫鬟伺候，只覺得少，卻見三殿下身邊是一個丫鬟都沒有，可她不是有喜了嗎？」

皇后聽了一怔。穆戎是沒有側室，不過伺候的奴婢有沒有，她還真不清楚，上回皇太后不是賞了好一些去嗎？怎麼，如今她兒子是沒一個人伺候了？

見謝二夫人當著皇后的面說出這種話，謝大夫人心裡頭咯噔一聲，暗道：她在家裡行事魯莽便罷了，到了宮中也這般放肆，不得連累整個謝家嗎？

她連忙道：「弟妹妳酒喝多了，少不得要吃些醒酒茶。娘娘恕罪，她一向酒量淺，今兒又高興。」

謝二夫人上回得了姜蕙冷待，左右不是滋味，見她沒來，便要在皇后面前告狀。她哼了一聲道：「什麼酒喝多了？我可沒胡說，親眼見到的還能有假？」

皇后眉頭皺了皺，因為這謝二夫人說話沒個體統。

便是她兒媳真那麼做了，謝二夫人當著她這個做婆婆的面，也不該如此。皇家體面，她總是衡陽王妃。

眼見皇太后也看過來，皇后冷聲道：「阿蕙平日為人如何，本宮很清楚，妳莫再多說了，且先回去，瞧這醉態還留在宮裡，丟了謝家臉面！」

謝二夫人一怔，隨即臉又通紅。她是侯爺夫人，也是皇后的二嫂，自恃身分尊貴，在京都，誰不讓她幾分？可今兒她為穆戎著想，皇后竟不領情，當面訓斥她。謝二夫人咬一咬牙，行一禮告退。

她是沒有膽子反抗，只是心裡憋著火。難不成皇后見自己兒媳是個妒婦，竟也不管嗎？

謝燕紅跟在她身後，謝二夫人低聲道：「都是妳這個沒用的，想當年三殿下不也救過妳嗎？好歹有幾分情分，妳都不知道報這恩情！留妳又有何用？我看胡家的三公子不錯，擇日就把妳嫁給他罷了。」

謝燕紅的臉色一下子慘白。那胡三公子生得醜陋不說，性子也可怕，聽說他姬妾都死了好幾個，她如何能嫁過去？

「母親，求求您留我一條命。」謝燕紅啜泣。「不是女兒不想報恩，委實是三殿下看不上女兒啊！」

「是妳自己不曾想法子。」謝二夫人冷笑，又斥道：「把妳的眼淚收起來，教別人看見，還當我怎麼苛待妳了。」

謝燕紅連哭都不敢哭。

二人出了宮門，沿著通道往前直行，對面，穆戎正與太子送了永寧公主回來。

謝二夫人笑著迎上去。「可辛苦殿下與三殿下了。」

二人叫了聲「二舅母」。

太子道：「二舅母怎地這麼早回去？」

謝二夫人自然不好意思說是被皇后趕回去的，尷尬一笑，道：「酒喝多了，頭有些暈，原本是該陪著你們母后再坐一會兒的，只現在反倒怕打攪了，也是娘娘體貼，叫我歇著。」

太子尚且還有耐心與她說兩句，穆戎則揹著手，保持沈默。

他平日個性就倨傲，不容易讓人親近，此時瞧著更是冷如冰山。

謝燕紅目光都不敢往他臉上瞧，雖知那是一處教人流連忘返的風景，可始終提不起勇氣。然而，她想到自己的命運，又覺淒涼，耳邊只聽他二人告辭。

她腦中一片混沌，朝前走去，到了穆戎跟前，整個人朝他倒了過去。穆戎下意識伸手扶住。

太子目光閃了閃，隨即露出了然的神色。

謝二夫人心花怒放，暗想這女兒也不是那麼蠢的，可見一旦逼到極點，什麼也做得出，有這樣的膽子，還怕以後爭不到個側妃之位？

她佯裝大驚，叫道：「燕紅，妳是怎麼了？妳別嚇為娘，唉呀，得請大夫看看——」

她一驚一乍之時，穆戎突然用力把謝燕紅往前一推，只聽一聲哀叫，她猛地摔在青石鋪的地上。石頭堅硬冰冷，好像連肩膀骨頭斷掉的聲音都能聽見，謝燕紅疼得眼淚直掉。

謝二夫人這回是真吃驚了，瞪著穆戎道：「三殿下，你這是為何？燕紅她身子骨本來就弱，想必是今兒累到了，才會差點摔倒，你怎麼也算是她表哥，怎能如此待她？」

穆戎挑眉道：「身子骨弱就該留在家裡，出來做甚？」

謝二夫人被他噎得說不出話來，連忙去扶謝燕紅。

謝燕紅額上都出了冷汗，謝二夫人一碰她，她就發出慘叫，原來骨頭都斷了！

謝二夫人沒想到穆戎如此狠心。這人是一點都不會憐香惜玉的嗎？她質問道：「三殿下，燕紅與你可沒有仇，你一出手就把她肩膀摔斷，如何說得過去？」

太子在旁邊看好戲，此番也道：「三弟，你是有些過分了，我看謝二姑娘確實是不小心摔的，你便是不願扶也不該這樣對她呀。」

穆戎不理會，警告謝二夫人道：「下回本王家事，還請二舅母莫來多嘴！」

他拂袖走了，謝二夫人臉色一陣青一陣白的。

太子看著穆戎的背影，眼眸微微瞇了起來。

衛鈴蘭突然中毒致死，他心中悲痛，自然想替她報仇，然而一點線索也無。只是依據暗衛調查所得，猜測應是旁的暗衛做的，因手段相像，乾淨俐落。

可誰會用暗衛去除掉衛鈴蘭呢？衛鈴蘭才與他說可解決憑證一事，不到一日，她便死了，著實詭異！

假使出自穆戎之手，那自己不是一舉一動都在他眼皮子底下？太子不寒而慄。

如此說來，自己身邊真有細作？不然穆戎怎會知曉他與衛鈴蘭的事情？

他越想越煩躁。

耳邊謝燕紅的哭聲教他回了神，便吩咐宮人把她扶起來，送去太醫院。

這事傳到慈心宮裡，連謝大夫人都沒臉留下了，連忙告辭。

皇后嘆口氣，向皇太后道歉。

「我這二嫂委實不像話，我必會告誡她的。」

皇太后對此是有些不滿。她這人向來自律，不管是之前做皇后，還是皇太后，頭一個便是約束娘家，不讓他們興風作浪。這兒媳做事是不夠謹慎，不只如此，連個兒子也管不好。

如今穆戎是在京城住定了，皇太后想到這事就頭疼得很。

她為越國安穩花費了多少精力，可偏偏兒子、兒媳荒唐，現在姜蕙又懷了孩子，也不可能離開京城。

說起來，這孩子也來得巧，莫非是她這三孫兒故意為之？他從小就心眼多，也不是不可能。

「妳心裡清楚便是。」皇太后語氣淡淡。

正當此時，穆戎來拜見。

皇后見到他，少不得要訓斥兩句。「謝二姑娘便是哪裡不對，你也不該推她，姑娘家哪禁得起？要是有個三長兩短，如何得了？」

對自己的二嫂，她還是了解的，謝燕紅又是庶女，原本很是乖巧，不是會做出這等事的人。

穆戎承認錯誤。「孩兒這回是輕率了一點，下回必定注意。」

皇后又問起姜蕙。

「旁的沒什麼，只前兩日胃口不太好。」穆戎面上露出幾分擔憂。有回早上起來她就吐了，一口早飯也沒吃，幸好後來午飯、晚飯還是吃的，算是虛驚一場。

皇后點點頭。「有些婦人是會這樣，等熬過去就好了。」

穆戎一怔。「太醫看不好？」

皇后搖搖頭。「這算不得病，便是生孩兒帶的。」

穆戎眉頭皺了皺。

「金嬤嬤對這有些法子，過兩日該到了吧？」皇后問。

「是。」穆戎回答。

皇太后想了會兒，問穆戎。「如今阿蕙有喜了，尋常都是誰伺候你？」

這話有點直接，不過皇后也想知道。

穆戎面上有些臊，暗道：關她們什麼事呢，這都要問？他若熬不下去，自會想法子。

他淡淡道：「戶部事情多，孩兒到家也無精力，故而不曾要誰伺候。」

皇太后與皇后對看一眼。皇太后沒再吱聲。

皇后也聽出來了，這兒子袒護兒媳，並不想立側妃或是別的。只是穆戎有這真心，作為妻子，自己不好伺候，也該給他尋個側室吧，便是通房也好。

皇后心裡對姜蕙有些不滿。她那大兒媳便不是如此，雖說太子自己也是個風流的主兒，太子妃是從不拈酸吃醋的，還很大度。可兒子態度已經擺明了，她也不好硬要他立個側妃，便也不再多說。

穆戎很快就回了王府。

他剛踏入堂屋，就見寶兒跑出來，一把眼淚一把鼻涕地道：「姊夫、姊夫，你快救救姊姊！」

見她哭得那麼淒慘，穆戎心頭一沈，急得抓住她肩膀，問：「阿蕙怎麼了？她在哪裡？」

第六十七章

寶兒一聲尖叫，哭得更厲害了。

「妳快說啊！」穆戎惱火。

「在、在屋裡。」寶兒白著臉道。「好疼，姊夫。」

穆戎忙放開她，大踏步往裡間走去，眼見姜蕙好好地坐著，他回頭罵寶兒。「妳幾歲了，不會說話？」他還當姜蕙出了什麼大事。

寶兒嘴巴一癟。「姊姊兩頓飯都沒吃，一吃就吐，我怕姊姊餓壞了，這要幾天都這樣，該怎麼辦？」

「什麼？」穆戎走過去，捧住姜蕙的臉瞧。「妳沒吃飯？」

「吃不下。」姜蕙看起來蔫蔫的。「沒一樣想吃的。」

穆戎大怒，又罵金桂、銀桂。「妳們是死的？會不會伺候人？把廚子叫來！」

「別，不關她們的事。」姜蕙忙道。「廚房都忙了一天，燒了好多的菜，可我就是吃不下……」正說著，她又乾嘔起來，伸著脖子，想吐，又沒東西可吐。

金桂忙扶住她，給她順背，紅著眼睛道：「娘娘，要不您忍著吃一點，孩兒也得吃呢。」

姜蕙直管嘔，話也說不出來，穆戎看得難受，推開金桂，自己給她撫揉。

他的手大，力氣也大，從上到下順著，好像帶著暖流，她舒服一些，慢慢坐直了。

「今兒一天都這樣?」他問。

姜蕙點點頭,又搖搖頭。「偶爾。」她從來不知道生個孩子那麼辛苦,可即使把這辛苦告訴穆戎,他又不能代替自己,她問穆戎。「你可吃飯了?」

「我吃不吃要緊嗎?妳一天都沒吃!」穆戎想起皇后說的,太醫該叮囑的都叮囑了,看不好這個,可她比起前幾日明顯是嚴重了,如此下去怎麼得了,不得活活餓死?

「妳就沒有想吃的?」穆戎問。「妳要吃什麼,本王去買給妳。」

姜蕙道:「原本有想吃的,可廚子做了端上來,一聞就吐。現在也不知想吃什麼了……喔,剛才吃了點瓜果。」

穆戎嘆口氣,摸摸她腦袋。「那餓不餓?」

「不餓。」她搖頭。「其實我不吃還舒服些。」

「那就別吃了。」穆戎道。

金桂忍不住插嘴。「那孩兒……」

穆戎眼睛一瞪。「孩兒餓一天也沒事,沒聽她說不吃舒服呢,妳們都下去!」

金桂嚇得一哆嗦,趕緊拉著銀桂走了。

寶兒道:「姊姊,姊夫回來陪妳了,那我也走了。」

姜蕙笑道:「好,要吃什麼,讓廚子做了端去。」

寶兒點點頭。

穆戎扶著她坐到床上,給她脫衣服。「要不早些睡,睡著就好了。妳現在不餓,等明兒起來也許就餓了，有道是強扭的瓜不甜，恐是不餓才吃不下去。」

看他語氣格外溫柔，姜蕙摟著他脖子道：「可我現在又不睏，要不殿下陪我說會兒話？」

「也好。」他也脫了鞋子，與她一起靠在床頭，兩人背後放了個大引枕。

「永寧成親可熱鬧？」

「比不得咱們成親熱鬧。」穆戎笑一笑，想哄她高興。「今兒遇到二舅母，又想使些下作手段，本王已經教訓她了，下回她必是不敢再來與妳說這些。」

意思是給她出氣了，還把謝燕紅肩膀摔斷的事情說了。

姜蕙笑得眉眼彎彎。「那二舅母準要氣瘋。」

「管她呢，氣死了最好。」穆戎對多數人都很狠心。

姜蕙噗哧一聲笑起來，側過頭往他臉頰上親了親。

他托住她後腦勺，吻住她嘴唇，只覺她香舌上有些酸甜的味道。親了會兒，他笑道：「看來是吃了橘子。」

「是啊。」姜蕙道。「今年橘子挺好吃，一會兒殿下也吃幾個。」

穆戎道好，她瞧他一眼，問：「不過殿下與二舅母起衝突，想必皇祖母與母后也知道了。」

穆戎一怔，她怎麼那麼敏感？

姜蕙淡淡道：「不知她們是不是要殿下立個側妃呢。」

「本王又不想立。」他皺起眉頭。

言下之意，那兩位還是有這個意思的。姜蕙有些不快，可也沒有再提這事。

二人閒說了會兒，她就睡下了。

到了半夜，穆戎睡著時，習慣地伸手去抱她，旁邊空無一人，只覺得一陣冷意，他不由得微微睜開眼睛。藉著月光，看到她一個人坐在床頭，手抱著腦袋，也不知在做什麼。

他有些驚訝，隨即就聽到極細微的哭泣聲，好像小貓的哀鳴似的，極為壓抑。

穆戎嚇一跳，連忙坐起來。「阿蕙，妳怎麼了，又是哪裡不舒服？」

她搖搖頭。穆戎把她抱在懷裡，只覺她渾身涼得很，忙把被子披在她身上。「那妳哭什麼？大晚上的不睡，不冷嗎？」他撥開她頭髮，看見她臉上一片濕漉漉的，也不知哭了多久。

他忽然就有些惱火。「妳總有個理由吧，誰欺負妳？是不是本王不在，哪個又來府裡對妳說了什麼？」

他聲音很大，驚得金桂跟銀桂忙走到門口。

姜蕙看他生氣，輕聲道：「剛才又起來如廁了，憋也憋不住，不只白日這樣，晚上也是，可我又沒有喝很多水，都好似老婆子了，成日離不開恭桶……剛剛還有些餓，原本想吃，後來不知從窗口聞到什麼，又吐了一回，把橘子都吐出來了……我、我渾身難受……」她越說越傷心，突然就嚎啕大哭起來。

好似懷了孩子，整個人就不對了，她什麼事也做不成，如今連飯也吃不好，不知道以後孩子會不會也長不好？她以後該怎麼過呢？

穆戎總算明白了，他大多數時候都不在府中，不知道她的情況，原來懷個孩子那麼辛苦，他心疼地把她擁緊了。「阿蕙，是我不好，讓妳生孩子。」

姜蕙只埋在他懷裡哭。她也不知怎就那麼委屈，其實這般也過一個多月，可她就是難受。

穆戎都不知道怎麼哄她了，半晌道：「要不，咱們把這孩子……」

姜蕙聽到這話，一下子不哭了。「你說什麼？」

「妳不是辛苦嗎？咱們不愁沒孩子，要不等妳再長大一些，再懷就是了。」穆戎道。

「胡說！」姜蕙道。「都養那麼大了，該兩個月了，怎麼能不要？你瘋了？」

她一下子又張牙舞爪，滿臉凶悍。

穆戎聲音弱了一些。「這不是看妳難受嘛。」

「那也不成。」姜蕙不知道他怎麼說出這種傻話的，她嘆口氣。「再熬一陣子就好了，過了三個月便行的。」

穆戎也嘆口氣。「要不我最近不去衙門了，在府裡陪妳，可好？」

姜蕙微微睜大眼睛。「真的？這可以嗎？」

「本王又不是戶部官員，有何不可？一個多月罷了，與父皇說一聲便是。」他給她擦擦眼睛。「莫哭了，妳這樣，我……」

她堅強的時候，他喜歡，可她這樣哭的時候，他心都要揪起來了，什麼都願意給她，只求她快些一展笑顏。

姜蕙搖搖頭。「還是算了。」他真這樣，皇后不知道怎麼想呢！

穆戎道：「真不要？」

「不要。」她笑起來，一雙明眸好似天上的星光。只要他把她放在心上就夠了。

穆戎看她笑了，總算放心。「明兒起來，本王晚些去，陪妳吃早膳。」

她高興地點點頭。

穆戎抱著她躺下來。「別再偷偷哭了，要是本王沒醒怎辦？要哭也大聲點啊，傻丫頭。」

姜蕙噗哧一聲，看來哭是比笑還好使。

兩人擁著睡了，他的手緊緊摟著她的腰，比任何時候都要來得溫暖。

早上，當第一縷陽光從蒙著青紗的窗透進來時，姜蕙醒了，又去如廁一次。等到回來，穆戎已經穿好衣服，頭一件事就問她。「餓了沒有？」

姜蕙搖搖頭。「不知道，說不清楚是餓還是飽。」

穆戎暗地裡嘆口氣，為了她不吃東西，他一晚上沒睡好，早上還作了一個惡夢，看到她瘦得皮包骨，不像個人樣，把他給嚇醒了，後來再難以入睡，看著天漸漸變亮。

幸好她倒是睡得香，只聽見她說不知道餓不餓，他又有些煩躁。「先洗漱吧。」他道。

姜蕙瞥一眼，他平靜的臉好似暗藏著風暴，看起來波瀾不驚，實則定是壓抑壞了，想到昨兒他的體貼，這樣一個人能費心照顧她，已經很不易。

她也不想他太擔心，笑道：「又好像有些餓呢，早上我想吃點粥。」

穆戎大喜，黑眸閃亮，像是清泉中的明珠，就叫金桂來。「阿蕙要吃粥了，妳叫廚子去準備……」他回頭問姜蕙。「想吃什麼粥？」

「清粥。」

「好，清粥，什麼都不要放，快去！」

姜蕙再看他嘴角有些弧度，顯是放鬆了一些。

眼見金桂要走，她叫住她，笑道：「殿下還未點膳呢。」

穆戎才覺自己也餓了，笑一笑，對姜蕙道：「妳點。」

「我點什麼，殿下都吃嗎？」她俏皮地問。

因剛起身，臉上脂粉未施，彎眉雪膚，盈盈一笑，眸中像是凝聚了晨時葉上的露珠，晶瑩璀璨，教人越看越喜。

穆戎道：「妳總不至於謀害親夫，點吧。」

她便要了一道白片雞、一道芋子餅，一碗松仁粥和一碟山藥糕，加上她自己要吃的清粥，共是五樣。金桂記下後，快步走了出去。

穆戎笑得嘴角翹起來。還以為她調皮，最後點的仍是他喜歡吃的，這一點她似乎從來都做得不錯。

姜蕙這會兒才開始梳頭。又見她自己動手，穆戎忍不住道：「都這樣了，還不讓旁人梳？」

「不習慣，而且梳頭髮挺有意思啊。」她把頭髮都撥到前面，慢慢梳著，露出一截潔白的脖頸，修長得好似玉竹一樣。

穆戎看了會兒，才發現她梳起頭來別有一番滋味。要說平時她行事潑賴，人前還有個樣子，人後其實並不像大家閨秀，可現在那動作、那坐姿，說不出的溫婉，看背影就夠撩人的了。

原先他卻是沒有耐心瞧她做這個。他輕聲一笑。「是挺有意思。」

過了會兒，廚房就端了飯菜來，寶兒聽說她要吃粥，也高興地來了，見到她就撲上來，道：

「姊姊，妳總算餓了？妳可知，我昨兒著急得都沒睡好覺。」

穆戎心裡一動，同病相憐，看來寶兒是真心疼她這個姊姊。

姜蕙聽了忙道：「寶兒，妳以後莫這樣，我這也不是病，等過一陣子就會好的，不是什麼大事。」

寶兒摟著她胳膊。「可我怕妳餓壞了身體。」

「沒事，我一會兒就吃。」姜蕙摸摸她腦袋。

三人一起坐著，穆戎看寶兒新點的還沒到，把自己的松仁粥給她。「妳餓妳先吃吧，本王等會兒再用。」

寶兒有些受寵若驚。要知道，穆戎平常可不易親近的，雖說自己是姜蕙的親妹妹，可他也不是總有好臉色，今兒居然會讓粥給她，她眼睛都瞪大了。「我、我不吃，姊夫吃吧。」

穆戎眉頭一皺。「叫妳吃就吃，囉嗦什麼。」

寶兒嘴兒癟了癟。她也不喜歡吃松仁粥啊……

見自己妹妹這可憐樣，姜蕙道：「寶兒不吃這種粥，還是殿下自個兒吃吧。」

原來如此。穆戎道：「不喜歡就直說。」

寶兒心道：有時候直說，他又不高興。要說這姊夫，人是真長得好，她也隨姊姊們見過好些公子哥兒，沒一個比穆戎英俊的，可他這脾氣，卻教人難受得很，一點也摸不透。

反正她是不願意跟穆戎待一起，大概也只有姊姊才能與他做夫妻，還不覺得委屈的。

她只點點頭，不說話。

姜蕙拿起調羹，舀了一勺粥往嘴裡送。大概昨日餓了一天，今日還真有些胃口，她一連吃了好幾勺。

寶兒鬆口氣，穆戎也鬆了口氣。

可姜蕙接下來又吃不下去了。她拿著調羹，跟塞珍珠似的，舉到唇邊就只進去一、兩粒米，動作還得隱蔽些，不能讓他們發現。

可穆戎都看在眼裡，心頭一緊，知道她又不行了，可她沒有說，可見是怕他擔心。經過昨日一哭，她今兒又恢復了原樣。

他也假裝不知，剛才總是吃了一點下去，比沒有吃好。

寶兒瞧著姜蕙道：「姊姊，要不請娘也住過來吧……」她實在是擔心姜蕙。

姜蕙忙道：「別告訴娘。寶兒，就算過幾日妳回去，也不能告訴娘，知道嗎？妳都著急，別說娘了，還有祖母祖父，他們年紀又大，不似年輕人，就讓他們安安心心的吧。」她可不想家人陪著一起受累。

寶兒也不是那麼小的孩子了，知道她說的話，只得答應她。

過了會兒，二人都吃完了，寶兒知道穆戎得去衙門，識趣地退出去。

穆戎站起來看看姜蕙的碗，還剩好多，果然就只吃了那幾勺。姜蕙笑一笑，道：「比昨兒好多了，午飯、晚飯我定還能吃點。」

他唔一聲，也不給她壓力。「本王走了，要是有事，妳使人來說一聲。」

「好。」姜蕙笑。

他彎下腰，在她唇上親了親。碰到那柔軟的唇，他胸口裡有處地方好似化作了水。一直都覺得娶她省心，知道她聰明，能跟自己齊頭並進，可突然發現自己不知何時，也心甘情願地為她擔心，牽掛著她，卻一點也不討厭這種感覺。

那種擔心，像是讓他雙腳踏踏實實地站在了地上，再不會有任何猶豫。

他手落到她腰部，把她攏緊了一些，用力地親吻她。她微微喘著氣。

好一會兒他才放開她，認真道：「本王會早些回來。」

姜蕙抬眸看他，這樣好像一個平常的丈夫。她點點頭笑道：「我會等殿下回來吃晚膳。」

他輕撫一下她的臉，轉身走了。

姜蕙看著粥碗，拿起調羹，勉強又吃了兩口進去，才皺著眉叫金桂拿走。

宮裡，太子剛聽了課，正從春暉閣出來。

韓守疾步上來，遞給太子一封信。「不知是誰放在書案上的……」

太子奇怪，拆了信看，只瞧了一眼，臉色就變了，質問道：「幾個守衛都不曾發現這信何處來的？」

韓守搖頭。「興許是哪個小黃門。」他眉頭皺了皺。「殿下，這信是誰寫的？」

太子自然不搭理他，急匆匆回了東宮。等到下午，便尋了個機會出去，來到城中的一處茶樓，那裡有人正在雅間等著他。

此人穿一身褐色夾袍，面色蠟黃，五官卻生得不凡，頗有幾分高貴之氣。

太子坐於他對面，斥道：「你不是一早便離開京城了？竟然還敢回來，難道不知道官兵正四處在抓你們？」

那人冷笑一聲。「我豈會不知？還抓了我孩兒，如今正在天牢裡！那是我魏國唯一的皇子，也是朕唯一的兒子！朕限你三日之內，把他救出來。」

正是楊拓的父親楊毅，他也是魏國餘孽口中的皇帝。

太子沒想到他們父子情深，為了兒子，他竟然不顧危險地返回京城，也是出乎意料。他淡淡道：「既是天牢，你便該明白，絕不是那麼輕易就能出來的。」

「我可管不了這些。」楊毅瞪著他。「你別忘了，我手裡還有你親手寫的憑證，你若是救不了我兒子，別怪我把這交到那狗皇帝手裡！」

太子臉色微微一變，語氣緩和了些。「你難道忘了你們魏國的大計了？要成大業者，如何不能犧牲？便是你兒子，為了你魏國，你也得捨得，不然將來如何收復魏國？教別人知道，恐怕你這皇帝也當不了了！」

楊毅呵呵笑了起來。「旁人可以犧牲，我兒子不行。便是收復了魏國，我也是要傳給他的。他是魏國將來的希望，難不成我拚盡全力，最後卻要把魏國拱手讓與旁人？」

「你如今還年輕啊，再生個兒子也不難。」太子挑眉。

楊毅一拍桌子。「混帳，誰能比得上我親手養育了十幾年的兒子？」他站起來。「廢話不多說，我就給你三日時間！」

太子心頭大亂，面上不由得起了殺意。

楊毅冷聲道：「我死了，自有旁人交出那憑證。你莫忘了今日的事情，我魏國不缺死士，混入宮中，又有何難？」他頓一頓。「看你也為難，便五日，絕不能再多。」

太子只得道：「五日便五日，可我只能管你兒子性命，旁的我管不了。」

「好。」楊毅說完，便下樓去了。

太子回頭叮囑暗衛。「盯著他，若尋到憑證，即刻把他殺了！」

暗衛領命。

過了兩日，正是休沐日，穆戎在書房看兵書，就聽何遠道：「金嬤嬤他們到了……」

穆戎一下子站起來，疾步往外走。

果然在二門處，一個頭髮花白、長臉的老婦正走過來。他老遠就叫道：「乳娘，妳總算到了！」竟是親自迎上去。

金嬤嬤唉呀一聲。「見過殿下。」

她驚得細長眼睛都變大了一些。「殿下就這麼盼著老奴呢？」

這孩子從小就不大親人，她雖是他乳娘，可要不是皇后派著去衡陽，穆戎壓根兒就不要她去，這回看這表情，真是心花怒放，金嬤嬤心裡也高興。

誰料穆戎張口就道：「妳不是會照顧懷孩子的婦人嗎？這胃口不好到底怎麼治？阿蕙這幾日飯還是吃得少，妳快些去看看，讓她舒服點。」

原來是為他妻子！金嬤嬤吃了一驚。到底是什麼樣的女人，教這孩子轉了性？她得去瞧瞧。

第六十八章

金嬤嬤跟著穆戎徑直去了內堂。姜蕙聽說乳娘到了，早已在門口等候。畢竟是養大穆戎的人，也不能輕視。

「嬤嬤路上辛勞了。」她揚起笑臉。

聲音柔和又帶著一些甜，金嬤嬤不由自主就笑了，頭一個感覺是這王妃不擺架子，說明性子是很好的。

她又朝姜蕙臉上看，這一看，驚為天人。原來這王妃生得這般好看，難怪穆戎如此看重。

金嬤嬤忙道：「老奴見過娘娘，娘娘懷了孩子，快些坐下吧。」

姜蕙笑道：「平日坐著的時候多，偶爾便要站起來走走呢。」

「娘娘說得是。」金嬤嬤笑著問：「剛才聽殿下說，您胃口不好？」

姜蕙朝穆戎看一眼。沒想到他立即就與金嬤嬤說了。

金嬤嬤誠心拿穆戎打趣。「殿下不知多著急，尋常時候哪裡理會老奴，老奴來不來、走不走，他是一丁點不管的，老奴就說今兒咋回事啊，還來接老奴。」

穆戎臉有些發紅，皺眉道：「乳娘，妳囉嗦這些做什麼？」

姜蕙掩著嘴笑。

金嬤嬤難得看他尷尬的樣子，頗覺有趣，不過也不敢太過分，轉而問起姜蕙。「娘娘現在每日能吃多少飯？」

「就一小碗。」穆戎替她回答。「昨日只吃了晚飯，菜都沒吃。乳娘，母后都說妳有本事，妳快些使出來給本王瞧瞧。」

金嬷嬷道：「欲速則不達，殿下莫心急。來，娘娘，咱們坐下慢慢說。」

姜蕙隨她進去，二人坐在椅子上，金嬷嬷問了會兒，拉了她的手，從掌心揉到手臂，又問道：「是有些嚴重，恐是瘦了幾斤吧？」

她本來的臉都慢慢胖了，這幾日又瘦下去，皮膚也沒有原先那麼亮，唯獨一雙眼睛仍是風情萬種，眼眸轉動間，如浮在水面上的光，極為耀眼。

金嬷嬷又低頭看她那雙手，手指修長筆直，再沒有比這更好看的。

姜蕙回道：「是瘦了一些，有時候也餓得很，可看到吃的，又沒有胃口了。嬷嬷，您真能治好？」

要是她可以回復到以前，真是要謝天謝地了，現在每一日都在為這個煩惱，臨到吃飯，每每都要頭疼。

「只能說讓娘娘好過一些。」金嬷嬷大致了解了，站起來往外走，只見這兒的衡陽王府冷冷清清，除了擺些花盆，什麼都沒有，她搖搖頭。「這可不好，娘娘還是把這兒佈置了，該種的花木都種上，亭子也蓋起來，池塘挖了種些荷花。」

這種時候，竟然要修葺王府？姜蕙不解。

穆戎也疑惑地看向金嬷嬷。

金嬤嬤胸有成竹。「殿下與娘娘信老奴，就照著辦。」

穆戎看向姜蕙。姜蕙有些奇怪，金嬤嬤此人，上輩子自己並沒有見過她，想必沈寄柔去世後，金嬤嬤便離開了衡陽王府。她想一想，道：「假使嬤嬤覺得有用，我也沒什麼不同意的。」又不是使力的事，她只要吩咐下去便行。

金嬤嬤唔了一聲。「老奴現在去廚房。」

她告辭走了，很是俐落。

看著她背影，姜蕙笑起來。「金嬤嬤不太像宮裡出來的。」

她一開始還怕金嬤嬤會是像皇太后那樣不苟言笑的人，甚至往壞裡想，會仗著養大穆戎的功勞，對自己指指點點，但金嬤嬤並沒有，她的言行舉止就像普通的老太太，還很乾脆。雖然是初次見面，她倒是挺喜歡金嬤嬤了。

穆戎想一想，笑了笑。「乳娘一直都是這樣的。」

假使他的乳娘真討人嫌，恐怕也不能把他養大，早被他想辦法趕走了。

「如今她在，總有辦法改善一些。」他伸手摸摸她的臉蛋，憐惜道：「妳要再不吃，不知會瘦成什麼樣。」

「怎麼，殿下嫌我難看了？」她撇撇嘴。

穆戎道：「妳不好起來，本王就是嫌。」

姜蕙拿開他的手，哼哼道：「我就知道你德行，能對我好幾日呢？所以也不指望你，等我把孩兒生下來，兒不嫌母醜，早晚都要孩子陪著，我也滿足了。」

穆戎挑眉道：「得了吧，到時定要哭鼻子說帶孩子苦。」

姜蕙道：「有乳娘一同帶，能有多苦。」她用手指戳他胸口。「嫌棄我，離我遠點。」

穆戎哈哈笑了，捉住她手指放在嘴邊。「再胡說，小心本王咬妳。」

姜蕙道：「你咬啊。」

穆戎真放進嘴裡咬了一下，姜蕙哎喲一聲，拿出來一看，食指上赫然有個牙印。

「你、你還真咬人。」她吹自己的手指。「好疼。」

「妳再胡說，我還咬。」他又來抓她。

兩人正鬧著，何遠咳嗽一聲。門開著，他在外面看得一清二楚，他這主子正跟王妃打情罵俏，一時不知道怎麼發話，只得弄出些聲音引起主子注意。

穆戎果然住了手，看到何遠恭敬等著，臉色也嚴肅起來，往外走出去。

二人去了書房。

何遠回稟道：「剛才周知恭使人來說，已經找到那日與太子會面的人了。」

「喔？」穆戎頗感興趣。「查出是誰沒有？」

自從他又要留在京都，便知道太子定然難以容他，故而對太子的行蹤格外關注。前一陣子太子沒什麼動靜，誰想到有日卻突然出宮，與人在酒樓會面。

不過太子隨身也有暗衛，他的人只能遠觀，也不知那二人說了什麼。

後來那人出來，周知恭跟了會兒又失去了那人的蹤跡，幸好記住了衣著樣貌，花了兩、三日才尋到，如今人還在京都。

何遠道：「暫時住在客棧，聽掌櫃的說是商人。」

那自然是假身分，太子豈會與商人見面？

「周知恭說那人易容了，恐是魏國人。」

魏國人膚色雪白，引人注目，故而魏國餘孽平日都會掩蓋住原本的膚色。

穆戎眉頭皺了皺。他從梁載仕那裡已然知道太子與魏國人之間的勾當，難不成又有什麼陰謀？可太子一日不做皇帝，一日也不可能兌現承諾，魏國人又為何來找他？還是太子又要利用他們，再一次暗殺自己不成？

他一時也弄不清楚他們的目的，但可以肯定的是，不管是太子還是那人，總有一方會立刻做出行動。

「盯緊他們。」他吩咐何遠。「不要有絲毫鬆懈。」

「再去與盧南星說一聲。」要時刻監視太子，宮裡的禁軍、黃門都必須用上。

何遠領命。

穆戎靠向椅背，慢慢閉上眼睛。

他有一種直覺，好似他與太子之間就要有個了斷了……這樣也好，早一些、晚一些，總會走到那一日，他也絕無後退的可能了。

寶兒現在才來內堂，見到姜蕙就問：「姊姊，聽說金嬤嬤來了，人呢？她有沒有什麼神仙藥，給姊姊一吃就好的？」

姜蕙噗哧一笑。「說什麼呢，世上還有神仙藥？」

門外金嬤嬤道：「神仙藥沒有，羊肉粥有。」

寶兒轉頭看去，只見一個老婦捧著食盤，穩穩當當地走過來。

她並不是慈眉善目的樣子，可眼睛細長，一笑起來就讓人看著順眼。

食盤上放著一碗粥，寶兒鼻子嗅了嗅，味道很是濃重，可姊姊一直都吃清淡的，能吃這個嗎？

金嬤嬤看寶兒一眼，笑道：「也是個小美人兒，與娘娘生得很像。」

寶兒道：「那當然，咱們是一個娘生的呀。」

金嬤嬤笑呵呵，把羊肉粥端到姜蕙面前。「娘娘嚐看看。」

寶兒緊張地看著。

御廚做的，賣相自然好，哪怕是羊肉粥瞧著也很清爽，上頭還撒了些嫩綠色的小蔥，不過羊肉一向味重，尋常姜蕙都不曾想過要吃，誰想到，今兒一瞧、一聞，她竟然有胃口了。

見她連吃了好幾勺，寶兒拍手笑道：「金嬤嬤果然厲害呀！」她歪頭問姜蕙。「姊姊，好吃嗎？」

「好吃。」姜蕙連連點頭。「我頭一次吃羊肉粥呢！」這羊肉尋常都拿來燉湯。

金嬤嬤笑道：「這有喜了，胃口不好啊，有時候就得反著來吃，指不定有用。但也不是個個都這樣的，娘娘還算運氣好，頭一樣就吃了。這羊肉粥能吃進去，以後也會慢慢舒服的，不過也不知娘娘明兒可還有胃口吃這個？」

姜蕙道：「明兒不吃，就沒法子了？」

「有，不吃的話，明兒讓娘娘嚐嚐……」金嬤嬤沒說下去，狡黠一笑。「可留著想頭，不能說，娘娘知道了，興許沒了新鮮，又不吃了。」

姜蕙笑起來。

聽說她吃了，穆戎急匆匆過來，只見一碗粥已經見底。

他高興道：「乳娘，本王賞妳一百兩銀子，要是明兒她還能吃這麼多，再賞。」

金嬤嬤笑得合不攏嘴。「那老奴可要發大財了。」

姜蕙跟寶兒也笑。

等到下午，金嬤嬤又讓姜蕙修葺宅院。

這是個大工程，姜蕙雖然之前就想過了，可現在真要做，又得重新構思，她花在上頭的時間都有一個多時辰。有了事情做，好似煩躁感也慢慢消失了。

到了晚上，她又吃了一些。

睡在床上，她都忍不住誇金嬤嬤。「真是名不虛傳，難怪說要佈置院子，都是有原因的。我因想著這些，把吐的事都忘掉了，臨到吃飯，也來不及擔心。而且動了腦子，人好像也容易餓一點。」

穆戎抱著她。「這就好，妳聽金嬤嬤的，興許很快就不吐了。」

她乖巧地道：「自然要聽了，我現在就指著她呢。不過殿下真捨得天天賞一百兩銀子？」

「反正都是妳出錢。」穆戎道。「從妳那兒扣。」

看他不正經，姜蕙伸手拍他，他又捉住她的手指放在嘴裡。「今兒沒咬夠呢。」指尖傳來暖意，感覺到他的舌頭纏著自己手指，她的心怦怦跳起來，他眼眸微微眯著，比平日的笑多了邪意，說不出的勾人，她忍不住湊過去親他。

兩個人纏在一起，衣裳盡落。

她最近胃口不好，他們一直不曾有心情做這些，總是抱著就睡了，今日就像枯樹著了火，一發不可收拾。

穆戎漸漸喘了起來，恨不得就想進入她，可看看日子，怎麼也得再忍一個月，可他實在忍不住了，上下磨蹭著，好像這樣可以消掉些火。

姜蕙看他難受的樣子，也知道他忍了許久，心裡自然感動。別說他是親王，便是普通男人，弄個通房也是常事。她咬了咬嘴唇，慢慢俯下身來。

火熱的唇碰到他，穆戎心裡一驚，直覺就推開她。「阿蕙……」

雖然他要，可沒想過要她這樣。

姜蕙也有些羞怯，輕聲道：「嫁之前，都有嬤嬤教過的，我如今不好伺候你，也不能讓你守空房啊……」既然穆戎願意為她做到這些，她也該有所回報。

她堅定地埋下頭去。

穆戎渾身好似電擊，忍不住悶哼一聲。這感覺也新奇，竟然讓他想到洞房之日，他在她身上暢快的滋味，甚至還勝過……教人欲仙欲死。

他沈溺在她的溫柔裡，好一會兒才噴發出來。

姜蕙漱了口，躺回床上，拿被子半遮著臉。

這事，她也是第一次做，雖然上輩子跟曹大姑學過，卻從來不曾用，也不知道自己做得好不好？

穆戎見她害羞，上來掀開被子，露出她一張緋紅的臉，宛如盛開的牡丹花。

穆戎俯身擁著她道：「委屈妳了。」

「是妾身委屈殿下了，忍了那麼多日。」她輕聲問道：「殿下可還喜歡？」

他笑。豈止是喜歡，想到剛才的情景，他下身又是一陣發緊。她只是那麼埋著頭，都教他有些無法忍受。

「阿蕙，妳真好。」他真心實意地道，一邊湊到她耳邊。「本王也讓妳舒服舒服。」

她面上有潮紅，哪裡不曾動情呢……

兩個人各自歡愉了一回，睡得沈沈的。

待到第二日起來，穆戎仍同往日一樣，晚些去衙門，與她一同用早膳。

這回姜蕙又不要吃羊肉粥了。金嬤嬤早有準備，端了烤饅頭片上來，撒了一些芝麻。眾人都很驚奇，居然會想到吃這個？

姜蕙想到金嬤嬤說的，歡快地笑了。「真沒猜到呢！」

她連吃了五塊饅頭片。穆戎盯著她瞧，紅潤豐盈的嘴唇好像春日裡的花瓣，微微一張，露出雪白的貝齒，裡頭還有丁香小舌，他原先只覺得好看，這會兒再瞧，竟然大早上的就有些反應。

他這妻子越發教人迷戀。

看他目不轉睛，姜蕙等到人走了，呸了一聲道：「殿下，你在想什麼呢？」聲音有些羞惱。

穆戎也不否認，厚臉皮道：「還不是妳……」是她勾引自己，教他浮想聯翩的。

姜蕙忙推他。「快些去衙門。」

穆戎捨不得。姜蕙瞧他這樣子，只覺好笑，堂堂衡陽王穆戎，當初如此冷酷，原也有今日呢！

她噗哧一聲，轉過身不理他，去書案上畫亭子，一會兒交代管事使人來修。

第六十九章

「上頭六角掛上鈴鐺。」他過來，拿起筆給她添上。

姜蕙道：「不嫌吵嗎？」

「不。」他在四周畫了一圈。「這兒種芙蓉花，種滿了。」

她抿起嘴笑。他知道她喜歡芙蓉花，如今仍記得這樁事。

看他還要畫，她認真道：「再不去衙門可真晚了，你便是親王，做事也該認真些，不能讓人背後逮住了說。」

賢妻良母大概都是這樣的，時刻要督促夫君刻苦。

看她裝起樣子也是一本正經，穆戎心道：去便去，他回來還不是能見她。低頭在她臉上親一下，道：「修葺歸修葺，也莫要太累了。昨兒睡得晚，今兒咱們早些。」

早些什麼？姜蕙斜睨他一眼，滿心的花花腸子。

見到金嬤嬤來，他又直起腰，換上一副冷傲的臉，大踏步地走了。

姜蕙畫好亭子，給金嬤嬤看。

金嬤嬤什麼都有經驗，這幾日有她在，姜蕙吐的次數越來越少，宮裡皇后得知，也鬆了口氣，畢竟那是她兒媳婦，也是希望她能平平安安生下孩子的。

太子妃笑道：「要不兒媳今兒去看看她？」

她們兩個接連著一個生孩子，一個懷孕，都沒碰到幾面。

皇后擺擺手。「罷了，妳去，她還得迎接，索性等過了這三個月吧。」

太子妃便不強求，只是頗為憂心地提到太子。「也不知他有何心事，我問他，又不說。」

她能感覺到太子的壓力，可是為了穆戎，又何必呢？畢竟皇上還在，且太子有皇太后撐腰，即便皇上真要改立太子，那也不是一件容易的事情。

皇后眉頭皺了皺。「我見他時問一問。」

太子妃點點頭。

春暉閣裡，太子聽課並不專心，實在是楊毅的事情弄得他心煩。如今只剩下兩日了，難道真要去闖天牢不成？可天牢防護極為牢固，他要救出楊拓，比登天還難……可不救的話，萬一楊毅真拿出憑證，如何是好？上面可是有他的手印！

出了春暉閣，他仍頭疼不已。韓守上前道：「殿下，吳慶有事稟告。」

吳慶是他心腹，也是錦衣衛。太子忙叫他過來，其餘人等都退到遠處。

吳慶輕聲回稟。「剛才有禁軍喝醉酒鬧事，與看守天牢的人打起來，傷了好幾人。殿下，這正是一個好機會，把咱們的人安排進去看守天牢，要救一個人並不難。」

太子眼睛一亮。「好，你去安排，務必要小心。」

吳慶點點頭，轉身走了。

太子鬆了口氣，暗道：天助我也！到時救了楊拓出來，也不急於交給楊毅，得先把憑證拿到手再說。

當時是不得已，如今瞧這些餘孽著實做不成大事，到現在也沒傷到穆戎一根毫毛！他要他們何用？

太子心情放鬆了一些。

卻說乾清宮裡，執筆太監張壽正服侍皇上用茶。皇上剛剛吃完飯，坐在御案前，看到堆得如山高的奏疏，心裡就難過。做這皇帝啊當真受累，人人都道皇帝好，其實真沒有個閒散親王來得舒服。

他嘆口氣，只喝茶。

「把這些拿去給劉大人，批好了，朕再看一下。」皇上道。

張壽好笑。「皇上您不記得了，劉大人年事已高，前幾日致仕了。」

皇上又受了一次打擊。上回劉大人告老還鄉時，他就很不樂，朝堂裡最重要的支柱沒了，如今什麼都得靠他來決策，可他還是習慣依賴劉大人。

誰想到，他真不當官了。

也是，人誰不會老呢？皇上微微閉了閉眼睛。「把太子叫來，讓他替朕看一看。」

張壽眼睛一轉。「回皇上，殿下最近好似也挺忙，上回奴才去天牢，竟見到殿下的護衛在外頭轉悠，奴才想去問一問，他一溜煙地跑了。」

皇上有些奇怪。「太子再忙能忙到天牢去？」

張壽笑一笑。「也是，恐是奴才看錯了。」

他暗道：這便是還一個人情了。兩位皇子都是皇后親生，其實誰當太子都於他關係不大，不過三殿下顯然比太子聰敏得多，又得皇上喜歡，要他押寶，定是押在三殿下身上，故此何樂而不為？

皇上也沒有放在心裡。

然而就在第二日晚上，天牢失火了。

天牢裡關的都是朝廷重犯，錦衣衛指揮使原先在家裡歇著，聽到這消息，急慌慌打馬趕來。不過此時火已經滅了，火勢也不大，只是煙多，引得眾人一片驚慌，最後卻是虛驚一場。

指揮使詢問：「牢中情況如何？」

話音剛落，有人稟告道：「有魏國人逃了出去！」

「什麼？」指揮使大驚。「逃出去幾人？」

「一人，乃魏國人中最年輕的那個。」

魏國餘孽守口如瓶，他們審到現在，連楊拓的名字都沒審出來，只知道他在裡面地位最高，也最年輕；至於上回那梁載仕，自然是有預謀，故而才能輕易地說出這名字。

指揮使連忙派人去尋，一邊就往宮中向皇上請罪。

此時，楊拓已經在太子的安排下逃了出來，如今正轉送往安全的地方。

太子聽到這消息，更是放鬆了，有心情去逗弄自己的兒子。

兒子天真，咯咯咯地笑，太子妃在一旁看著，也頗是欣慰。

誰料到只得這一會兒工夫，韓守滿臉擔憂地立在門口，太子聽到聲響，朝他看一眼。那一眼，他的心忽地又沈到了谷底。

他直覺是出了事，想必是吳慶又帶來了壞消息。

他幾步走出去。果然，吳慶正等在殿門口。

「原本已經救到，誰料到路上遇到三殿下，他一劍就把楊拓殺了。」吳慶抖抖索索地道：「不只楊拓，十二名暗衛殺的殺、逃的逃，還有幾位自盡了。」

太子渾身一震。怎麼會這樣？

「豈會碰到他？他帶了人？」

「是，聽說他帶了一些護衛。」吳慶道。「好似聽到天牢失火，三殿下趕來救援。」

救援？太子臉色鐵青，一拳頭砸在牆上。

吳慶低聲道：「還請殿下明示。」

如今還能做什麼？太子咬牙道：「你先回去，莫讓他們發現。」

吳慶忙走了。太子縮回手，手背上脫了皮，溢出血來。

正當這時，皇上召見。

他心裡咯噔一聲，拿帕子擦一擦手，往乾清宮而去。

穆戎見到他來，眉頭微微挑起。「皇兄，幾日未見，皇兄消瘦了。」

太子看他，他神采飛揚。在人前，他永遠都有這樣的風采。

「可不比三弟逍遙。」太子面色沈了沈，問皇上。「不知父皇有何事教誨？」說著，他像是才想起來。「喔，聽說天牢失火，莫非有重犯逃出，父皇可是為此憂心？」

「便是為此，不過那人已被戎兒殺了。」但皇上還是很生氣。「沒想到他們竟然能從天牢逃脫，可見在錦衣衛中都有內應了。你們兩兄弟在此，想想可有辦法。」

太子道：「交予指揮使盤查便是，有誰值守，內應當在其中。」

「戎兒也這麼說。」皇上道。「可那內應已經懸梁自盡了，又如何查？」

穆戎向皇上建議。「魏國餘孽實在囂張，今日殺了那人，孩兒看不如把他人頭懸於城牆，以示警戒。」

皇上拊掌。「好、好，殺雞儆猴，也消一消朕的火氣！」

太子暗地裡叫苦。要是被楊毅看見，定然火冒三丈，原先還說救楊拓，結果這救命偏偏成了催命符！

太子忙道：「火上澆油，只怕這麼刺激魏國人，他們還會做出意想不到的事情來。」

穆戎看太子一眼，挑眉道：「難道皇兄還怕了他們不成？」

他目中有鄙夷、有輕視，有說不清道不明的東西。那一眼，好像看穿了自己……太子莫名心慌。

正當要開口，皇上已經作了決定，大叫道：「來人，速速把那魏國餘孽的人頭掛去城牆，於各衙門張貼告示，讓魏國人好好瞧瞧，若要學他們，便死無葬身之地！」

太子只覺眼前一片黑。後來也不知說了什麼，他腦中混混沌沌，慢慢走出乾清宮。

抬起頭，只見今兒月亮也沒有，只有漫天的星辰，數也數不清。

為今之計，興許只能斬草除根，把楊毅也殺了！

第二日清晨，大街小巷都在說魏國餘孽的事情，楊毅遠遠看著城牆，淚水模糊了雙眼。他費盡心思回京都，想把兒子救出來，結果卻害了兒子的性命！

真不該相信那穆炎！他連自己的父親、弟弟都能出賣，別說他們魏國人了！不過是利用他們來達成自己的目的，可笑的是他竟然相信，遷到京都，連累了那麼多人。

可穆炎的承諾呢？也不知哪一日才能兌現！

如今穆戎還留在京都，他這太子之位恐怕都難保……楊毅緊緊捏緊了拳頭，不如自己去送太子一程好了！

然而，想法總是容易，要實現起來，比登天還難。太子投鼠忌器，不敢真殺了楊毅，怕他把憑證交予皇上；而楊毅要殺太子更是艱難，因為太子不輕易出宮。

雙方僵持不下。

太子一日比一日焦躁起來，時時都在後悔當初的決定，如今留了那麼嚴重的把柄在楊毅手裡，不定哪一日就能讓自己人頭落地，那可是叛國之罪！

可這般等著，又比割肉還痛苦。

萬般無奈之下，一個念頭慢慢浮上了他的心頭——

這日，穆戎剛剛睡下，還沒與姜蕙說幾句話，就聽金桂說何遠有急事求見。

他披了衣服起來，走到堂屋。何遠稟告道：「殿下，宮裡傳來消息，說皇上明兒要與太子殿下去狩獵。」

穆戎一怔。

這事出乎他意料，太子在這節骨眼上竟然還有心情打獵？

他滿腹狐疑地回了臥房。

姜蕙見他又鑽進被子，鬆口氣道：「還當你大晚上的要出門呢。」

他沒有說話。

姜蕙把臉埋在他懷裡，冬日越來越冷，即便有炭盆，也得兩個人依偎著才舒服。他有一下沒一下地順著她後背。

過了半晌，他忽然問道：「妳說，皇兄與父皇去打獵，是不是有古怪？」

最近還是第一次，他主動與她說起這些事情。上回就是楊拓被殺，人頭掛在城牆示眾，他都沒有提，她還是聽下人說的。

姜蕙想一想，道：「冬天打獵也別有樂趣，指不定是父皇憋了許久呢。」皇帝貪玩，也不是沒有可能。

她說完抬起頭看穆戎，他眉頭微微鎖著。

「你是不是還瞞著什麼？」姜蕙把手指伸到他眉間推了推。「兩個人想總比一個人想好，看你愁的。」

穆戎道：「本王有什麼好愁的？只是沒想明白。」過了會兒才道：「皇兄不是有憑證在魏國人手裡嗎？那些人現在便在京都。」

姜蕙吃了一驚，伸手拍他。「這麼重要的事你都不告訴我。」

「還不是怕妳操心。」他輕撫她的肚子。「妳原本只要顧著這兒就行了。」

姜蕙嘆口氣。這是本末倒置，她最該顧著的就是穆戎，只要太子一日在，這二人之間的鬥爭就不會停歇。穆戎最終贏了便罷了，輸了，她與孩子都無路可走，所以，有什麼比他更重要呢？

她正色道：「那些人為何會在京都？我一直以為拿了憑證，該躲在最隱密的地方。」

「是為救楊拓。」穆戎把來龍去脈說了。「我原先也不知，後來發現皇兄對天牢有些企圖，才想到其中的關係，定是那些人脅迫皇兄救人。妳不是說楊拓是皇子嗎？可見他的重要。如今皇兄沒救成楊拓，必定也惹惱了魏國人。」

如今都不用他動手，只等著看好戲便成。誰料太子突然要去狩獵，可他平日裡，並不是喜好此事的人。

姜蕙明白了，沈吟片刻道：「這次狩獵必定非同尋常。」

其實穆戎也有這種感覺。然而，他越往深處想，越是不敢想。

好像有什麼在阻撓著他。他突然又不說話了。

姜蕙微微閉起眼睛。很顯然，太子已經走投無路，魏國人手裡有憑證，假使不急著報仇，便可以拿來脅迫太子做任何事；又或許，惱怒之下便以此給太子重重一擊。

無論是哪一種，太子都受制於人，只是時間早晚的問題。所以，太子根本就沒有翻盤的機會，除非拿到憑證。可談何容易？

楊拓死了，魏國餘孽都是死士，根本不可能告知他憑證的去處。沒有路了，除非他親自向皇上求饒，看在父子一場，或許皇上能留他一條命。

再者，便是苟延殘喘，等著魏國人來脅迫。可偏偏這時候，他去狩獵——

姜蕙忽地睜開眼睛，一個念頭衝上腦海，她臉色大變。

「殿下，」她猛地推穆戎。「父皇——」

她神情滿是擔憂。

穆戎已知她的意思，立即起身。

早上，如他所料，皇上即便帶著太子，也絕不會忘了他。

穆戎穿上騎射服。姜蕙親手給他束上腰帶，柔聲叮囑。「殿下保重。」

他看了看她的臉，竟有些浮腫，一雙眼睛也不似平日裡水靈，隱隱帶著血絲，又後悔起來。本是自己能解決的事情，非得要問她，看看，可不是操心了？

「一會兒睡個回籠覺，我晚上定是能到家的。」他低下頭，親親她的唇。「一定要睡，可知道？」

姜蕙笑道：「等你走了，我就去。」

她目送他離開王府，抬頭看天色，尚早，太陽將將昇起，風很大，四處的雲湧動，忽而遮住陽光，忽而又露出來。

恰如她此刻的心情，半陰半陽。

假使事情終將有個了結，便是今日了吧？也不知……他會不會順利？

她躺回床上，輾轉反側，哪裡睡得著？輕輕撫著肚子，她小聲道：「今兒就累你一天，乖乖的，等你爹回來，咱們自然就能睡個好覺了。」

馬車徐徐動了。

眼見父皇坐在裡面，往前走了，穆戎騎在馬上與太子說話。「我記得年幼時，父皇也帶咱們去打過一次獵，便是這樣的天氣。後來你凍得病了，皇祖母大發雷霆，父皇便沒有在冬日帶咱們出去了。」

太子目光看向遠方。

確實有這件事。在他這一生中，與父親、與弟弟，還是有那麼幾件溫馨的事情。可他大了，什麼都在慢慢變化。

當年為爭得父皇的青睞，他不惜跑去大名府，也就是在那時候，他被魏國餘孽擒住。

他笑一笑。「是啊，要是還回到年幼時該多好？我那會兒定然不會獨自去抓兔子，一跤跌到水裡。」

穆戎也笑起來，北風颳在臉上，刺骨地冷。

「其實今日也不適合打獵，真的太冷了。」他道。

太子微微怔了怔，隨即笑道：「你娶了妻子當真不一樣了，往常你四處玩樂，何曾聽說你怕冷？這等天氣算什麼？」

穆戎沒說話，瞧一眼太子。

比起自己，哥哥生得更像母后，性子也溫和些。

想當初，二人還小時，他很知道護著自己，教自己玩樂，累了會揹著他走，像個真正的哥哥。

然而，到底是從哪一日，一切都變了呢？是在他和自己都知道皇位是什麼的時候？

這一刻，他心裡慢慢地升起酸楚。

雖然這有些兔死狐悲的諷刺，但兩人始終都沒有停下。這一條路，終究要走完的。

一直到傍晚，才傳來消息，皇上在狩獵時遇刺，幸而防衛妥當，安然無恙。

至於太子——太子死了，死在楊毅的手裡。

毒箭貫穿他胸口，立時斃命，連一句話都不曾留下。

塵埃落定。一切已成定局。

姜蕙問何遠。「殿下呢？」

「殿下無事，正陪著皇上。」

姜蕙鬆了口氣，她坐在椅子上，好一會兒沒動靜。

這一路，她好像走了許久，直到現在，才真正能停歇下來。

她累了，金嬤嬤連忙扶著她去床上。

她如今懷孕還不到三個月，便出了這等大事，也無須她去宮裡。如今太子已死，不用說，穆戎便是未來的太子無疑，姜蕙肚子裡的孩子更金貴了。

姜蕙一沾到枕頭，便睡著了。

這一覺直睡到日上三竿，她剛剛睜開眼睛，就看到穆戎。

他顯然一晚上沒有睡，下頷都起了鬍碴，看起來很憔悴的樣子。

「父皇、母后很是悲痛。」他伸手輕撫姜蕙的臉。「我抽空來看看妳，一會兒還得去宮裡。」

太子突然去世，他們措手不及，尤其是皇后，哭得暈死過去，到了下半夜才醒過來，見兒子一直守著自己，便命他回去歇息一下。穆戎怕她擔心，只得回來一趟，但也只看看姜蕙就要走了。

太子一死，事關重大，姜蕙雖然有細枝末節未弄清楚，但也不可能這個時候問。可她心疼穆戎，伸手抱住他。「要不殿下還是睡一會兒？你這樣不睡怎麼好？」

穆戎搖搖頭。「沒事，一、兩日不成問題。」

姜蕙拉著他不肯放。「怕你累倒了。」

見她要哭的樣子，穆戎嘆口氣。「就睡一會兒。」

他坐在床邊，把頭靠在她懷裡。

她拉起被子蓋住他胸口。

可才一會兒工夫，他就睜開眼睛了，皺眉道：「妳這麼一動不動，一會兒腳又抽筋，算了，我走了。」

生怕看到她心軟，他頭也沒回地離開了王府。姜蕙也沒法子，只得叫廚房熬些補湯。

宮裡一片愁雲慘霧。

不只皇后哭，太子妃哭，皇太后哭，皇帝也難過。雖然這兒子他不大喜歡，可到底二十幾年的感情，朝夕相處，一朝失去，比什麼都悲痛。

何遠看穆戎忙碌不堪，忍不住有些抱怨。「殿下為何不把真相說出來？」

他們都只當太子是被魏國人暗殺，哪想到太子原是想與楊毅合謀，把皇上殺了，這樣他當上皇帝，自然就能兌現諾言，也能一償心願。

穆戎正色。「此事以後莫要再提。」

人死如燈滅，他為這太子之位也不知做了多少錯事，對太子是，對皇太后是，對許多淹沒在鮮血中的人更是，自己又有多少清白？

假使把真相說出來，只怕他們更加傷心，又何必呢？他已經得到想要的了。

有人為太子傷心，有人則彈冠相慶，世事永遠都是這麼現實。

隨著太子去世，原先擁護穆戎的黨派更是氣勢高漲，而姜家、與姜家聯姻的家族，在京都便炙手可熱，門前常常人來人往，想與之結親的也更多了，姜瓊、胡如蘭一時都成為搶手的姑娘。

崇光二十一年，在太子去世三個月後，皇上昭告天下，立穆戎為太子。

自然的，姜蕙也就成了太子妃。

她看著王府中將將才造好的銅亭，嘆口氣道：「又是白費工夫了，還不如繼續住在這兒呢。」

穆戎皺眉道：「搬去東宮還不好？怎麼，本王做太子，妳還有不滿意的？」

「不滿意。」姜蕙噘起嘴道：「去了宮裡，都不能出來了，在這兒，我想去看爹娘就看爹娘，想接寶兒來就接寶兒，去東宮可行？」去了那裡，上面有皇太后、皇后兩個人管著，想想都頭疼，她一點也不高興。

看她孩子般的任性，穆戎哭笑不得。夫君上進給她掙個太子妃做，還不肯呢！怎麼會有這樣的女人？難怪之前不願嫁給他，看來她真心是不貪圖這份富貴。

不過看她肚子都那麼大了，便勉為其難哄哄她吧。穆戎道：「去了東宮，還是跟以前一樣，行了吧？」

「真的，你不騙我？」姜蕙問。

明明都那麼胖了，渾身都是肉，可是臉兒竟是不怎麼腫，圓嘟嘟得可人，穆戎瞧著心情好，保證道：「不騙，妳只要給我好好生下孩兒便好，旁的什麼都答應。」

姜蕙放心了，叫人收拾行李，等到下午，二人便坐轎子搬去了東宮。

第七十章

東宮是現成的，什麼都有，不過到底之前是太子住的，姜蕙仍有些不舒服，可是往好處想，如今穆戎一點威脅都沒有了，她做什麼都安心，晚上也不會被一個惡夢嚇得驚醒過來，覺得這點不舒服算不得什麼。倒是同情太子妃，嫁給太子，如今成了寡婦。

聽說她怕皇上、皇后為難，自願搬去福慧殿，還說等孩兒大一些，想搬出宮。很聰明的一個女子，也很堅強。

姜蕙輕撫肚子。光是懷著就很辛苦了，別說還要養大，可太子妃卻沒有丈夫陪著了……

穆戎看她坐著發怔，問道：「是不是累了？」

她已經有五個月的身孕，平常稍微走一會兒路就氣喘吁吁，額頭上出汗，雖說搬家不要她動什麼，他還是怕她有點閃失。

「不累。」姜蕙道。「就是搬來這兒，有些晃神。」

他笑一笑。「住久就習慣了。」

姜蕙點點頭，他又道：「妳也別管要添置什麼，都先將就著用，等孩兒生下來再說。」

兩人正說著，皇后親自過來，姜蕙連忙起身問好。

「坐下吧。」皇后神色疲倦。失去兒子教她受到重大的打擊，可日子還是要過，幸好她還有個小兒子。今日他們搬遷，她來瞧瞧，順便散散心，也看看兒媳婦如何了。

姜蕙聽話地坐好，皇后瞧她一眼，滿意地道：「胖了些，人也健康。」

姜蕙道：「母后也要注意身體。」

皇后見她關心自己，微微笑了笑。「再過幾個月，妳就要生了，有金嬤嬤陪著，不用怕。」

姜蕙嗯了一聲。「金嬤嬤很有本事，有她在，兒媳很放心。」

「這樣想就好，乳娘我過幾日就叫來。」她看穆戎一眼。「如今戎兒雖然不用去衙門，可身為太子要做的事不少，平日只怕也沒多少工夫在這兒，妳有什麼事，儘管使人來坤寧宮。」

穆戎笑笑。「何必去打攪母后。」

姜蕙卻應了一聲。作為兒媳，第一要緊的是莫當面頂撞。

皇后看她柔順，說道：「妳懷著孩子，日後請安便免了，好好養胎，妳皇祖母那兒也不必去。」

姜蕙聽從，等皇后走了，她拿手指戳戳穆戎。「萬一我真有事，找你還是找母后？」

狐狸般狡猾，剛才都答應，如今又來問他。穆戎道：「大事自然找我，小事想必妳自己能解決。」

姜蕙摸摸肚子，可憐道：「如今我走路也走不動，只能靠著殿下了，小事我也沒力氣解決。」

她抱著他胳膊，一副小鳥依人的模樣，穆戎笑著揉揉她腦袋，道：「好，都我給妳解決。」

過了幾日，外頭傳來消息，姜瑜生了個兒子。姜蕙高興不已，使人送去厚禮。那人回來，又說沈寄柔也懷孕了，真是雙喜臨門，她心情越發愉快，每日在宮裡，日子也算得上悠哉。

倒是穆戎，比起在王府不知道忙了多少，不只要去春暉閣聽課，還要幫皇上分擔事務，常常是天未亮就起床，天黑才回東宮。

姜蕙才知道皇后說的也不是誇大的話，當真是日理萬機。

她想到以後哪一日，穆戎當上皇帝比現在更甚，突然發現自己居然有些失落。不知不覺，已是習慣他陪伴了，雖然之前她是那麼不甘心嫁他，然而他的好，已慢慢滲透她的心。

她拿起桌上針線，想再給他做雙鞋子。那雙鞋子，他穿了好多次，已經有些舊了。

因穆炎去世，皇上悲痛，緩不過來，加上生性原本就懶惰，看穆戎做得好，教下面一幫大臣都無挑剔之處，越發偷懶了，最近連書房都沒有去。

這日穆戎又在看奏疏，何遠進來道：「殿下，找到楊毅了，只是他已服毒自盡。」

魏國人性子確實剛烈。穆戎點點頭。

等皇上過來後，他把這好消息告知。

皇上痛快道：「總算替炎兒報了仇！只可惜魏國餘孽四處躲藏，那魏國皇帝也不知在何處？」

其實楊毅一死，魏國餘孽便不足以忌憚了。

但穆戎沒提楊毅的身分，一旦說了這個，只怕他這父皇等過了傷心期，又要出遊，可他這麼大的年紀還如此貪玩，對身體不好。他打算瞞住這個消息，這樣父皇便不敢遠離京都。

果然，皇上很是遺憾，與穆戎道：「還是要把他們一網打盡。」

穆戎道：「自然。」手裡尚且拿著筆。

皇上看一眼桌上的奏疏，只見已經批了一半，暗想他這兒子真能幹，要是他，只怕這會兒才批了幾十卷而已。

可出了門，他又心疼兒子，與張壽道：「不知道賞他什麼好呢？」

張壽笑道：「殿下金銀珠寶定是不缺。」

不說現在是太子，原先是衡陽王的時候，皇上都不知道賞了多少。

皇上嘆口氣。「是啊，他什麼都不缺。」他心裡過意不去，讓兒子這麼辛勞。

張壽眼睛轉了轉。「要不皇上賞兩個美人去，殿下身邊如今只有一個太子妃，尚且還懷著身孕。」

皇上一想，對啊！一個男人，怎麼能只有一個女人呢？他後宮裡可是美人無數，可是穆戎就一個。

見他贊同的樣子，張壽暗地裡笑了笑。不出意外，穆戎就是將來的皇帝，看皇上如今這作為，只怕穆戎很快便會掌權，皇上早晚不過是個傀儡罷了。而他作為執筆太監，在宮中常行走，識得的女子可多了，皇上雖有寵信的妃子，可每年選進來、不曾得封的女子更是無數，從中挑選，不是難事。

皇上問張壽。「你瞧著有合適的，送兩個去，也不用封號，他要不滿意，再換兩個。」

女人如衣服，像他們這樣的人，不過是當成玩意兒罷了。

張壽領命，很快就找了兩個正當妙齡的姑娘，一人指派一個嬤嬤服侍，領去了東宮。

姜蕙今兒睡了個午覺起來，就聽到這消息。

金桂道：「金嬤嬤安置在側殿了。」

她們幾個奴婢，見有美人兒來分穆戎的寵，一個個都很憤恨，唯獨金嬤嬤波瀾不驚，好似是很平常的事情，吩咐她們先去側殿等，姜蕙醒了再來請安。

可她們卻做不到，金桂臉色不大好，暗想皇上賞什麼不好，竟然賞美人！

金嬤嬤上來行禮。「娘娘要是想見就見，不想見，便教她們等幾日也可。」

不管一個人再得寵，太子是儲君，即使現在只有一個正妻，將來又能攔得住？金嬤嬤自然是司空見慣，也告訴姜蕙，她是正主兒，那兩個人算不得什麼，只是來服侍人的。

姜蕙心裡複雜，雖然早料到有這一日，可真的到來的時候，心裡也不是滋味。

「先不見。」她道。

下午，她沒再做針線活。

等穆戎回來，她沒叫人擺飯，而是與他說這個。「今兒父皇送了兩個美人來犒勞你，殿下要不要瞧一瞧？我這兒也還沒有看呢，現在安置在側殿裡。」

這消息對穆戎來說，自然也新鮮。

父皇前腳才來看他，後腳就送了兩個美人來，是看他辛苦了？他哭笑不得。

姜蕙低頭攏袖子，眼簾垂下來，長長的睫毛一顫一顫的。

做了這麼久的夫妻，他哪看不出她高不高興？穆戎嘴角挑了挑。「那就看吧。」

金嬤嬤便讓那二人上來。都是十四、五歲的年紀，一個生得高䠷，臉若桃花；一個嬌小玲瓏，五官清秀，頗有江南女子的風韻，一看就是細心挑選的，兩個人渾然不同，各有各的美。

要是往常，以這兩人的容貌，姜蕙還不看在眼裡，可現在……她瞧瞧自己的手。這手腕都沒有以前纖細，圓圓的好似胖藕，哪裡還談什麼漂亮？且她也有十六歲了，不像她們年輕。

以前她總想著，穆戎絕不會只她一人，他定然會納側室，好似做了好多準備，可現在對照一下才明白，一個女人看到比自己更年輕的姑娘時，心裡的酸苦，真恨不得自己能回到十四歲。

什麼大度、什麼心胸寬廣，都是騙人的！她才做不到，可做不到又如何？且看皇后，出自名門，還不是得忍著那貪色的皇上嗎？只怪自己最後仍得嫁給穆戎，若嫁個普通的男人，像父親那樣，可不是好？

轉眼工夫，好些想法蜂擁而來。

耳邊只聽穆戎道：「都下去吧！」

她恢復了神色，叫人擺飯。

可到了晚上，突然覺得渾身難受，恨不得要爬起來哭。她如今還懷著孩子呢，為何要這麼對她，教她不高興？她正埋怨公公，卻聽穆戎輕聲一笑，道：「我就知道妳醋勁發了，睡不著了吧？」

姜蕙嚇一跳，只當他已經睡了。

她咬一咬嘴唇，道：「什麼醋勁，父皇賞你的，我有何可說？反正早晚你都得納妾，什麼太子婕妤、太子良娣，一個個都得來，我攔得住嗎？我要不讓，你能聽？」

她說這話的時候，眼睛裡已有些水意。

原來真正的吃味是這樣的，絕不想別的女人來分他的寵愛。所以若他當真去碰她們，也別指望她對他好了，一絲一毫真心都不會再有。

她仰躺著，眼睛亮晶晶的，像是下了什麼決定。他一隻手撐起下頷看著她，雖說那兩個美人兒年輕，可在他嘗過她的滋味後，就覺得再也沒有比她更好的了；再說，她如今懷著孩子，那麼辛苦，他豈會真在這時候碰別的女人？只怕她得氣死。

可惜她不相信自己，看這醋意都要潑上天了，說這什麼話？他還沒碰呢，婕妤良娣都說出來了。可不知為何，他又很高興，她吃味便是在乎自己，總比大大方方推著自己去找別的女人來得好。

他道：「明兒我把她們還給父皇。」

姜蕙的眼睛一下子睜大了。「你說真的？」

「妳高興嗎？」他問。

笑容從她臉上綻放開來，不用一句回答。

他俯下身親了親她的嘴唇，小聲罵道：「醋罈子，萬一以後我真有別的女人，妳該如何？」

姜蕙摟住他脖子。「你那麼聰明，你自己猜。」眸中有狡黠之色，可那深處好像藏著冰雪。

穆戎心中一凜。她這樣狠心的人，什麼做不出來？可嘆自己偏喜歡上她。

他伸手脫了她衣裳，把臉埋在她胸口，喃喃道：「既然不准我去，只得辛苦妳了。」

月光下，她身體依然潔白如玉，只是挺著個大肚子，煞費苦力，兩個人磨磨蹭蹭的，弄了一個多時辰。
穆戎第二日早上沒起得來，皇上去御書房一看，大中午的，兒子居然還不在，暗想這兩個美人果真送得合適，兒子這麼辛苦，是該要好好放縱一下。
誰想到，那兩個美人又被送回來了。
皇太后、皇后也知這件事了，原本皇上送人並不妥當，可穆戎身邊就一個太子妃，她們也就假裝不知。可現在明白了穆戎是真不想要，暫時也就打消了這個心思，還是等孩子生下來再說。
姜蕙抱著穆戎直睡到下午。昨晚說起來也是羞人，中間停停頓頓，她還去上了恭桶，時間自然久，而且顧忌孩子，不敢怎麼動。不說穆戎，就是她都累得夠嗆，完事後還洗了洗，拖得更晚了。
醒來了，他還在身邊。
姜蕙撐著臉蛋，仔仔細細瞧他，笑得眼睛都瞇起來。
他昨兒說不嫌棄自己胖，胖了摸著更舒服，這比任何話都動聽。
她低下頭，在他臉上親了下。
姜蕙在宮裡舒舒服服養胎，梁氏卻滿是擔心。如今不像在王府了，便是不去，差人問一問都好，現在是看不到也問不著，不知道她過得怎麼樣，寶兒提起她，更是要哭。
母親說宮裡去不得，她以後再不能跟姊姊說話了。
老夫人見母女兩個愁雲慘霧的，問姜濟顯。「是不是能給遞個條子？」

姜濟顯道：「尋常可不行，又不是什麼大事。」就問問好不好，也太說不出口了。

老夫人嘆口氣。「莫說她們，我這都想阿蕙了，她搬進宮裡有三個月了吧，算算時間，還有一個月就要生了。這生孩子啊，不亞於過個鬼門關的，又是頭一胎。」

梁氏聽了，抹眼睛。她便是怕這個，本來在王府，她還想著生孩子時，她也能在旁邊陪著，畢竟皇后作為婆婆不可能親自到場，那她這個親娘也不用避嫌。

結果太子突然就死了，女兒做了太子妃，說起來確實是好事，姜家水漲船高，不久前姜濟顯被調任吏部做了左侍郎，吏部為六部之首，等同於升了官。平日她出門見客，那些夫人都忙捧著，她還有些不習慣。

可這些比起女兒，都不重要了。

沈寄柔在旁邊安慰她，眼睛也紅了。

梁氏拍拍沈寄柔的手。「我沒事，妳莫要跟著操心，小心肚子裡的孩子。有喜呢，就得高興些。」

沈寄柔道：「那娘也莫要哭了，我看娘娘身體很是康健，想必不會有什麼。」

梁氏點點頭，微微一笑。

寶兒忽然問姜辭。「那問姊夫呢？哥哥，你也見不到姊夫？」

「當然。」姜辭道。「妳姊夫是太子，日日在宮裡的，不像以前。」他說著腦中靈光一閃。

「我倒是有個主意，下回試試。」

旁人問他，他賣關子，說不一定行，眾人也就罷了。

老夫人又跟胡氏說姜瓊。「還像個野丫頭，原先阿瑜在，有個姊姊管著還有些樣子，如今倒好，還不比寶兒呢！我看妳怎麼把她嫁出去，便是有再多的公子哥兒願意娶，可能長久？」

姑娘家不是說嫁了人就算好了，還得在夫家鎮得住。像姜瑜就很好，如今賀仲清升任兵部郎中，小夫妻兩個恩恩愛愛，不只如此，姜瑜也很得賀夫人的歡心，如今已經在管一些內務了，換作姜瓊能做到嗎？她有姜瑜一半就好了。

胡氏面色尷尬。這女兒是她沒教好，越發驕縱不聽話了，琴棋書畫女紅都不好好學，現在還迷上了醫術，說要去做個女大夫雲遊四方，差點沒把她給氣死。

她回頭就吩咐下去。「禁足一個月，連院門都不要給她出！」

姜瓊呼天搶地的不願意，可胡氏鐵了心。

胡如蘭去看她時，姜瓊也靜下來了，仍拿著醫書在看。

「妳啊，難怪姑母那麼生氣，要我有妳這個女兒，也得把妳關起來。」

「妳到底是來看我，還是氣我的？」姜瓊哼一聲。「我知道妳如今心滿意足，有了好夫婿，想來勸我。妳趁早死心吧，我這輩子不想守著個男人過，忒沒意思。」

胡如蘭臉一紅。「我不過來看看妳罷了。」

最近給她提親的不少，雖然不比姜瓊，可她經歷過那一次，對好些東西也看淡了。她母親挑三揀四，尋了個身家清白，往上數三代都有人做官的人家，雖然官職小，可如今這公子頗有才學，考上了舉人，就是進士還未考上，長得也不算差，胡如蘭瞧一眼後，同意了。

人生沒有十全十美，她喜歡姜辭，可也知道不可能再找到與姜辭一樣優秀的男人，那麼就只能退而求其次。

所以姜瓊這樣好的條件，她真有些不明白，大概人總是會追求自己得不到的東西吧？

二人說了會兒，胡如蘭道：「眼下好日子不過，惹得姑母生氣，小心把妳隨便嫁了。」

「那我就逃出去。」姜瓊道。「逃出去一次就和離了，看我娘還怎麼著。」

胡如蘭看她執迷不悟也不說了。

過了幾日，穆戎在批閱奏疏時，見到姜辭呈上的奏疏，他看到最後有一行小楷寫的字，忍不住就笑起來。這小子倒是花樣多，還知道用這個來通消息，看來她娘家人想念得很了。

不過她馬上要生了，莫說他們，他自己也有些心神不寧。

有回她嚇唬他，說好些人生孩子死了，他最近當真去問過太醫。她說的是有些誇大，可在民間，為此去世的婦人還真不少。這兒是宮裡，因為有醫術精湛的大夫，在生產之前就調理好了，故而安全一些。

他放下筆，起身回了東宮。

何遠一看，奏疏竟然沒批完?!

姜蕙這會兒正躺著養神。她最近更容易乏了，肚子越來越大，常常站一會兒就沒力氣，說說話也是突然犯累，整個人腫得不成樣子，以前的鞋子早不能穿了，換了好幾雙。

穆戎到的時候，她睡得很沈，一點也沒發覺。

他坐在她身邊，手輕輕放在她肚子上，忽然就感覺到孩子在踢了。

他微微一笑。想當初第一次碰到時無比驚訝，雖然聽說過這事，可這是自己的孩子，就好像灌注了許多的驚喜，還沒有生下來呢，他就已經有所期待。

興許是孩子在踢腿，弄到她，她慢慢睜開眼睛，只見一張俊朗的臉近在眼前，她驚訝道：「殿下，您這麼早回來了？」

要是往常，可得要天黑，最早也是傍晚呢！也是怪皇上，越來越懶了。

穆戎道：「難得一次。」他扶她起來，往她背後塞了個大引枕。「今兒飯吃得多嗎？有沒有三碗？」

居然一來就問這個，姜蕙氣道：「我便是胃口大了，你也不能問這個，說得我好像是個飯桶。」

穆戎哈哈笑起來，捏捏她包子一樣的臉。「就是飯桶又如何，難道我養不起妳？」

姜蕙都不知道該高興還是該生氣，瞧著鏡子裡的臉，她好想一下子就把孩子生下來，然後快些瘦了。她喜歡在他面前漂漂亮亮的。

「今兒大舅子在奏疏裡說了，岳母岳父都很擔心妳。」他主要是為了告訴她這個。

姜蕙臉色一黯，盯著他看了一眼。

原先穆戎說還是可以如往常的，可是她搬進來之後，哪裡能像以前？可她也不能真說穆戎是騙子，人家可是太子。她幽幽道：「我也一樣想阿爹阿娘，還有寶兒，只是怎麼辦？這兒是皇宮，殿下只叫他們莫要擔心便是了。」

穆戎看不得她這個可憐樣。「得了，說不定在心裡怎麼罵我，我原本就想接他們來宮裡看看妳，妳下個月就該生了。」他摸摸她腦袋。「滿意嗎？晚上再多吃點，別餓著我孩子。」

姜蕙啐他一口。「再多吃，我就胖得走不動了。」她坐直了。「太醫說每日都得走一走，我今兒還沒怎麼走。」

穆戎扶她下榻，金桂給她穿鞋子，二人一同走出去。

隔了一日，穆戎與皇后提過，果然就使人接了姜家人來，互相見到，都放了心。

到了六月，十月懷胎，姜蕙終於要臨盆了。

這日早上起來，她肚子就隱隱作痛，金嬤嬤知道她要生了，連忙叫穩婆準備好，又使人去稟告皇太后等人。不過離生產還早，像她頭一胎，起碼得到下午才可能真正地生出來。

可是肚子一直不舒服，姜蕙的臉色也開始發白了。

皇后與太子妃倒是來了一趟，安慰道：「妳莫怕，都是有經驗的穩婆，只等時辰到了，就能生下來。」

不是自己的親娘，也就寥寥幾句。

等到她們走了，屋裡又是空空落落，只有金嬤嬤和十幾個奴婢。

姜蕙問道：「殿下呢？」

金嬤嬤嘆口氣。「皇上一直不早朝，弄得大臣們怨聲載道的，一起上奏疏呢，故而今日便去了，殿下也被叫著一同隨往。」

意思是還沒下朝，不過早朝肯定很快就會結束了。只是等待的時間特別長。

幸好過了一會兒，穆戎就到了。聽說姜蕙要生，他快步跑了回來。

見到他一出現，姜蕙的眼淚就流下來了。「還當你不來了……」她委屈地哭道，好像抓到一根救命稻草，拉住他的袖子。「我怕一會兒生了，等會兒孩子出不來。」

「瞎說什麼。」穆戎眉頭一皺。「我這不是來了，妳肯定能平安生下來的。」

姜蕙道：「可孩子今兒早上都沒踢腿……」

看她淚汪汪的，教人心疼，穆戎拿帕子給她擦眼睛，哄道：「定是知道妳要生，安靜些，好讓妳養養神的，妳盡往壞處想。我一會兒就在這兒等著，妳莫怕。」

他聲音鎮定，又滿是溫柔，姜蕙漸漸安靜下來，終於不再哭了，可一直靠著他，不讓他走。

這是她最脆弱的時候，他又豈會不擔心？

等到姜蕙肚子劇痛，被扶進去生孩子時，他才發現兩隻手都出了汗。

他一點也不比她鎮定，不過忍著罷了。

這段時間很漫長，他在外面走來走去，根本坐不住，腦子裡充滿了各種想法，大多數都是壞的；有時候回頭看到那扇門，恨不得就推進去看一看。

直到屋裡傳出嘹亮的哭聲，金嬤嬤出來恭喜，說生了個男孩，他一直吊著的一顆心才回到原處。

他大踏步走入屋裡。

第七十一章

金桂抱著嬰兒給他看。

小小的一團仍是皺巴巴的，不比他以前見過的好看，可他的心裡好像塞了蜜，說不出的高興，仔仔細細瞧著兒子，小鼻子小嘴巴，別提多可愛。

這就是他與她的孩子了，在肚子裡養了十個月，總算與他這當爹的見了面。

他忍不住低頭親一親孩子的臉。柔嫩的皮膚好像一碰就會破，他連親也不敢用力。

姜蕙看到這一幕，微微笑了笑。他喜歡孩子呢……

他轉過頭，看到她蒼白的臉，像是失了好些血，教人觸目驚心。

他幾步走過去，問金嬤嬤。「她身體沒事吧？」

「娘娘只是累了，殿下。」金嬤嬤知道他擔心，安撫道：「尋常生了孩子都這樣，只要養養就會好的，不然怎會個個都要坐月子呢？等過一、兩個月，娘娘保管還跟以前一樣。」

穆戎唔了一聲，坐在姜蕙身邊。她在鬼門關打轉的時候，他什麼也做不了，只能在外面等。雖然他不可能經歷，可聽著聲音都知道痛苦，想著心裡就疼。

他眉頭皺了皺，伸手碰了碰她的臉。

「還疼嗎？」他柔聲問。

她眼裡含著淚。「疼死了，都不能動。」

他不知道怎麼讓她好受，俯下身親了親她，一股鹹味，應是流了好多汗。

他嘆一聲。「要吃東西嗎？我餵妳。」

姜蕙道：「也不太餓。」

「不餓也得吃啊，花了那麼多力氣。」他撫著她額前的頭髮。「吃完了睡一會兒，孩子別管，有奶娘看著。」

她這才點點頭。

金嬤嬤一早就叫膳房準備了鮮魚粥。生完孩子的胃口都不好，稍微填點肚子就行了，故而很快就端了來。

穆戎拿了碗，把粥舀了往嘴邊吹一吹，才送到她嘴裡。

瞧這動作，明顯不是第一次，兩個人膩膩歪歪的，旁邊的人看得都臊，往後退了退。

等到皇上皇后來了，他還在餵。見兒子這般細心，皇后有些吃驚，竟然也不在她面前避忌。

倒是姜蕙有些不自在，撐著要起來。

皇后忙道：「可不能動，就躺著吧。」

她問了金嬤嬤一些情況，知道姜蕙安然無恙也放了心。她這關心也是真切的，畢竟給穆戎生了孩子，還是個兒子，這是女人最大的功勞。

皇上性子粗，不知道問這些，興致勃勃要取名字。「朕如今又添了一個孫兒，朕看就叫穆仲元吧！」

穆戎與姜蕙謝過。

皇后笑道：「咱們還是不打攪了，生完孩子就得好好歇歇。」

她拉了皇上便走，到了殿外，幽幽道：「想起當年我生炎兒，也是這般天氣。」

提到穆炎，她心裡一陣悲涼，再看看皇帝，要說的話也戛然而止。他永遠都不知道體貼人，倒是沒料到她這小兒子，竟是個憐香惜玉的，卻是有些羨慕。

只如今這把年紀了又有何好說，只能守著偌大的坤寧宮過了。

姜蕙喝完粥，人也睏了。穆戎給她拉好被子，走了出去。孩子也睡著了。

他閒步在東宮庭院裡走了走，六月梔子花盛放，香甜味盈滿鼻尖，他此刻心平氣和，回想那幾年，自己從來不曾有真正放鬆的時候，如今卻把日子過得這般靜好。

他返回乾清宮，先是叫何遠去姜家報喜，這才開始批閱奏疏。

等到亥時回來，她一點也未醒。他怕驚擾她，去了側殿。

姜蕙這一覺足足睡了六個時辰，早上一起來就喊著要看兒子。

昨日勞累，她不曾花太多時間，只知道孩兒健康就好了，今兒她要仔細看一看。

奶娘抱著孩子來。他剛剛吃過奶，眼睛睜著，小腦袋歪來歪去，也不知道看什麼。姜蕙小時候見過寶兒剛剛生下來的樣子，如今看到自己的孩子，只覺新鮮。

那麼大的人兒真是自己生下來的呢，她碰碰他的臉，摸摸他的小手，連小腳都沒有放過。

見她滿是驚奇的樣子，金嬤嬤抿著嘴笑。

姜蕙問奶娘。「他可愛哭？」

奶娘笑道：「不曾怎麼哭。」

金嬤嬤道：「帶得好便不太哭，那些成天哭的孩兒，定是有什麼不對的地方。」

原來如此。姜蕙笑道：「嬤嬤知道得真多。」

她低頭看孩子，這回他眼睛閉著，要睡了。

「小饞貓兒吃飽了。」她點點他鼻子，滿心的喜愛，又問金嬤嬤。「能放我這兒睡嗎？我不吵他。」

金嬤嬤自然答應。姜蕙坐月子也不能出去，有孩子陪著，她心裡舒服。

她連忙把孩子放在旁邊，給他蓋上薄被子。其間他醒過一回，奶娘給他餵了奶，後來又睡了。

等到穆戎過來，孩子就睡在姜蕙身邊。她半靠在床頭，手裡拿著書，見到他，盈盈一笑。生完孩子的女人平添了成熟的風韻，好似枝頭熟透的果子，散發著沁人心脾的味道。

穆戎看她沒有昨兒虛弱了，也笑起來，坐到床邊問：「聽說妳睡了許久，還——」沒說完，她的手捂上來，壓在他唇上，輕聲道：「別吵著他了。」

穆戎眉頭皺了皺，那是要他不說話？可他大半日沒見她呢，就坐在這兒乾等？

他回頭看了眾奴婢一眼，她們心領神會，陸續退了出去。

不說話，那他動兩下總行吧？見人走了，他低下頭吻她，唇舌相接，如水纏綿，他手不老實地握到她胸口。

姜蕙嚶嚀一聲，那兒本來就有些發脹，被他一碰，便有些酥麻。

他啞聲道：「原本該妳來餵奶的，如今有奶娘，這兒可還有……」

不等他調情，姜蕙的手又壓上來。

穆戎惱火了。「幹什麼？」他叫來奶娘。「把孩兒帶走，放側殿去睡。」

他臉色不好看，奶娘唬一跳，急忙抱著孩子就走。金嬤嬤是老人了，有些知道，輕輕咳嗽一聲。「殿下，娘娘這身子還得養呢。」

別為痛快，傷著人了。她是這個意思。

穆戎臉一紅。在說什麼呢！

看他眸色發沈，金嬤嬤立直身子，慢慢走了。

姜蕙嗔道：「你突然發什麼火，我今兒第一日跟孩兒睡，你也不准？我那麼辛苦才把他生下來，還不能疼他了？」

簡直是過分，她噘著嘴。他們兩個人親熱的時候多了去，他這也要生氣？

穆戎嚴肅道：「就不准。我來這兒，他便不准在這兒睡，不然要奶娘做甚？」奶娘服侍孩子，而她是服侍他的。

看他那認真勁，姜蕙撇撇嘴。「小氣鬼，還跟孩子吃醋。」

穆戎諷刺道：「妳不喜歡吃醋？」

「我不喜歡。」姜蕙嘴硬。「我都不知道醋是什麼。」

穆戎笑了笑。「趕明兒等我封什麼良娣，妳就知道了。」

姜蕙又噘起嘴。他憑著身分比她高，她這會兒只能吃癟。

看她不樂意，他的手繞到她背後，解了肚兜的帶子，露出一片大好風光。姜蕙只覺一冷，忙拿被子遮住，有些害羞地道：「嬤嬤說，受涼了，我月子便坐不好，故而連澡都不能洗呢……你、你別碰我。」

她不想他聞到汗味，雖然擦是擦過，但終究沒有洗澡來得乾淨，尤其這頭髮，光是擦有什麼用。

穆戎不管，把被子拉開一些，埋下來。「我只想知道到底有沒有。」

有什麼，姜蕙自然了解，臉一下紅了。

感覺他的力度，她身子不由繃緊了，顫聲道：「疼，輕點……」

他輕了點，也不知多久，聽到輕微的吞嚥聲音。

這種感覺很奇妙，她渾身麻了，沒想到他會幹這事。

「孩子吃的，你也吃。」她伸手推他，突然又有些想笑，咬了咬嘴唇，問：「好吃嗎？我自己都沒吃過。」

他抬起頭來，唇上有些濕，湊過來壓在她唇上。

淡淡的水流進來，沒多少味道，細品之下，好像有些甜。她瞇了眼睛，自誇道：「還真不錯，要是孩兒吃了準會喜歡，可惜了。」

「可惜什麼？」穆戎擦擦嘴。「我每日來一口。」

姜蕙噗哧笑起來，怪他沒個正經。「你還像不像個太子了！」

穆戎笑著看她。「那妳覺得太子該是什麼樣？」

姜蕙搖搖頭。假使她不認識他，大概會覺得太子應當是遙不可及的人物，絕不會像他……她面上忽地一片溫柔。他原先也是那樣的，可現在不是了。

她笑道：「就該像你這樣呢。」

穆戎擁住她，輕聲道：「妳快些養好，我等不及了。」

兩人摟著說情話，等到金嬤嬤進來，看到姜蕙穿著肚兜，過了會兒，竟有些濕意透出來，老臉不禁一紅。原本不該有奶的，吸出來做甚呢？以後還得停奶，這孩子！

穆戎沒說假話，果然每日來吃一口，直到奶汁越來越多，沒事就流出來、停不住了，才知道壞事。

姜蕙為這事也臉紅。她原先不知道會這樣，也沒有經歷過。

金嬤嬤知道太子也盡興了，當下才說明緣由。這奶原本是餵孩子的，便是越吸越多，不吸了自然就回去了，而姜蕙不奶孩子，多了用不上，反而對身體不好，他這才停了。

等到兩個月了，孩兒明顯就胖了點，臉也不皺了，眼睛直盯著人瞧，那雙漆黑如葡萄一樣的眼，別提教人多喜歡。就是身子還不大能動，光是會看人，除了吃就是睡，一天得睡好幾個時辰，也不算讓人費心。

這時姜蕙也出了月子，最近都努力把身上的肉給弄下來，雖然穆戎說摸著舒服，可她自己瞧著糟心得很。

金嬤嬤也支持。別說什麼女子以色侍人不好，歷代皇宮，多少皇后妃嬪，有幾個是靠德行來維持帝王寵愛的？能漂亮，自然是要漂亮一些。

金嬤嬤經驗豐富，又有太醫協助，姜蕙的身材漸漸苗條起來。

到了這日，好似回到了以前，一張臉小小的，遠遠看去，好像是巴掌般大的玉雕一樣，瑩瑩生光。

穆戎站著看了會兒，慢慢走過來。

她手裡拿著針線，坐在庭院的桂花樹下。桂樹該有五、六十個年頭，繁密茂盛，遮住了天上的亮，顯得她眉眼更是清晰。

聽奴婢提醒，她停住站起來，叫一聲「殿下」，眼波似水，含著媚意。

他心裡喜歡，微微彎下腰問：「在繡什麼呢？」

「這是尚衣局裡送來的裡衣，給阿元的，我瞧著有些素，又閒著，繡些圖案上去。」她拿給他看。「好看嗎？」

大大小小的瓜果，色澤鮮豔，甚是可愛，確實適合小孩兒穿。

「挺好。」穆戎點點頭。

他看姜蕙一眼。她其實不愛女紅，與他成親一年多，總共也就做了三雙鞋子、兩雙羅襪，裡衣卻是沒有。

可孩子生下來沒多久，她就拿起針線了。

他拿起她的手看了看，雪白修長，比以前稍許圓潤了些，握在手裡更是柔軟。他問道：「阿元還在睡？」

「是啊，才起來喝了些奶，只看我一眼就睡著了，當真跟個小貓兒似的。」她兩眼發亮。

「他很能喝，嘴兒不知多有力呢，金嬤嬤都忙著說要給奶娘多補補。」

「妳還去看？」他笑。

「他醒的時候太少了。」

可她就喜歡看他，所以每回一聽孩兒醒了，就急急忙忙去抱。

她一門心思在孩子身上，說了會兒又去拿針線。

穆戎進去看孩子。果然在睡著，眼睛閉得緊緊的，瞧一眼，什麼都小，嘴兒有時候還嘬一下，教人看著發笑。

他伸出手想摸摸他，可半途還是收了回來，怕驚醒他。孩子要長大，恐怕就是要多睡一會兒的。

他走出側殿，抬眼看去，她仍是在那裡坐著，垂著頭很是認真。

他眉頭皺了皺。孩子還是要得太快了，之前他們感情剛剛好一些，她知道黏著自己了，誰想到孩兒生下來，又不管他了。

那又急著瘦下來做甚，敢情就是給他瞧一瞧？

他在屋裡坐了會兒，姜蕙仍是沒有來，好像繡個瓜果是多重要的事情。

在他越來越沒耐心的時候，姜蕙總算來了，伸了個懶腰道：「不知不覺就犯睏了，差點把針戳到手上。」她掩住唇，小小打了個呵欠，慵懶得很。「想睡會兒了，殿下，您要不要也一起？休息會兒，精神也好一些。」

她原來是過來睡午覺。不過看在她盛情邀請的分上，穆戎沒有拒絕。「也行。」

穆戎總算撈了本回來，沒白走一趟。

休息片刻醒來，他束好腰帶，轉頭一看，她睡得極熟，一頭青絲鋪在枕上，好像筆尖墜落的墨。他坐過去，撥開一些頭髮，讓她整張臉都露出來，只見嘴角微微翹著，好像想到什麼高興的事，掛著萬般甜蜜。

他低頭碰觸一下她的嘴角，微微一笑。

剛剛走出殿門，就見周知恭來了。他如今擔任錦衣衛指揮使，先是行了一禮，才低聲道：「殿下，適才有幾位大人覲見皇上，屬下覺得，必是與此前上的奏疏有關。」

自他替父皇治國，之前擁護他的官員求之不得，可旁的，恐怕就沒那麼甘心了。

前不久便有奏疏陸續上來，要求皇上親理朝政，只是他與父皇提了，父皇貪玩，根本就不想管，一心推脫。

然而他卻不似父皇的性子，有權力在手自然得用，這段時期是實施了一些舉措，罷免了一些官員，興許為此觸動到某些人的利益，當然，還有穆炎的舊人不會放過這個機會。

如今既知奏疏無用，便來面見聖上這一套。

他眸色微沈。卻不知父皇會如何應付？

幾位大臣來鬧過之後，皇帝此時頭大如斗，拿著桌上的茶盞敲得震天響，只聽啪的一聲，整個給敲碎。

「這些人真會給朕找麻煩！就是看不得朕舒服，如今有太子管事呢，又是哪裡管不好，要他們指指點點？」皇帝想到其中一人居然還說太子越俎代庖，更是生氣。「戎兒本也不想管的，是看朕辛勞才勉為其難！」

張壽有些吃驚。其實穆戎做的事情早就超乎了太子的職權，剛才有人點出來，他都覺得穆戎只怕要遭殃，誰想到皇上這樣單純，著實出乎他意料。

不過他作為一個奴才，與其換個主子，都不如老主子來得好。

他已經見識到穆戎的性子了，這人不好色，上回他千挑萬選送了兩個美人兒去，他竟然碰都不碰就送回來，可見一點也不好擺弄。

而他仗著皇上的愚鈍，背地裡不知道撈了多少好處，現在倒是不太想穆戎這麼快就完全取代皇上的位置。

「皇上還請三思。」張壽勸道。「其實朱大人說得也不無道理，皇上如今有這般悠閒的日子，還不是因皇上您的身分？要什麼有什麼，這天下都是您的，可太子如今掌了權，這就好比蠶吃桑葉，幾位大人也是怕將來無法收拾。」

皇上怔了怔。「你是說……」

張壽道：「奴才知道太子殿下孝順，皇上也信任殿下，可世上之事難說。」

皇上皺了皺眉，半晌不曾說話。

這日，穆戎批完奏疏，放下御筆去見了皇上。

皇上正在遊御花園。其實閒著又有什麼事情做呢？可就是不願管事，真是一個極為任性的人。

「一會兒就到冬天了。」皇上跟兒子閒聊。「這等天氣就該去滇南，咱們京都太冷了，天天要燃著炭，可聽說滇南四處還開著花呢。」

那裡四季如春，只是離京都十分遙遠，穆戎也不曾去過。

他笑一笑。「確實教人嚮往。」

父子兩個沿著園子走了一圈，皇上道：「你今兒難得空閒，是有話與朕說？」

穆戎頷首。「兒臣想去山西。」

皇上眼睛一瞪。「胡鬧！你還想著去打仗？你如今可是太子，金枝玉葉，哪裡能容許一點損傷？」

穆戎嘆口氣。「父皇，可兒臣也不能再管事了，怕父皇為難。」

「喔？」皇上皺起眉頭。「他們又上奏疏為難你了？」

「父皇，」穆戎正色道。「其實也怨不得他們，到底父皇您是皇上，原先越國大事就該父皇作主，兒臣名不正言不順，假使隨了他們的意便罷了，若不是，他們怨聲載道，兒臣左右為難。還請父皇體諒兒臣，不是兒臣不想分擔，只怕他們又鬧到宮裡，父皇也不好做。」他頓一頓。「外頭風言風語，兒臣怕影響與父皇的感情。」

他說得很誠懇。如今正是這個局面，也不知誰在背後掀起風浪，都在說穆戎有野心，想奪了皇權。

兒子如今被逼得不得不向他這個父親辭行，甚至要去山西！皇上越想越是惱怒，看著穆戎道：「戎兒，你何必怕他們！什麼皇上不皇上的，咱們父子不分你我，朕還不了解你嗎？你是朕最聰明的兒子，這天下，朕便送你又如何？」

眾人大驚。張壽嘴巴張大了，都合不攏。

穆戎連忙跪下。「父皇，兒臣受不得！」

皇上扶他起來，徐徐道：「戎兒，這件事，朕已經想了好一陣子。朕這性子，著實不適合做皇帝，只因朕命好，是嫡長子，才絲毫不費力氣坐了太子的位置，又有你皇祖母護著，一路無驚無險。可這幾十年，朕做了什麼？」他笑一笑，拍拍穆戎的肩膀。「朕不是說笑，朕已經決定了，要把皇位傳於你。這樣，朕一身輕鬆。」

他看著遠處，神色平靜。

穆戎卻呆了。他本是以退為進，不希望父皇誤會，誰想到父皇卻給予這樣的信任，教他有些慚愧，可見父親才是真正的赤子之心，自己比起他來，到底是摻雜了私心的。

消息傳到慈心宮，皇太后震驚得無以復加，連同皇后，急忙地去見皇上。皇上卻不慌不忙，因為這一次乃是他輾轉反側，幾個夜晚不曾睡好才作出的決定，也是極為慎重的，甚至可以說是他一生中，唯一也是最為重大的決定。

「皇上！」皇太后語氣沈痛。「這在本朝是絕無僅有的，便是前朝，也不曾聽說，皇上何以要讓位？」她無法相信。

皇上淡淡道：「母后，您難道還不了解朕，朕根本不適合做皇帝，戎兒雖然才接手，可卻比朕做得好上千百倍，那朕為何不讓給他？」

做個太上皇，豈不逍遙？雖然旁人都有擔憂的理由，且理由也很充足，然而以他對穆戎的了解，他絕不會讓自己失望，自己這個父親又何必占著皇位不給呢？他總是玩樂，身分變了又有何關係？只要兒子尊敬他、喜歡他，這就足夠了，他這一生，從來就不曾求過權力。

「母后、皇后，朕意已決，已著禮部準備讓位一事。」皇上難得有這樣決斷的風采，笑咪咪道：「不做皇帝了，朕打算去趟滇南，想必也無人再盯著朕了。」

原先皇太后還很憤怒，聽到這一句，又是啼笑皆非，這兒子委實是沒救了！

皇太后拂袖而去，皇后也不知道說什麼好，於她來說，兒子做皇帝，她一點損失也無，比起皇太后，她是驚訝多過憤怒。

「皇上，您真決定了？」她道。「話一說出去收不回來，往後您要再想做皇上，可就不能了。」到時候反悔鬧得天翻地覆，才是最麻煩的事情。

皇帝一擺手，有些生氣。「妳把朕當孩子呢？朕如今就想做個太上皇，逍遙自在，也無人再來煩朕。」

而且，仍然是要什麼有什麼，有何不好？一舉兩得的好事。

皇后無奈地笑起來。這就是她嫁的男人了，直到現在仍是個孩子。他不做便不做吧，穆戎當皇帝，塵埃落定，她也不用再擔心，好好看著孫子長大便是。

第七十二章

這事很快就傳遍了皇宮，金桂悄聲說與姜蕙聽，姜蕙好一會兒回不過神。她……竟然那麼快就要當皇后了嗎？

畢竟上輩子，她去世前，穆戎還沒登上帝位呢，雖然皇上疼愛這個兒子，可也不曾讓位，這次卻教眾人出乎意料。

興許是因穆炎的死，興許是穆戎早早替他治國，讓他生了退隱之心……姜蕙微微笑了笑。她這公公原本就不像個皇帝，如今成全了穆戎，也算是各取所需吧。

至於她，談不上多高興，因為一早也知穆戎定會坐上這個位置，只是時間早晚而已。

然而，那一日，看到他穿著明黃色龍袍走進來的瞬間，她整個人還是有種騰空的感覺，輕飄飄的，像是在作夢。一半是為他高興，他天縱奇才，原本就該做天下第一人，一半是為自己的際遇，竟會做了他的皇后。

恍惚間，卻忘了去迎接。

直到他的手放在自己肩頭，她一顆心才回到原地，輕輕道了聲：「皇上。」眸中有流水轉動似的，晶瑩剔透，帶著淡淡的喜悅。穆戎笑一笑，道：「朕已經吩咐禮部，過幾日便冊封妳為皇后。」

姜蕙頷首。「妾身謝皇上隆恩。」

她抬頭又看他一眼。他神采飛揚，一如往昔，像是無甚改變，可他說「朕」這一個字時，她便知到底不同了，太子與皇帝雖然只是一位之隔，卻有著雲泥之別。

如今，天下是屬於他一個人的。

看她今兒總有些走神，穆戎攬她坐下。「可是不慣了？」

她點點頭，他微微笑了笑。「過陣子就好了，不過是換個稱呼而已。」

姜蕙不太確定，可放鬆了一些，笑著道：「皇上穿上龍袍，可真威風呢。」她摸摸他的衣袖，寬大的衣袖金繡銀織，華貴非常。

他道：「妳喜歡嗎？」

「喜歡。」自家相公成為人上人，總是件高興事。

穆戎笑起來。「等冊封好，妳得搬去坤寧宮。母后也說了，再住在東宮並不適合，妳這幾日叫人收拾好。」

「那母后住哪兒？其實也不用那麼急。」姜蕙忙道。一來就去占別人的地方，不太好吧？

「母后打算搬去景仁宮，這是宮裡的規矩，妳無須覺得愧疚。」

聽他這麼說，姜蕙也罷了。

剛剛登基，有好些事得處理，穆戎只坐會便前往乾清宮，以後那裡就是他住的地方了。

過了幾日，姜蕙被冊封為皇后，又花費半月工夫，才算在坤寧宮安家。這時孩子已經有四個月，胖了一大圈，小傢伙力氣也大了，睡覺常不老實，會踢被子，身邊更是一刻也離不得人。醒來的時候也活潑多了，小手常伸出來抓東西玩，高興時會咯咯地笑，叫他一聲，會循著聲音看人，也比往前睡得少一些。

姜蕙常在他身邊一待就是大半日，這日又教他喊爹娘，抱著他小小的身子搖一搖。「爹爹，娘……」

小傢伙只知道聽，眨巴著眼睛，半晌發出咕的一聲。

姜蕙一頓，覺得好笑，戳戳他臉蛋。「當你是水裡的蛙呢！還咕咕的。」

小傢伙聽不懂，又拿了撥浪鼓甩著玩。

她伸手輕撫一下他的腦袋，頭髮倒長得濃密，像她，也像穆戎。

她想著，怔了會兒。好像穆戎有兩日沒來了？是不是太忙？

以前太上皇懈怠，不知道積攢了多少事情不曾處理，而穆戎是太子時有些束手束腳，如今登基，便是大刀闊斧，聽說朝堂已換了一副新樣貌了。

要不要去看看他？往常他說不怕自己膩人，可現在他是皇上，她倒是怕打攪，畢竟掌管一國，責任重大。

她把孩子放回床上，奶娘過來照看。

坐在鏡子前，她拿起眉筆，淡淡掃了掃，又看了幾樣胭脂，左挑右選卻不曾有合意的，好一會兒才選了粉霞。她皮膚白，稍許染些紅便有著別樣的嫵媚。

難得見她精心打扮，金嬤嬤笑道：「是該去看看皇上，便不曾見到，也是一分心。」

皇帝忙起來，就是皇太后尚且要在外面等呢，別說是皇后。

過了半個時辰，她才出了門。乾清宮離坤寧宮並不遠，坐鳳輦一會兒就到了。

聽說她來了，穆戎放下筆，不由自主就笑起來。

如今太上皇已經逍遙去了，完全不管世事，張壽便來伺候穆戎，眼見他剛才問起姜蕙還含著怒氣，這會兒又是滿臉高興，便知這皇后的地位。人之喜怒要由一人牽定，那必是他看重的。

姜蕙進來，便見到穆戎專注地批閱奏疏，不曾看她一眼，而書房裡連個伺候的人也沒有，一時奇怪，小心道：「妾身見過皇上。」

穆戎淡淡道：「怎麼這會兒來了。」

仍是沒看她。姜蕙一番打扮落得這個結果，忍不住有些失望，回道：「還不是因為皇上這兩日沒來。」

語氣裡已經有些抱怨了，只裝得片刻賢慧便這個樣子，穆戎嘴角牽了牽。「朕沒空，自然便沒過去。」

姜蕙也猜到是這樣，可見他對自己冷淡，終究不好過。她走過去倚在書案旁，手扶著桌角柔聲道：「皇上要注意身體。」

淡淡的馨香飄過來，穆戎的目光落在她指尖，塗著蔻丹的指甲豔紅，像是夏日裡嬌美的花瓣。他放下筆，道：「朕知道，妳回去吧。」

姜蕙身子一僵。真討厭，下回再不來看他了！她忍不住輕跺了下腳，轉身就走。

穆戎笑出聲來，握住她胳膊，她一時不察，被他拉得跌坐下來，落於他懷裡，才知道被他逗弄了。

他扳過她臉一看，滿是委屈，可眉眼今兒精修細扮過，肌膚好似雪上梅花，無一處不美，便是畫中人，又哪裡有她這等鮮活？

他湊上去親吻她的唇，淡淡的紅，似果實，教人只知道吮吸它的甘甜。

姜蕙被他親得透不過氣來，一等他放開，便道：「剛才不是叫我走嗎？怎地皇上如今又有空了？」眸中水盈盈的，滿是嗔怪。

他最愛瞧她這樣，比起往日裡的嫵媚，更有一股小女兒的嬌態，也讓自己高興。他喜歡看她纏著自己，便像現在，坐在他腿上，又生氣又為自己抱著她而歡喜。

他眸色越發的暗了，啞聲道：「誰讓妳扮得像個狐狸精勾人魂，朕沒空也得有空了。」

見他情深地看著自己，姜蕙臉上染了一層薄紅，伸手勾住他脖子。「那皇上是不是喜歡得要命？」

他捏捏她鼻子。「妳還想要朕的命呢？」

她身子微微扭動了兩下，輕哼一聲。「魂兒都沒了，留個命有何用。」

穆戎噗哧笑起來，輕聲道：「大膽，居然敢這麼說朕！」

她咬著唇笑。他按捺不住，解開她的羅衫，春色滿書房，夾雜清晰可聞的聲音。

過了好一會兒，他叫眾人退開，抱著她去往淨室。大白日裡一番縱情，也是疲累，姜蕙差點在浴桶裡睡著了。

他看她眼眸半開半合的，掬了捧水倒在她臉上，她瞬間被弄醒，看到他孩子般頑皮，也朝他潑起水來。

兩人鬧了一會兒，才安靜下來。姜蕙半靠在他胸口。「終日拿著筆，能不勞累？難怪太上皇不想做皇帝。也不知他可到滇南了？」

等到穆戎登基，太上皇就啟程了。他有一顆年輕的心，穆戎攔也攔不住，原先拿魏國餘孽當藉口，可太上皇覺得自己不是皇帝了，準是沒事，愣是要出行，穆戎只得派了幾十精兵日夜保護。昨兒得信，已經到了洛陽。

「恐怕要明年才能到滇南了。」穆戎嘆口氣。

太上皇這年紀原是該享清福，兒孫圍繞，天倫之樂，可他偏愛到處跑，他真有些擔心。

她伸手撫一撫他的眉毛。「太上皇是個有福氣的人，定是無事的。」

豈止是有福氣，簡直是福澤無邊，這等性子能當上皇帝不說，還安穩坐了幾十年的龍椅，且還生了那麼優秀的兒子，晚年無憂。

穆戎笑一笑。其實又能如何，父親喜歡，覺得滿足也就夠了。

兩人說了會兒才出來，姜蕙回了坤寧宮。

誰想到第二日，穆戎竟封她父親姜濟達為吉安侯，平頭百姓父憑女貴，一躍成了侯爺，老爺子、老太太笑得合不攏嘴，一時姜家門前又是車水馬龍，客人紛紛前來道賀。

慈心宮裡，太皇太后正與皇太后說話。

畢竟穆戎登基也有一個多月了，尋常也是該這時候選秀，這是歷代規矩。

皇太后笑道：「我母親上回入宮也說了，便是不大動干戈，在京都選幾個，也是一樣的，皇上總不能身邊連個妃嬪都沒有。」

太皇太后也是這個意思。等到姜蕙去請安，二人就把這事提了一提。她聽了心裡咯噔一聲。皇帝沒有不選秀的，她竟然後知後覺，忘了這事。

作為孫兒媳、兒媳，姜蕙笑道：「還是皇祖母、母后想得周到。」

面上絲毫沒有不滿的意思，可回到坤寧宮，她便滿腹不樂。

別看穆戎現在還寵她，那是因為她年輕，長得也美，然而美人遲暮了呢？又當如何？他原是太子還好，如今做了皇帝，每三年選秀一次，每回進來的都是年輕漂亮的女子，她怎麼爭得過？也不知他怎麼想的……

一下好像天都暗了下來，她見到兒子，也沒那麼高興了。

晚上，穆戎過來，她與他吃了飯，穆戎抱著兒子玩了會兒，她先是向他道謝封賞父親的事情，穆戎笑道：「小事一樁。」

哪有皇后的父親還是草民的道理？說起來也讓人笑話。

她有片刻的沈默，半晌伸出手，握住他的手。

他反握住她，問道：「怎麼了？」看得出來，她有些心事。

「今兒皇祖母、母后說，皇上該選秀了。」她咬著嘴唇。

原來是為這個。穆戎笑起來，瞧著她不高興的樣子，問道：「那妳覺得朕該不該選秀？像父皇，一年選一次呢？」

這全是看皇帝的心情，有些是七、八年選一次，有些尋常的便是三年，要是貪色的，一年恐怕還不夠，平日也叫人在越國尋找美人，擴充後宮。

姜蕙手指在他手心裡畫啊畫的，覺得不讓他選，好似有些過分，是真正的妒婦；可讓他選吧，她心裡過不去，又忍不住想，便是攔得住這一次，往後幾年又怎麼攔得住？傾國傾城的美人，恐怕都沒有信心。

看她猶猶豫豫的，穆戎饒有興趣，知道她不開懷，可不知為何，心裡便是歡喜，要是她一直為自己吃味該多好？每回來，就能見到她取悅自己了。

他忽然放開手，淡淡道：「朕也不想讓皇祖母、母后為朕操心，興許便稱一回她們的意，不然總給朕提三提四的，朝中大臣為這也上過奏疏。」

姜蕙的手一下子冰冷。他要選秀了？

「皇上……」她脫口而出。「妾身不願。」

她終於還是說出來了，可是臉色繃著，很是緊張，瞧著有些手足無措。

金嬤嬤在旁邊抹了把汗。雖然她離得遠，可姜蕙正處於激動的時候，聲音大，一字一字入了耳，她豈不擔心？歷代皇帝沒有不選妃嬪的，身為皇后要的就是大度容人，如今竟阻止皇上選秀，這是大大的忤逆！

屋裡有片刻的安靜。

姜蕙說完，才發覺有些後怕。

原先他尚且是太子時，她都不敢直言。那次太上皇送了兩個美人兒來，她最多撒撒嬌、生生氣，沒有說別的，如今他是皇帝了，她竟然說不願。

憑的又是什麼呢？不過是他一些寵愛，自己卻得寸進尺。

穆戎挑眉看著她，一雙黑眸在燭光下越發顯得幽深，像這天上的夜色，教人看不清楚藏了些什麼。

事已至此，說出去的話如潑出去的水。姜蕙頂著他的目光，咬了咬嘴唇，道：「自從我嫁給皇上，這一年多，早習慣了皇上身邊沒旁的女人。如今要選秀，一下就是成百上千，我心裡沒個準備，也沒法子想像，將來我要見一見皇上，您身邊還躺著個人兒，不讓我去……」

她眼圈一紅，滿是傷心，忍不住垂了頭。

別說什麼妒婦，她是真有些接受不了，嘟囔道：「你要一開始就有通房、側室便罷了，如今來這一齣，得給我好好緩一緩。」

看她這委屈樣，穆戎淡淡道：「那還怪朕了？」

「可不是。」她老實不客氣地道：「你要對人好，就得一輩子，好一半又算什麼？」

穆戎嘴角一挑，越發蹬鼻子上眼了，可見她柳眉攏煙，教人心疼，他問：「妳便是為這個傷心，怕有別的女人分了朕的寵。」他站起來，走到她面前，抬起她臉來看。「可妳對朕又有幾分真心？妳喜歡朕嗎？」

姜蕙怔了怔，臉兒忽地紅了。「我都給你生孩子了。」

穆戎道：「那是朕叫妳生的。」

他托著她的臉，讓她無法迴避，姜蕙輕聲道：「不喜歡，還怕什麼？皇上哪怕有萬千美人兒，我儘管守著皇后的位置便罷了，誰也不敢得罪我，這樣難道不好？我又何必惹你生氣，讓自己揹上這罪。」

原先她嫁給他時，當真是不曾有什麼奢望。他這人以前也有側室的，可誰想到這輩子的他很專情，而人一旦嘗到這種滋味，就變得貪心了，她現在就是不想他有什麼妃嬪。

她眼波含情，柔情密意。穆戎道：「還沒說妳喜歡朕呢。」

姜蕙微微側開頭。「羞人。」

穆戎道：「妳剛才說的話更羞人，堂堂皇后，一股小家子氣，怎麼母儀天下？妳便是去當個主母都不夠。」

尋常官宦之家，男人沒側室不稀奇，伺候的通房都沒有，可就少了。

姜蕙輕輕咬了一下嘴唇，露出雪白的貝齒，半晌才道：「妾身喜歡皇上。」

那一刻，心裡竟有些疼，好似見到上輩子，她也對他這般說過。「喜歡」二字原不能輕易出口，一旦他負了自己，刻骨銘心，所以她一直都對他有些怨念。如今想起來，她當日不惜要脅他也要出逃，不只為尋寶兒，不只為衛鈴蘭的狡詐，恐怕也是為他要娶衛鈴蘭。

因為他接了自己回衡陽王府，過一陣子便沒有再碰旁的側室，而她後來，雖然好像已經死心，可其實心底始終都喜歡著他。只是當時明白，他終歸不會屬於自己，才不願去想這件事。

短短幾個字被她說得千迴百轉，她長長的睫毛一顫，竟有淚珠溢出來，晶瑩剔透。

穆戎伸手攬住她，把她埋在自己胸口，心裡莫名安穩。

她從原先的不願，到今日，一顆心終於是屬於他了。

她哭了許久，可也沒有忘記正事，微微抬起腦袋問：「那皇上還選不選妃嬪了？」

穆戎低頭瞧她。「朕不告訴妳。」

她氣得又把頭埋了回去，但心裡明白，他定是不會了。他就這個脾氣，為逗弄她，有時候會像個孩子。

可一身龍袍仍被她哭得濕答答的，穆戎抖一抖。「妳可知這龍袍多少銀子？」

姜蕙道：「難不成還要我賠錢？」

他看她一眼。「是得賠。」

他彎下腰，抱起她就去了裡間。

過了兩日，太皇太后、皇太后與穆戎提選秀的事情，二人還未怎麼詳說，穆戎淡淡道：「朕暫時還沒這個打算。」

「莫非是阿蕙不肯？」皇太后此前聽到一點風聲。

穆戎道：「她還沒這麼大的膽子。此事還請皇祖母、母后莫再提了，朕也不缺兒子，且近日事務繁忙，沒有精力應付旁的。」他頓一頓，看向太皇太后。「皇祖母，朕原也有事與您商量。前不久有人彈劾濟寧侯插手榷場（注）事宜，朕使人調查，聽聞濟寧侯府，金磚鋪地、白玉為牆，其中奢華不亞於皇宮。」

太皇太后臉色一變。如今的濟寧侯乃是她姪兒繼承的，王家大房人丁凋零，唯獨二房興旺，故而這侯爺之位就落在二房的王貞慶頭上，比起原先的侯爺，這王貞慶行事是有些不妥。

太皇太后略收了下頷，道：「還請皇上秉公處理。」

注：榷場，宋、遼、金、元時在邊境所設的同鄰國互市的市場。

皇太后忙道：「王家世代深受皇恩，自然是富貴些，再者，濟寧老侯爺為平定遼州，當年立下赫赫戰功，先皇也是賞賜無數。」

穆戎沈吟片刻。「母后說得是，許是借題發揮吧。」

他站起來。「朕尚有事，先告辭了。」

見他沒了人影，太皇太后的臉色才沈下來。

剛才穆戎提起王家，自然是為告誡她，要她別再插手他的事情。

她手掌慢慢握緊，想到前兩日王二夫人說的，穆戎不只削了衛大老爺的官，連太子妃的娘家徐家都沒有放過。徐家是王家的表親，故而當年太子妃才能嫁給穆炎……如今就只剩下王家，他還未曾動手。

瞧瞧，他就是這麼個心狠的人。比起穆炎，這孩子的心機不知道深沈多少，對旁人都很冷淡，唯獨對他父皇花費了很多的精力。

可嘆穆炎這單純的孫兒就那麼死了……

太皇太后嘴唇抿了抿。當日他們兄弟兩個一起去狩獵，回來就活了一個，到底穆炎是怎麼死的，還真難說，後來抓到楊毅，卻又服毒自盡了，真相已是無處可查。

皇太后輕聲道：「皇上也是難辦，他才一登基，那奏疏比往前多了幾倍，原先太上皇不管事，好些人都不願上奏疏。」

太皇太后點點頭。

正說著，康太子妃徐氏抱著孩兒來了。太子去世後，太上皇賜諡號康，如今他的孩子可是有一歲多了，聰敏可愛，見到二人會叫曾祖母、皇祖母。

太皇太后笑起來，滿是疼愛地抱起曾長孫，在他臉上親一親，道：「阿煥，再叫一聲。」

「曾祖母。」阿煥口齒清楚，大大的眼睛一眨一眨的。

皇太后看著心裡難過，說道：「跟炎兒小時候一樣，叫人叫得早。」

徐氏握住皇太后的手。「母后莫傷心了，相公在天之靈見了也不好過，咱們都得高高興興的。」她道：「兒媳想著過幾日，是不是搬出去為好？」

「怎麼？」太皇太后皺起眉。「有人欺負妳不成？」

「不是。」徐氏笑一笑，道：「就是覺得一直住在這兒不太方便。」

「胡說，怎麼不方便了？」皇太后道：「如今阿煥才那麼小，妳想搬去哪裡？若是他大了，封為親王了還能說，現在正是要人照顧的時候，妳孤兒寡母，還是住在宮裡。」

徐氏只得點點頭。

她總是很聽話，也很明事理，太皇太后與皇太后一直都挺喜歡她。皇太后想起住在坤寧宮裡的姜蕙，忍不住搖了搖頭，不過那是穆戎自個兒選的，她又有何好說？

徐氏道：「皇祖母、母后，我想去看看皇后娘娘，她身體還好吧？剛剛生完孩子，總是虛得很呢。」

太皇太后都不想提姜蕙了。坤寧宮裡好些宮人都有她們的耳目，豈能不傳出什麼消息來？都知道是她不願穆戎選秀，到底不是名門出來的，沒有教養。

皇太后道：「妳去吧，妳二人說話也可解解悶，等到阿元大了，兩個孩子也能在一處玩。」

徐氏便帶穆仲煥去了坤寧宮。

姜蕙也正抱著孩子，聽說她來，滿臉笑容地請她坐。「許久不見妳了。」

穆炎去世後，她一直不曾怎麼露面。

姜蕙打量徐氏一眼，她清瘦了，看起來被風一吹就要倒的模樣。但姜蕙也沒提，只看著阿煥，驚訝地道：「與阿元很像呢！」

她走過去，把兩個孩子放一起，都是黑葡萄一樣的眼睛，濃密的頭髮。

徐氏笑道：「都是像他們父親。」

她打量坤寧宮一眼，原先這裡是皇太后住的，現在是姜蕙的地方了，那麼寬敞，她看起來那麼愉快，生完孩子仍像個姑娘，玉面生光，很是滋潤。

聽說穆戎待她很好，以他皇帝的身分，到現在都不曾臨幸旁人，這世上真沒有比她運氣還要好的人了。

徐氏道：「一直不曾來拜見娘娘，還請您莫怪。」

「怎麼會呢？」姜蕙笑道：「我生了孩子，也知道母親照顧孩兒辛勞，哪裡有空閒的時間？不過如今阿煥大了，妳得空常來坐坐。」

徐氏點點頭。「只要娘娘不嫌棄就好呢。」

二人相談甚歡。

第七十三章

選秀的事情沒影子了，再沒聽人提起，姜蕙估計定是因為穆戎拒絕，雖然一早料到，可心裡也跟開了花似的。

這日沿路去乾清宮，眼見金梅開得好，叫宮人剪了幾枝。只是走到書房前，一個人影踉蹌著從裡頭摔出來，差點滾到她腳邊，姜蕙一看，竟然是周知恭。

周知恭忙磕頭叫娘娘，行完禮，急匆匆地走了。

她立在門口，只見地上摔著茶盞，潑了一地水，穆戎臉色沈著，好像冬日裡的冰塊，那眼神還沒收斂，要殺人似的，教人看得心裡發怵。

她沒敢動。一直都知道他的凶狠，可在她面前，他其實沒怎麼顯露，總是點到為止，今日見他這樣對周知恭，她被嚇了一跳。周知恭從年少就跟著他了，是他最信任的心腹，誰想到今日這般狼狽，也不知是做了什麼錯事？

「皇上。」她輕聲問安，有些後悔這時候來，城門失火殃及池魚。

穆戎看過去，只見她穿著件桃紅繡纏枝梨花的短襖，下身一條蜜合色棉裙，手裡拿著幾枝金梅，人比花嬌，他面色緩和了一些。「進來吧。」

姜蕙走到他旁邊，把金梅插在御案旁的花瓶裡。她記得有幾次來，這花瓶都是空著，一來浪費，二來他閒暇時看幾眼，與許能解解乏。

穆戎眸中有些笑意。姜蕙看他好似不生氣了，略略鬆一口氣，笑道：「可惜冬日裡，花少。」

金梅雖也好，但香味並不出色。

「不過瞧春夏，這兒也空著，皇上是不是不愛花？」她手碰一碰花瓶。「假使是，妾身搬到那頭去。」

她也是一時興起，但並不知穆戎到底喜不喜歡。

「放著吧。」她親手摘的，他只會高興。

姜蕙笑起來，命外面的小黃門進來打掃碎一地的茶盞，他們掃完也就出去了。

穆戎擱下筆，詢問：「怎麼突然來這兒？有事？」

「沒有。」她搖搖頭。「剛才去給皇祖母、母后請了安，順道去園中走一走，突然想見皇上，便來了。」她微微垂眸。「皇上不怪我吧？」

他手伸出去，一下就把她抱在腿上。

「沈了。」他笑。

她懊惱。「是因穿了棉衣呢。」

他碰碰她的臉，很冷，又摸摸手，也是冷，忍不住皺起眉。「穿這麼多都冷，妳還往外面跑？不早些回去。」

「說了想皇上了。」她摟住他脖子，往他唇上親一親。

等到要離開時，卻被他壓住了，讓他好一陣索取。兩人親熱會兒，他才放開她。

她仍坐在他腿上，他手臂長，伸出去還能翻開奏疏，批了幾卷後，她輕笑道：「皇上這樣累不累啊？」

累是有點，卻不願意放她走，兩個人這般，好像屋裡也更暖了，如同春天似的，他一隻手摟在她腰間，她給他磨墨，很是自然。

穆戎忽地道：「外夷占了澎湖，朕想讓賀仲清領兵。」

姜蕙一怔。雖然不是問句，可她聽出來，他是在詢問自己。平日這些事他定是不會說的，可賀仲清是她堂姊夫，與姜瑜的孩兒還未滿周歲。

「危險嗎？」

穆戎挑眉。「果然女子與男子不一樣。」

男兒想的是如何建功立業，女子眼光淺薄，總是看不遠。

聽出他的嘲諷，姜蕙不服氣。「我當然知道堂姊夫有本事，聽堂姊說，他素來愛看兵書的，想必有獨到的地方，不然皇上也不會想派他去。可是萬一他有個三長兩短，堂姊會傷心的。」

「那萬一他立下戰功，妳堂姊也一樣得享榮光。」穆戎道。

姜蕙皺起眉頭，原本要往硯臺添水的，也不添了，放下虎頭水注，道：「比起他的命，榮光算什麼？我相信堂姊也不在乎。」

一個女人，一旦真心喜歡上一個男人，什麼都可以不要，只要他平平安安地在身邊就好了，這是人之常情，只是男人卻未必這麼想。

上輩子的賀仲清便是赫赫有名的大將軍，對於男兒，如何實現抱負可能才是最為重要的。

她忽地嘆了口氣。就算姜瑜心裡不肯，可也不會阻止賀仲清。見她又憂愁起來，穆戎想到她一貫的反應。無論他站得多高，她好像都不太在意這份富貴，所以，這些話雖然是為姜瑜說的，卻也是她的心裡話。

在她心裡，最在意的是那個人，而不是他的身分、地位。

他想著，伸手揉揉她腦袋。「妳莫擔心，這場仗好打，不會有什麼事，假使賀仲清真應付不來，他這兵部郎中也不用做了。」

姜蕙眼睛一亮。她聽出來了，他特意派賀仲清去，便是讓他立功的，那是送上門的好處，可見穆戎是想再升他的官，且名正言順些。

她很高興，忙謝過穆戎，可又有些擔心。「我娘家還有親戚接二連三地升官，不知外人會怎麼說呢……」

「妳何必怕，妳本就是朕的皇后。」穆戎道。「再者，也是妳娘家人識趣，要是不成體統的，妳看朕可會用？」

他還是大公無私的，不會什麼人都升。

姜蕙笑著摟住他脖子。「皇上真好。」

他聽了嘴角微翹，眉眼間滿是溫柔，笑容裡又有些甜，看一眼，嘴裡就好像吃了塊蜜糖似的，心口都麻了，她忍不住俯下身吮住他的嘴唇，手也不老實地往他衣服裡伸進去。

穆戎吃不住，臉紅著抓住她的手。「等晚上……」他微微喘息，親一下她耳垂道：「晚上，朕過來坤寧宮，一會兒有幾位大臣要來。」

他之前已經使人去請，總不能他們到了，他們二人在雲雨吧？還得清洗，想想也費時間。

姜蕙不情願地收了手，嬌嗔道：「皇上嫌棄妾身了。」

這哪裡像個正宮娘娘？穆戎在她臀上捏了一把，慢慢撫到前頭，聲音微啞地道：「妳要不怕遇到人，朕也管不了。」他作勢要脫衣服，一隻手去褪她棉裙。

她忙從他腿上跳下來。「算了，妾身回去了。」

總不能真打攪他做正事，她整一整衣裙，快步離開了乾清宮。

穆戎臉上潮紅剛褪，三位大臣已經到了儀門前。

卻是為榷場而來。越國雖然一早大統中原，可近旁遊牧民族眾多，歷經百餘年，也都建立了小國，有與越國交惡的，也有交好的，各方都具稀有的資源，故而在邊界開通榷場，各取所需，也能促進各國之間的交流。

只是榷場多開在邊遠地區，有道是山高皇帝遠，自從太上皇不管事，即便有劉大人等重臣，也是忙得焦頭爛額，榷場越發沒有規矩，其間不知道被貪了多少銀子，每年入了國庫的不過萬餘兩。

穆戎把這事一說，命那三人好好徹查。

等到他們一走，他拿起奏疏，翻了幾卷卻靜不下心。那狐狸精勾了魂就走了，著實教他不甘心。

他站起來，往坤寧宮去。

姜蕙正抱著孩子在殿內遛達。

阿元還不會說話，可一雙手力氣大多了，喜歡到處抓東西玩，見到娘親最是高興，總是咿咿呀呀的，也不知道在說什麼。

姜蕙捏捏他胖乎乎的臉。「阿元，你何時會說話啊？會說了，抱去給你父皇看，興許賞你黃金呢，你瞧瞧，你得發大財了。」

外頭一聲輕笑，竟是男人的聲音。

她回頭看去，發現是穆戎，眼睛都瞪大了。「皇上，您怎麼……」那些奴婢也不出個聲！

穆戎笑道：「一股銅臭味，有妳這麼跟孩兒說話的？朕的孩子還會缺錢？」

「那要怎麼說話？」姜蕙撇撇嘴。「皇上很少抱他，來去匆匆的，妾身倒不見皇上與他說呢。」

穆戎伸手把阿元抱過來。這個時候的孩兒長得真快，一眨眼就好像大了些。

阿元與他不親，不曾咿咿呀呀的，只是睜著眼睛看他，像隻天真的小動物，讓人心裡的煩惱都沒有了。

「阿元，你要是會喊爹，朕封你做太子。」他鄭重地道，點點兒子的小鼻子。

嘖嘖，比起黃金，太子是更有分量些，可這不是理所當然嗎？姜蕙用手肘推他。「皇上，難不成還有旁人當太子？皇上您這是騙人，原本就該是他的。」

穆戎道：「誰說的？朕不願的話，就拖到他二、三十歲，看他急不急。」

姜蕙噗哧一聲笑起來。

穆戎抱了會兒，把孩子交給奶娘，讓她們都出去。

姜蕙隱約感覺到什麼，將將要調笑兩句，他按住她後腦勺就親起來，一步步往前行進，直把她逼到牆邊，壓得她背疼，她輕哼一聲。「皇上，去裡面……」

誰知他卻托她起來，她嚇了一跳，兩條腿只能纏在他身上，臉上緋紅一片，羞惱道：「皇上！」

兩個字才出來，只覺自己被釘在牆上，一股氣流回衝到喉嚨，只能發出一聲長吟。

玫紅色的紗窗外，見她一頭烏髮漸漸散了，身子搖晃中，金釵玉簪都掉落下來，撒在地上。

過後，兩個人累了，也不急著清洗，姜蕙躺在他懷裡。大冬日的汗流浹背，他拿薄被給她蓋著，往回一看，從正堂到床頭，扔了一地衣物，想到剛才香豔的情景，他低頭在她額頭親了親。

過了會兒才緩過神，姜蕙想起在乾清宮看到的，詢問道：「今兒皇上是為什麼生氣，我瞧周大人都差點滾出來。」

原先不太敢問，剛才經歷了魚水之歡，她見穆戎也懶懶的。

穆戎手枕著後腦勺，淡淡道：「有人彈劾錦衣衛賣官，如今那買官的抓到了，賣的人卻不見蹤影，他審問不出來。」

姜蕙吃了一驚，身子往上挪了一點。「官還能賣嗎？」這樣，科舉還有什麼用？

「也都是舉人，等到有輪空的機會，便能上任。不過這事不多，都是父皇那會兒……」疏於管理，什麼事情都有。穆戎目光穿過幔帳，看著另一頭，也不知在看什麼，卻是變得銳利起來。「得好好清一清了。這宮裡不乾淨，不管是錦衣衛、禁軍，還是十二監。」

原來是要來個大清查。姜蕙深為贊同，不過周知恭鞍前馬後的，立下不少功勞。「周大人才做了指揮使，想必錦衣衛好些人都不服，便是藏著不說也有可能，皇上不必逼得太緊。」

穆戎挑眉。「便是怕他做了官，拿起架子，只知道享樂。」作為主子，豈能不警醒一下？

姜蕙嘆口氣。「人家便是歇口氣都不行？瞧皇上，您這會兒都在歇著呢，周大人、何大人跟著皇上多少年了，人家也有妻兒的，就不能有閒暇時候？」

「怎麼突然替他們說好話了？」穆戎聽著奇怪。

姜蕙心道：還不是怕他太無情了，冷了屬下的心嘛！人的心都是肉長的，她不想他太過冷酷。

她伸手捧著他臉。「因為我覺得皇上是好人啊。」

穆戎哈哈笑起來。「好人？唔，還是頭一回聽人這麼評價朕。」

姜蕙道：「妾身只是希望皇上始終有份仁心罷了，不過對作奸犯科的，自然不能手軟。」

穆戎嗯一聲，把她攬在懷裡。「沒想到妳還關心這些。」

「也是想替皇上分擔。還有啊，我也希望皇上能常有休息的時候，哪怕不出去，咱們兩個就這樣躺著說說話也好。」她手指在他胸口上下輕輕畫著。「不是說像父皇原先不管事，但是矯枉過正了也不好。人麼，就那麼短短幾十年不是？咱們都不能成仙的，我不願皇上太累了。」

人的一生，白駒過隙，有時候轉瞬就過去了。若是換作別人，說這話興許不妥當，可由她說來卻是掏心掏肺，沒有絲毫作假。

穆戎聽了嘴角一翹。「朕知道，可咱們還年輕呢，瞧妳說的，那麼遠的事情。」

「還不是過得很快？皇上您看這不是快兩年過去了，要是從咱們認識的時候算起，都三年了。」

「三年了啊……」穆戎被她一說，還真覺得快。他笑道：「那會兒妳瞧我不順眼，拿著點心還不願給我吃呢。」

姜蕙噗哧一笑。「還記著這事。」

「一直記著。」他拿住她一綹頭髮在手中把玩。「要是現在，讓妳做朕的妃子，還是不肯？」

姜蕙道：「不肯。到時候寵冠後宮，惹得正宮娘娘生氣，皇上不是為難嘛。」

這下，穆戎笑得更歡了，捏她的臉道：「給我瞧瞧，這臉皮到底有多厚了。」

姜蕙躲著他，兩個人鬧成一團。

外面，只聽到穆戎的笑聲不停傳出來，好似是多歡快的事情。

過了一陣子，周知恭總算把人找到了，一下揪出兩個，都是太上皇那時掌國時，他們勾結了人賣官，這樣一個個往上查，很快就揪了好些人出來。

張壽這日在御書房服侍，眼見穆戎還沒有罷手的意思，不由得勸道：「皇上，都是老久遠的事了，皇上只要下令，還有誰敢不從呢？以後定是不會再有的。這樣勞師動眾，只怕傷了感情。」

這宮裡，以前太上皇不管，權力都是在別人手裡，除去些官員，太皇太后、皇太后那裡都有些人參與其中。

穆戎瞧張壽一眼，黑眸好似深淵，無端教人心頭一沈。

張壽垂下頭。

穆戎冷冷道：「照此說法，那各衙門積壓了幾年，十幾年的冤案就不該昭雪了？朕自有主張。」

張壽不敢再說，後背卻發涼。這些年，他犯下的事不少，可聽穆戎的意思並不打算放過任何人，哪怕他隱晦地提到那兩位。

這會兒他當真是滿心後悔，這個主兒是個無情的，之前救他姪兒，不過是為了讓自己欠下人情。如今兩清了便翻臉不認人，只怕再查下去，他這命也不保了。

早知當初還是該穆炎當皇帝，他身上缺點多，不似穆戎油鹽不進的，只可惜他糊塗了，竟不曾想到那麼遠的事情，如今才知，主子必定不能太聰明，不然手下日子不好過。

出了乾清宮後，他就往慈心宮走。

太皇太后正與宮人閒話，張壽一見到太皇太后就磕頭。

「太皇太后娘娘，奴才有事稟告！」

瞧著像是很嚴重，太皇太后屏退了左右。

張壽膝行兩步。「都是奴才糊塗，之前因受了皇上的恩，一直不敢說出來，只晚上睡不著，翻來覆去的心裡難受，奴才想著，也只能與您說了。」

「到底是何事？」太皇太后奇怪。

張壽自小跟著太上皇的，極為忠心，雖然暗地裡撈些銀錢，也是人之常情，宮裡哪個不是如此？真要查，不知得扯出多少人。如今她那孫兒正處理這事，但太皇太后心裡明白，那是明面上一套，其實還不是為了把他自己不得用的除掉嗎？

一朝天子一朝臣，宮裡也是一樣。不然光為這個，等過了幾年，還不是又出一批？不過白費力氣罷了。

張壽的眼淚鼻涕已經流出來。「那會兒奴才的姪兒是皇上救的，奴才很是感激，心裡記著這恩，也想著還。誰想到皇上竟是要奴才誣陷大皇子，說大皇子與魏國餘孽勾結，盯著那天牢，要救魏國餘孽出來。幸好太上皇相信大皇子，沒往那處想。」

太皇太后一怔。「還有此事？」

「奴才不敢欺瞞，娘娘不信，可等太上皇回京一問。」因為這話他確實說過，只是把動機說反了，倒是顯得很鎮定。

太皇太后一拍几案。「我便知道！」

穆戎自小就心思多，小小年紀便學會爭他父親的寵，到長大了，更是唯恐天下不亂。要不是他，穆炎也不會死！太皇太后越發懷疑，是穆戎那時使計殺了穆炎。

張壽看她臉色陰沈，心知起了效用，又道：「如今皇上又要查什麼賣官一案，奴才想著都已經過去了，何必要把不光彩的事再翻出來？總是太上皇當年……假使是孝子，便不該查了。」

是啊，光知道要顯他做皇帝的威風，一點也不顧其他人的面子。

他自登上帝位便野心勃勃，想把天下所有權力都握在自己手中，前不久才派人去查榷場一事，恐怕她這太皇太后、她王家，早晚也沒有活路。

太皇太后本來就為此不滿，因為覺得穆戎太獨斷，其次心裡也確實擔憂，畢竟她早年為護住穆炎，不止一次要把穆戎趕出京都，試問他怎麼會不記在心裡？

張壽以頭磕地。「奴才自知犯了大罪，請娘娘責罰。」

其實怎麼責罰？這事是穆戎指使的，真要治，那便說明她已經知道，只會打草驚蛇。太皇太后深深看了張壽一眼。「你這條命，我先記著。今日起，這執筆太監就莫做了，我正缺個人，你替我去江南走一趟。」

她哪裡不知張壽是為保命才投奔自己，便先留著吧，指不定將來有用。

張壽鬆口氣，站起來告退了。

太皇太后又叫了兩個近侍來，讓他們去查狩獵那日的事情，不擇手段也得查到。

穆戎很快就察覺了。張壽無端不任事卻去了江南，他哪有這麼大的膽子？皇太后並不太管事，那便只有太皇太后了。

他這日去拜見，太皇太后提起這事，語氣輕鬆。「他是宮裡的老人了，做什麼都妥當，故而我叫他替我辦件事，怎麼，莫非皇上還不准？」

「也不是，只是有些疑問，既然皇祖母看重他，朕還不至於捨不得，便讓皇祖母用吧。」

他手指在袖中摸索了兩下。昨日周知恭說有一個暗衛失蹤了，怎麼也尋不到，這事教他有點在意。到底是誰抓了他？又想審問出什麼呢？

太皇太后笑咪咪道：「皇上得注意身體了，聽說連日裡都很勞累。」

那麼慈祥，教穆戎平白覺得諷刺。

同是孫兒，皇祖母只喜歡穆炎，自小就不喜他，然而父親卻是相反。

兩人正說著，外面有人稟告。「皇上、太皇太后娘娘，福慧殿出事了，康太子妃中毒了！」

徐氏中毒？那她那嫡長孫兒呢？

太皇太后一下子站了起來。

第七十四章

穆戎也有些吃驚，只是這節骨眼上問不出什麼，徐氏必定正由太醫看著。他與太皇太后前往福慧殿。

太皇太后在路上就怒氣沖沖的，下令道：「福慧殿任何人等都不得擅自離開一步，不然殺無赦！」

對此，穆戎沒什麼反對，確實是該好好查一查，可他心裡有個念頭一閃而過——怎麼會在這時候？

他從不相信什麼巧合，如今他正在大肆整頓皇宮，原本做案的人，只要有點腦子就該避著，可偏向虎山行，到底有何意圖？

他兩道劍眉微微擰了起來。他治國，姜蕙是皇后，執掌六宮，雖然六宮裡只有她，可尋常事宜都是要她決定，即便是照著規矩來，她的責任仍是不可推卸……他側頭朝何遠看了一眼。

何遠心領神會，轉頭就低聲吩咐一個小黃門，那小黃門拔腿就往坤寧宮去了。

姜蕙這會兒正跟兒子玩，聽說穆戎派了人來，也不在意，叫人進來。小黃門行完禮便道：「娘娘，康太子妃中毒了，皇上與太皇太后去了福慧殿，遣奴才來告知一聲。」

姜蕙心裡咯噔一聲。上輩子穆炎被毒死，怎麼，這回輪到徐氏了？可這不可能啊！如今穆戎已經登基，再也沒有障礙，就算他冷血，可再冷血也不會對徐氏下手，實在沒有必要，這種白花力氣還沒有意義的事情，他不會做。

那誰要毒害太子妃呢？

姜蕙把阿元交給奶娘，先讓小黃門回去，自己在屋裡走了幾步，忽地一頓，問金嬤嬤。「福慧殿的膳食，我記得是由福慧殿旁邊的一個膳房管的？」

宮內共有二十幾處膳房，唯有御膳房是管帝后平日的膳食，其他的膳房分管各處，看品級也看地點，有時候大差不差，便由附近的膳房來供應膳食。

金嬤嬤道：「是，那處由吳監丞看著。」

每個膳房都有個頭兒來管理廚子、宮人黃門。

姜蕙道：「先把他抓起來。」

她說完就往外走，金桂忙拿了條雪狐披風給她穿上，銀桂要去取手爐，她擺擺手。「不用了，就這樣吧。」

這節骨眼上，還能顧著暖手？不知道徐氏怎麼樣了？

她腳步匆匆，等到了福慧殿，只見殿門前跪了一地的人，有些膽小的偷偷抹眼淚。姜蕙走入殿內，先看到穆戎，再看到太皇太后，她上前行禮。「我將將聽到這消息，已經把吳監丞抓了，不知皇嫂……」她看向內室。「太醫還未出來？」

穆戎道：「無性命之憂。」

姜蕙鬆了一口氣。

這會兒，皇太后也趕來了。「怎麼回事，怎麼會有人下毒？可查問了？」

太皇太后朝姜蕙看一眼。「聽說是膳房送來的魚肉丸子，阿瑤吃了一個就中毒了，幸好阿煥還未吃。」

小孩子可不比大人，哪裡承受得住？皇太后咬牙。「到底是誰如此狠毒，要阿煥的命？」

太皇太后沒作聲。

太醫這回終於看完了。「臣給康太子妃去了些毒，所幸毒性不強，沒傷到心脈，如今還有些餘毒，照著方子吃藥，一、兩個月便能清除乾淨。」

皇太后看他滿頭大汗，可見是盡了全力，當下賞了銀錢，使人送他出去。

「真是大幸了。」她伸手拍一拍胸口。「剛才不知我有多怕，萬一阿瑤出事，阿煥還小呢，沒有娘親可怎麼辦？這可憐孩子……」

她想到穆炎，眼睛一紅。她孫兒當真命苦，剛出生沒多久父親就去世了，一個男兒沒有父親，就好比女兒沒有母親，此乃大憾。

穆戎安慰她。「無事就好，母后放心，朕必會將凶手找出來。」

幾人進去看徐氏。

徐氏面色蒼白，剛才中毒聽說還吐了血，傷得不輕，只是一看到他們，就問道：「阿煥可好？」

「阿煥已經叫人安撫睡下了。」太皇太后坐到她床邊。「妳只管靜養。」

皇后與姜蕙也上前探望。

徐氏忍不住掉眼淚，可也不能大哭，只壓抑地抽泣著，哽咽道：「不知道是誰下的毒……皇祖母、母后，我著實有些害怕……有沒有抓到人了？我自己便罷了，可阿煥還小，我怕他……」她雙手緊緊握在一起，身子微顫。「我不能留下阿煥一個人。」

「莫怕，妳搬來慈心宮，與我一起住，我不信還有誰敢害妳。」太皇太后看向穆戎。「還請皇上下令徹查！」

穆戎吩咐下去，人都抓起來了，只等著一個個審問。

可誰知他們剛出殿門，就有人來報。「吳監丞懸梁自盡了。」

膳房是他負責的，他一死，很容易就斷了線索。穆戎沈吟片刻，與何遠道：「叫周知恭親自審問平日與他來往的人，一個也別放過。」

何遠領命。

太皇太后的臉在月光下越發顯得肅穆，姜蕙朝她看一眼，只覺她要出口訓自己了，可偏偏沒有。

太皇太后抿著嘴，把頭側了開去。

姜蕙有些驚訝。她是聰明人，哪裡不知道太皇太后與皇太后對自己有些不滿，不然不會在她面前提什麼選秀。一個人的態度，常常不經意間就會顯露出來，穆戎也是這般想，所以才提前派人叫她有個準備。

然而，卻料錯了，這回太皇太后竟然一點刺都沒有挑。

她更加有些不安了。只是這不安又有些模糊，便是她自己，此時也理不出個頭緒。

天已經黑了，她走在穆戎身後，一直都未說話。不提太皇太后，光這件事也透著一股古怪。

要說徐氏，此人八面玲瓏，做太子妃時便不輕易得罪人，如今穆炎死了，她更謹言慎行，豈會讓人恨得要毒死她呢？且她平日只與兒子一起，也甚少出門……莫非是之前的敵人？

可也不該在這時候，穆戎一直在查宮人黃門，難道偏要在此刻挑起事端？

她思來想去，突然腦門就被撞了一下，抬起頭，見穆戎朝著她笑。「在想什麼，路也不好好走。」

「這事奇怪。」她攏一攏披風，才覺得冷。京都的冬天比起鄠縣，實在是冷太多了。

穆戎右手搭在她肩膀上，把她圈入懷裡。他身形高大，她雖然個子也不矮，可二人站在一起，就顯得小鳥依人了。

聞一聞她髮間清香，他道：「妳莫費心了，朕自會查明。」

「就怕皇上查不出來。」她嘆口氣。「吳監丞都死了，萬一那些人都推到他身上，如何是好？」

穆戎挑眉。「那也用不著妳來擔心。」

「可皇上都說要查明了。」看得出來，太皇太后與皇太后都很看重這件事，假使交不出主凶，恐怕她們不會滿意。

看她一臉認真，好似還想與自己商談這事的細枝末節，可未免急躁，什麼都還沒查呢，光憑猜測，又能得到什麼結果？

「朕餓了，先回去用膳。」一句話就打發了她。

果然姜蕙不問了，只道：「膳食一早教人備好了，恐是要熱一熱。」

她吩咐銀桂去御膳房，忽然想到了什麼，輕聲一笑。「只怕御膳房那裡也如驚弓之鳥。」她說得沒錯，豈止是御膳房，宮裡所有膳房都在說這件事，管理膳房的黃門聽說那吳監丞已經嚇得懸梁自盡，一個個也都不敢鬆懈，每道菜重新仔仔細細驗查了一遍，又挑了信任的，方才敢送過來。

這一耽擱，比往常都晚了一些。

看見送來的菜餚裡有一小碟不明食物，穆戎拿起來瞧了瞧，又聞了聞，還是不知道是什麼，問姜蕙。「這是給妳的？」

可見皇上再怎麼上知天文下通地理，也有不了解的東西。姜蕙同他說：「阿元吃的。」

穆戎驚訝萬分。「他不是只喝奶嗎？吃這個不會鬧肚子？」

姜蕙噗哧笑起來。「皇上，阿元不是剛生下來那會兒了，如今這麼大，可以吃些菜肉，不過得切得細細的，蒸軟了才好入口。金嬤嬤說的，光喝奶長得慢，得什麼都吃些才好，故而今兒叫廚房做了。」

「可他還沒牙呢。」穆戎與奶娘道：「把阿元抱來。」

阿元才睡醒，有些懵懵懂懂，見到自己的娘也不急著咿咿呀呀了，半瞇著眼睛，還打個小呵欠，可就是這樣，也可愛極了。

姜蕙把他抱在腿上，拿個小杓子舀一點菜肉泥給他吃。阿元一開始不認識，還找奶，無奈這杓子老是放在嘴邊，他不高興，張嘴就咬下去，吃到一點，努努嘴，好像不知道是什麼，眼睛眨啊眨的，像是在想、在品嚐。

穆戎第一次看兒子用膳食，看得津津有味，眼見他吞下去了，比什麼都高興，大笑道：「還真吃了。」

可阿元吃了一點就不吃了，姜蕙眉頭一皺，心想莫非是不好吃。她把剩下的往嘴裡塞，確實不怎麼可口，孩子又吃慣奶，一下子改不過來，看來得慢慢來了。

她拿起杓子放到穆戎嘴邊。「皇上，您嚐嚐，可好吃了。」

穆戎倒是不猶豫，一口下去，滿是失望。「這也叫好吃？」

姜蕙只是笑，他才知道被她耍弄。

姜蕙放下杓子，只是手將將離開，猛地想起之前的事情。魚肉丸子……徐氏是吃了這個中毒的，可是魚肉丸子，阿煥也喜歡吃。她記得徐氏來看她時，說過一歲多的小孩子都吃些什麼，莫非原本是要毒死穆仲煥？

假使是，那更複雜了。

她瞧了穆戎一眼，穆戎渾然不覺，但以他的聰明未必不會想到，可他顯然不想再談這件事，她把話吞了回去。

等到明日吧，終歸會有個結果。

然而，她想到了，太皇太后也一樣想得到。

慈心宮裡，靜悄悄的。

太皇太后已經坐了一陣子，半晌，突然手一拂，金繡鳳凰的沈綠色大袖像是颳了大風，面前几案上的茶盞應聲倒下，碎成了好幾片，刺耳的聲音在大堂中迴蕩。

宮人們都屏氣凝神，身子繃住，一點也不敢動。

太皇太后站起來，身影已有幾分佝僂，面上滿是疲憊。她沒想到穆戎跟姜蕙的心竟然那麼黑，如今已經得了天下，竟然連個孩子都不放過！

那可是他們的姪兒啊！可宮裡除了他們，誰會想要一個孩子的命呢？

她也不信那麼巧，姜蕙將將叫人去抓人，那吳監丞就懸梁自盡了，恐怕是被逼的，便是要隱瞞真相。

若沒有猜錯的話，明日定然不會有結果，一切都只會推到吳監丞的身上，這原就是他們的目的。

整件事總要有個幕後主凶，至於吳監丞為何要這麼做，人都死了，怎麼查呢？只能不了了之。

她突然又坐下來，吩咐宮人準備筆墨，寫了一封信。

「送去我王家。」她叮囑心腹。「莫讓人發現。」

穆戎暫時還沒有動王家，他剛剛登基，還想演一番母慈子孝，可用不了多久，憑他這副心腸，必定不會放過王家。

太皇太后慢慢走到門口。外面的月亮小如銀鈎，散發出淡淡的光輝，明日恐是要下雨了……

到了清晨，只見小雨淅淅瀝瀝，好似銀絲般不停地從天空飄下來，冬日顯得越發寒冷。

姜蕙抱著阿元，坐在窗前看雨，阿元手裡拿著匹小木馬，並不理會外面，兩隻小手只管在木馬上摸來摸去，摸膩了又往嘴裡塞，幸好木馬是乾淨的。姜蕙伸手摸摸他腦袋。

「剛才康太子妃已經搬到太皇太后那兒去了。」金桂與姜蕙說。

「打著傘呢，幸好東西不多，只是人先過去。」

那麼急？姜蕙眉頭皺了皺，徐氏還在病著，可見太皇太后對這件事有多上心，生怕還有人害她。可昨日裡，她卻表現得很古怪，一點也不曾責備人，她不在意都不行。

等穆戎傍晚過來，她必得問一問。

卻說周知恭審了一整日，什麼都沒查到，好像毒藥是憑空出現一樣，因為他手段毒辣，能禁得住他手的，要麼是無辜，要麼真不是人了。

反正吳監丞管膳房，所有人等都查了，一個個都矢口否認與自己有關，那除了吳監丞外，還會有誰呢？他每日都會親自查看膳食，要在裡面動手腳一點也不難。

只是其中一點令人疑惑不解——動機。

穆戎道：「他與皇兄皇嫂可有過節？」

周知恭道：「吳監丞原先是管東宮膳房的，後來犯了事，被調到別處，若非要尋個理由，恐是他為此怨恨上了康太子與康太子妃。」

穆戎眼眸瞇了瞇。這著實有些牽強，他如今還是管事，何必要在這時候害徐氏呢？為此還不惜捨去一條命，莫非是個傻子不成？

周知恭看他臉色陰沈，忙跪下來道：「屬下無能。」

穆戎也不叫他起來。

這事從頭到尾，細細想來，定是某人設了局，吳監丞不過是個棋子罷了，他到底在其中有什麼作用，甚至已不重要，如今要緊的是，這件事到底會帶來多大的影響。

他心思本就深沈，這些年從不曾放鬆，簡單的一件事他總會聯想到許多。好一會兒，他才讓周知恭起來。「從今日起，你給我盯緊幾個人。」

聽到名字，周知恭臉色變了變。

「皇上，那這件事……」他詢問。

「便說是吳監丞做的。」

幕後之人心思縝密，至少在這件事做到了天衣無縫，那就如他的願吧！

穆戎起身前往坤寧宮，皇太后見到他來，忙問：「查得怎麼樣？到底是誰要害阿瑤？她一晚上都沒睡好，宮裡那麼不安全，想要下毒便下毒，還能得了？徐氏到底還是康太子妃呢，不是什麼無足輕重的人物。」

穆戎握著她的手坐下來。「是吳監丞做的，原先他就與皇兄有仇怨，母后，您大概也不記得了，他本來是管東宮膳房的。」

皇太后一怔，想了想，恍然大悟。「這麼一說，還真是！」

「許是見皇嫂如今勢單力薄，又被人挑唆了兩句，一時之氣才下了毒，後來事發，又後悔了，故而自盡了事。」

勉強也算能解釋，皇太后自個兒本猜不到是誰，自然就信了，嘆口氣道：「看來以後入宮的人都得好好挑一挑，這等心胸狹窄的定是要壞事！自己做錯了，還不能罰了？當初早就該遣出宮，炎兒阿瑤也是心好，竟然只把他調走。」
穆戎道：「母后說得是。」
這事就這麼算結案了，傳到太皇太后耳朵裡，她暗道：果然如她所想，一切都推到了吳監丞頭上。
說起來，她這孫兒行事作風一點也不像他的父親，倒是像了他叔叔，也像他皇祖父。這兩人都有些反骨，心狠手辣，當年他叔叔差點害死親大哥，被她這個母親阻攔，一劍砍了左手，貶為庶民。至於他皇祖父，卻是有大才，設計把兩個哥哥都陷害，自己坐上了皇帝的寶座。
如今她這孫兒不遑多讓，可是以後休想再碰那母子倆一根寒毛！

等穆戎回了坤寧宮，雨變大了，雨簾從屋簷垂落下來，好像小小的瀑布。他剛踏入儀門，就聽到悠揚的琴聲傳出來，被這雨聲一沖，顯得頗為柔弱，可也美妙得緊。抬眸再看這雨，卻讓人想到了江南，等過一陣子，枝頭就要發出新芽了。
他嘴角微微翹了翹。
姜蕙見到他進門就要起身，他一擺手。「繼續彈。」
目光落到她身上，見她穿了件桃色繡纏枝桃花的高領夾襖，下頭一條湖色裙子，裙邊點綴著綠色的葉，每兩朵之間鑲著珠子，瑩瑩珠光，極為雅致。
她面上也未施胭脂，清清淡淡的，在這讓人氣悶的天氣裡，好像一股春風。
他看著心情都好了，伸手放在她肩膀上，笑道：「今兒挺有興致，往常不太見妳彈琴。」

「正是許久不彈，怕哪日忘了。」她手指撥弄琴弦，因為頭低著，只聽到她婉轉的聲音。

「這曲子，皇上可喜歡？」

他坐下來，笑道：「教朕想起當年去江南，煙雨濛濛之景。這時候，蕩舟湖上，最是愜意，或在船頭垂釣，也是一番滋味。」

姜蕙嘆一聲。「我就沒去過江南。」

「改日等朕空閒，帶妳去。」聽出來她十分羨慕。

姜蕙輕笑一聲。「君子一言，別說是皇上了，如今許下我這話，哪日反悔可不好。等您空閒，是哪一日呢？」

咄咄逼人了。他笑起來。「答應妳的，朕不會反悔，總得……」總得把眼前的事情處理好。

姜蕙的手一頓，琴聲斷了，她轉頭看著他。「皇上，那事可曾查到？」

他敷衍旁人說是吳監丞，可對姜蕙，並不想說假話，她與自己是一類人，總是想太多。他伸手攬她過來。「朕不想妳操心這些，妳只管像今兒，每日彈彈琴、繡繡花，多好？」

姜蕙怔了怔，她原本是要為他分擔的，可看他胸有成竹的樣子，她忽地又放了心。是啊，這世上少有他不能解決的事情，假使有，他又豈會不與她商量？

好幾次遇到事情，他都是主動說的，那是他沒有把握，或是想要她支持的時候。可今次，他顯然沒打算要她參與，自己又何必再提？有時候太聰明也不是好事，她還是乖乖享受他的寵愛吧！做個皇后，也做個相信他、依靠他的小女人。

她把腦袋埋入他懷裡。「皇上說什麼就是什麼吧！」

他伸手撫摸她頭髮，又聽她問：「從來不曾聽皇上彈琴呢，皇上，妾身不知可有榮幸聽一曲？」

穆戎輕咳一聲，好像有點尷尬。姜蕙惋惜。「許是皇上許久不彈，生疏了，那也罷了。」

「倒不是。」穆戎扶她起來，坐在瑤琴前，道：「朕少時也學過，只是興趣不大……」他手指撫上琴弦，撥動了兩下，道：「也不曾想過要彈琴給誰聽。」

琴聲才響了兩下就戛然而止，該不會不彈了吧？姜蕙有些著急。「那皇上也不想彈給我聽呀？」

穆戎看她一眼，她眸光水盈盈的，盛著委屈，不由一笑。「可不許說難聽。」

「不說，不說。」她忙保證。「再說，皇上彈的，怎麼會難聽呢？」她伸出手，親自又調了一下音。

看她那麼殷勤，穆戎沈思會兒，修長的手指落下來，竟是一曲〈鳳求凰〉。

「有一美人兮，見之不忘。一日不見兮，思之如狂。鳳飛翺翔兮，四海求凰。無奈佳人兮，不在東牆。將琴代語兮，聊寫衷腸。何日見許兮，慰我徬徨。願言配德兮，攜手相將。不得於飛兮，使我淪亡……」

情不知所起，一往而深。

姜蕙的心裡滿是甜蜜，忍不住啟唇，輕聲和唱，外面雨聲漸漸也聽不到了，二人對望一眼，只看得見彼此。

第七十五章

雨一直持續了好幾日。

徐氏抱著穆仲煥，坐在榻上，想起那日穆炎去狩獵時的樣子，神采飛揚，好像從沒有那樣好的心情，還說必會給她帶回上好的皮毛，讓她做一件世上最漂亮的狐裘。

然而，他竟然一去不回。

她再看見他時，只有一張冰冷的臉，什麼表情都沒有。

門外忽地響起了腳步聲，徐氏抬頭一看，宮人急匆匆進來，朝她行一禮，慌張道：「娘娘，剛才太皇太后娘娘差點暈了，您去看看吧。」

徐氏連忙站起來。她如今就住在慈心宮的側殿，太皇太后生怕她再被人毒害，極為關心，便是伺候的人都多撥了幾個。

「出什麼事了？」她問。「今兒早上我去請安還好好的。」

宮人道：「奴婢不知。」

這些事情她不便透露，其實是有人求見，好似說了什麼，太皇太后才會那樣生氣。

徐氏走得更快了，阿煥在她懷裡道：「娘，去哪兒？」

「去見你曾祖母，你乖乖的。」徐氏摸摸他腦袋，阿煥嗯了一聲。

母子兩個到了正殿時，太醫已經看好了，正在叮囑太皇太后，說她這年紀不該動怒，得心境平和些，還問太皇太后，最近是不是有些急躁不安，不只起夜多，白日裡也常要如廁。

太皇太后道：「本來也活不了幾日，什麼不適的沒有？」

太醫嘆了口氣。太皇太后這等高齡，身體是越往下走了，便是扁鵲在世也難以醫治，讓她年輕起來。

「還請娘娘注意下官說的，莫為一些小事再傷神。」

太皇太后心道：便是不死，還有人想弄死她呢！原本她就是等死的人，只是最近是越過越不安心，她眼睛一閉什麼都不知道，她看重的人呢？她的家呢？誰來照看？

太皇太后拂一下袖子，太醫躬身走了。

「皇祖母。」徐氏坐到她床邊，還未說話，眼睛已是紅了。「許是孫兒媳教您操心了，您如今累成這樣，我於心何安？」

「不關妳的事，別什麼都攬在自己身上。」太皇太后往後靠了靠，看向穆仲煥。「這麼冷的天兒，帶他來做什麼，小心凍著了。」

阿煥一看到曾祖母就笑，還伸出兩隻手。

徐氏忙道：「曾祖母不舒服呢，莫要抱了。」

阿煥很乖地收回手。

才一歲多的孩子竟然那麼聽話，太皇太后笑得很柔和。「阿煥真是個好孩子，將來長大了，不知道怎麼討人喜歡。」

徐氏笑容裡帶著幾分悲傷。「聽說相公小時候也是如此，許是像他。」

提到穆炎，太皇太后嘴唇抿了抿，額上皺紋深得好像如刀割的一般。

雖然還查不出來到底是不是穆戎殺的，可剛才有人拿來吳監丞死前寫的信，原就是穆戎逼的，不只要毒害徐氏母子兩個，甚至連她這個老婆子也不想放過！當真是喪心病狂！

她叫人查過字跡，一點也不差，確是吳監丞的親筆字。他知道自己逃不過，故而無奈之下才下了少量的毒，並把信託付於人，等風聲稍過便送來慈心宮，希望將來得以昭雪。

太皇太后此刻的心冷得跟冰一樣，可見原先對穆戎有威脅的人，他是打算一個也不留了。

虧她念在兒子一片心，疼愛穆戎，當初不曾阻攔他登基，如今才知自己錯得離譜，她也只能憑著這老骨頭賭一把了。

等到徐氏一走，她寫了封信去王家，且又見了幾個人，做完這些，什麼事也不插手了，日子突然變得風平浪靜，不知不覺便要到春節了。

幸好這宮裡沒有妃嬪，姜蕙身為皇后，要應付的事情不多。除了在穆戎、太皇太后、皇太后等人的日常飲食上費些精力，別的都有內務太監管理，有事就問一問，她大抵看一下，不明白的就問穆戎，能解決就自己解決一下。

只是春節這等一年一次的大節，皇太后說她如今已是皇后，這回得學著辦事，便全權交予她，故而她最近便忙碌了起來，因過年要準備的東西多，小到春聯、膳食，大到賞賜的物件都要過目。

還有皇親國戚到了年初一得來拜年，另外為表示對臣子們的看重，也會請些重臣入宮一同歡慶，要怎麼招待，都得由她決定。

閒散了許久，突然要面對這些，姜蕙也頗為頭疼，忍不住發牢騷。「這些宮人黃門到底怎麼做事的，都歸我管了，還要他們幹什麼呢？」

金嬤嬤笑。「娘娘，這還是因您第一回管，他們不知道您的喜好，能不樣樣問嗎？以後清楚了，也就問得少了。」

原先這等大節都是皇太后作主，那就得照著皇太后的意思。現在主事者換人了，那些人也得跟著換。

姜蕙一想，確實如此，那熬過這一次，往後就可輕鬆了。

等到穆戎回來，她還在看尚衣局遞的圖樣。過年都得穿新衣，前幾日一批做好了，這一批是節後穿的，倒是富麗堂皇。

「就照這樣做吧。」她叫人送回尚衣局。

穆戎脫了紫貂披風，坐下來，宮人上來給他換鞋，一見今兒是雙新鞋，厚厚的底瞧著有六、七層，外頭不似用尋常錦緞做的，而是用了絨毛，看起來極為暖和，他笑起來。「這鞋子倒新鮮。」

「其實也不新鮮。」姜蕙把阿元抱來，托起他一條腿。「瞧瞧，是不是很像？」

阿元腳上一雙厚鞋，就是絨毛做的。

「我瞧著這種挺好，但是大人的鞋子從來不這麼做，許是小孩兒的要穿得軟。這鞋子沒什麼底，我就想著做個底，大人穿了應該也很舒服，這不拿來給皇上試試。」

「那是天底下第一雙了。」穆戎眼睛亮晶晶的，把腳放進去，很合適，起來走一走，好似踩在一堆羊毛裡。

「好。」他很高興，看向姜蕙。「妳最近忙，怎麼有空做的？」

「給皇上的，再怎麼忙也得抽出空來呀。」

這話聽了甜如蜜，穆戎捧住她的臉，在她唇上用力一親。「再給朕做兩雙，帶去乾清宮換著穿。」

姜蕙自然答應。

他摟著她坐下來，一手接了阿元抱著，看了兒子一眼，眉頭皺了皺。「怎麼又在流口水，便是要長牙，也忒難看了。」

拿出條帕子給他擦一擦，阿元傻傻的，什麼都不知道，伸手搶帕子。穆戎擦不成，帕子倒讓阿元拿了，他要搶回來，兒子抓得緊，兩個人一拉一扯的。

姜蕙噗哧一聲。「皇上，他懂什麼，不過流個口水，晚些擦也沒事。」

穆戎輕咳一聲，訕訕地放下手。阿元一個人得了帕子，好似贏了一樣，咯咯笑。

穆戎道：「等大一些，得教他看書了。」

才幾個月就說看書，這父親啊，跟母親就是不一樣，穆戎沒當過父親，更是莫名其妙的。姜蕙暗地裡腹誹，好像不知道怎麼與兒子親近一樣，每回看到兒子，也不太摸他親他，不比對著她那樣親密，可這孩子，又是他自己想要生的。

穆戎這會兒想起一事，笑道：「今兒得了捷報，妳堂姊夫打了勝仗，不日便會到京。」

「那正好趕上春節呢！」姜蕙很高興，也鬆了口氣。

二人閒說幾句，用了晚膳後，殿外，周知恭來了，與何遠輕聲耳語，何遠臉色一變，急忙進來，立在不遠處道：「皇上！」

這等時候，他原是不會打攪。穆戎勞累了一日，回來坤寧宮見見妻子兒子便是為了放鬆的，可現在，何遠毫不猶豫地出聲，定是有事。

姜蕙雖然一早便決定不管，可見穆戎的神情有些變化，忍不住擔心起來。

穆戎走過去，何遠與他說了幾句，最後一句讓姜蕙聽見了，太皇太后請穆戎過去，商量一些事宜。

這麼晚？再說，又有什麼事情要商量呢？若是為過年，也得叫上她啊！姜蕙把阿元交給奶娘抱著，起身。

穆戎回過頭，與她道：「朕去一趟慈心宮。」

橘紅色的燭光裡，他眸中情緒很深，濃重得好像沈澱了許多東西的水潭，讓她的心忍不住就跳快了一些。

「皇上，妾身能一同去嗎？」她伸手握住他衣袖。

她莫名有些不安，跟那日康太子妃中毒時一樣。

穆戎笑起來，伸手輕輕按在她肩膀上。「只是去見見皇祖母，妳擔心什麼？就在這兒等著朕吧。」

他放開手，往前一步，誰料到她的手還抓著自己袖子，依依不捨。她還是感覺到了什麼，那麼敏銳的人……

他握住她那隻手，柔聲道：「朕很快就回來。」

目光篤定又溫柔，她呼出一口氣，終於放開手。

穆戎轉身走了。

慈心宮裡，太皇太后端坐在高椅上，見到他進來，笑著道：「這麼晚打攪皇上，還請皇上莫介意。」

穆戎坐下來。「怎麼會？您可是朕的皇祖母，不管何時，朕總會來見您的。」

太皇太后目光閃了閃，叫人上茶，一邊道：「是為你父親的事情。」她嘆口氣。「去了滇南也沒個消息，你最近可得了他寫的信？」

穆戎笑一笑。「父親身邊有好些人護著，不會有事的，再說便是他寫了信，滇南遙遠，這信過來，恐怕也在途中呢。」

「原先過年，他沒有一次不在宮裡的。」太皇太后語氣幽幽。「我真有些不慣。」

她看著茶水端上來，放在穆戎手邊。

滾熱的茶在夜裡冒出絲絲白煙，裊裊升上來。

在冬日裡，喝上一口熱茶，是最舒服不過的事情了。

穆戎鼻尖聞到一縷香，他伸手端起了那杯茶。

太皇太后忽地想起多年前，兩個孫兒都還年幼，她一手抱著穆炎，一手抱著穆戎，那時候，哪裡會想到今日？

穆戎把茶盞端在嘴邊，卻沒有喝下去。他看著這茶，好像沒見過茶水一樣。

太皇太后忍不住微微握緊袖子裡的手。

「皇祖母，您大概一直想知道皇兄是怎麼死的吧？」他忽地笑了笑。當初穆炎被抬回來時，他不會忘記太皇太后的眼神，好似是自己害了他一樣，奈何那枝毒箭確實是楊毅射的，她無可奈何地接受了這個事實。

然而，心裡一旦有了疑問，隨著時日，越積越深。終於，她把他身邊的暗衛抓了去……不然普天之下，誰敢動皇帝身邊的人？

太皇太后的臉不由得抽搐了兩下，竭力裝得平淡。「是被魏國餘孽……」

「不，是被他自己害死的。」穆戎把茶盞放在桌上。「皇兄一早便與他們勾結，之前在宮中，在您的壽宴上，他就想殺了父皇與朕，可惜陰差陽錯，功敗垂成。那次狩獵，他又想與楊毅聯手殺了父皇，好憑著太子的身分立刻登基，然而……」他諷刺地一笑。「楊毅死了兒子，只想復仇，故而他才能輕而易舉便殺了皇兄。」

這番話好似驚雷，太皇太后臉色劇變，指著穆戎道：「你信口雌黃！炎兒豈會做出這等天地不容的事情！」

竟然要弒父！不，她喜歡的孫兒絕不會如此！一定是穆戎想遮掩，才把所有的錯都推在穆炎身上，人都死了，如何查證呢？

太皇太后猛地把手邊的一個白玉細頸瓶拂到地上，碎裂的聲音響徹大殿，直傳到外面，她的目光也隨著往外看去。

只聽到風聲，什麼都沒有。

穆戎安靜地看著她，面上帶著一些憐憫。人年紀大了，難免變得糊塗，皇祖母英明一世，到最後卻被人玩弄於股掌，可憐又可惜。

他道：「剛才王貞慶已經伏法，宮門今兒不會全閉上。皇祖母，您要玩甕中捉鱉只怕是不成了。」他站起來，端著茶盞慢慢走到太皇太后面前。「要不您把這喝了，朕看能不能饒王家株連九族之罪。」

他語氣平淡，輕如微風，可入得耳朵，寒氣好像這嚴冬，能把人都凍僵了。

太皇太后身子一顫。原來他都知道！可分明她已經做得極為隱密了，他如何得知這些？她身邊有細作？

太皇太后此時才知，自己真正錯了，自從穆戎登上帝位，這天下便是他的，誰也搶不走，她的時代早就一去不回，她擁有的看著可靠，卻是不堪一擊。

見那茶水如琥珀，在燭光下折射出些許波光，她慢慢伸出手，慘笑一聲。「但願皇上能信守承諾。」

她再不是當年那個怒斬孽子的人了，願賭服輸。

然而，當她的嘴唇剛剛沾到茶盞，就被穆戎又奪了回來。他冷笑道：「朕要取您的命，易如反掌，只是當年您匡扶父親，對越國有功，朕也不想學皇兄，親手殺了您。明兒，自搬去南園吧。」

南園在城外十里之地，乃是皇家莊園，不過尋常沒人去，一直空著，他要太皇太后去那裡養老，不再過問世事，已經網開一面。

太皇太后嘴唇微顫。「炎兒……他當真與魏國餘孽勾結？」

穆戎挑眉。「朕何須騙您？當初為怕你們傷心，不曾告知。」他有幾分唏噓。「那回是朕錯了，便是不告訴父親，也應告訴您。」

所剩無幾的親情，到這兒，消失殆盡。

他不得不承認，人與人之間的緣分是奇怪的，他永遠都得不到皇祖母的喜愛，如同他的皇兄得不到父親的愛一樣。

太皇太后聞言，渾身像散了架似的，癱坐在椅子上。

徐氏聞訊趕來，見到她這副樣子，驚得臉色雪白，撲上去道：「皇祖母，您怎麼了？皇上……」

穆戎冷冷看著她，徐氏不由得打了個冷顫。

穆戎道：「皇嫂，時至今日，妳沒有話說？」

徐氏茫然。「不知皇上何意？皇祖母瞧著病了，皇上還不宣太醫嗎？」

看她不肯老實交代，穆戎徐徐道：「上回妳中毒，朕叫人查遍了宮中所有奴婢，唯獨沒有查妳，朕想妳孤兒寡母過得艱難，誰想到妳與妳父親尚不死心……也是，若皇兄不曾去世，妳這會兒便是皇后了，誰又能甘心呢？那吳監丞家中有個弟弟，正巧不久前消失了，吳監丞想必是為救他弟弟甘願捨命，好讓妳演上一齣戲，讓皇祖母疑心是朕要殺你們母子倆。」

他把茶遞到徐氏嘴邊。「為陷害朕，妳不遺餘力，那麼為了阿煥，妳且再中一回毒吧。把這喝了，喝下去，阿煥不用死，不然他被妳養大，將來也是死路一條。」

徐氏身子抖得如同風中的落葉。

「皇上，妾身不曾……皇上您誤會了。」她伏地哭道。「妾身豈會做這等傻事？」

穆戎道：「來人。」

何遠領著幾個護衛應聲而入。

「讓她喝下去。」

何遠接了茶，叫兩個護衛一人抓住徐氏一隻手，他一捏徐氏的下頷，把茶水悉數倒了進去。

徐氏四肢一陣抽搐，血從嘴角流出來，她連慘叫都沒有發出就死了。

死在太皇太后面前。

太皇太后渾身冰冷，沒料到是徐家人在背後推動，讓她做個替死鬼。她果然老了，竟然連這點都不能分辨……還留在宮裡做什麼呢？她已是個一無是處的老婆子了。

「還請皇上把阿煥交給我，一起去南園，將來也不用封阿煥為親王了，就讓他當個衣食無憂的普通人吧。」她撐著虛脫的身子起來，鄭重地向穆戎請求。

穆戎看了她一會兒，准了。

姜蕙等在坤寧宮中，眼見半個時辰過去了，他還沒有回來。

耳邊聽金桂道：「是出了事呢，好些禁軍被抓了。」她壓低聲音。「聽說是太皇太后身邊的護衛。」

穆戎還沒動王家，故而太皇太后有好幾隊禁軍護衛，且他們王家也有些人手掌兵權。

難道太皇太后原本是想發動宮變？不過人既然被抓了，穆戎想必無事。

可她也坐不住，在屋裡走來走去，好不容易聽到「皇上」二字，她急忙跑到門口，看他穿著披風立在那兒，渾身都鬆懈下來，過去握住他的手道：「皇上總算回來了。」

穆戎道：「不是一早告訴過妳，叫妳莫擔心。」

「可還是忍不住。」她上下瞧他一眼，他面色沈靜，看不出喜怒，但凡這個樣子，必是心裡不舒服。

她沒再問一個字。假使是她，恐怕也一樣，被親人背叛的滋味，誰也承受不了。

這天晚上，他就沒怎麼說話，拿了卷書，也不知看進去多少。回頭一瞧姜蕙，她本是在看自己，結果目光卻避了開去，裝模作樣地繡花，他忍不住笑了笑。

她怕打攪他，可又擔心他，故而顯得鬼鬼祟祟的。

他眸中一片柔和。

這一年多，他從親王到太子，又做了皇帝，經歷了不少事情。幸好身邊一直有她陪伴，她聰明又獨立，因為娶了她，好似自己再也沒有以前那麼孤單，因為她了解他，知道他在做什麼。

就像今日，她定是已明白了自己的心情。

他問她。「在繡什麼？」

聽見他說話，姜蕙心想大概是好一些了，笑道：「在繡研屏。」

這研屏是擋灰塵的，而且擺著也美觀，當然原本書房都有，可她打算親手繡一個，送給穆戎，讓他放在御書房裡，每回見到就像看到了她。

穆戎有些興趣，放下書過來看一看，一方淡紫色的錦緞上繡著兩隻白鶴，其中一隻還未繡完。

「怎麼會想到繡這個，妳書房不是有嗎？」他問。

姜蕙道：「還不是皇上說，叫我不要操心別的，我空閒便只能做這些了。」她也不說是給他的，將來有個驚喜，可這紫色早已經暴露出來，因為他喜歡這顏色。

穆戎假裝不知，往後看一眼，便有宮人端了椅子上來，他坐下來道：「明兒皇祖母要搬去南園，妳看看有哪些要準備的。」

他終於說了。

姜蕙一根針差點戳到手上。南園冷清，多年未有人煙，之前還有幾位武帝的妃嬪住著，可也去世了，現在太皇太后去住，可見祖孫兩個的關係已經到頭了。

她輕聲詢問：「那皇嫂跟阿煥呢？皇祖母搬走了，他們仍住在慈心宮嗎？」

「康太子妃暴斃了，阿煥隨同皇祖母一起去南園。」

又一個驚天消息。姜蕙微微睜大眼眸。什麼暴斃，看來是被他處死了，那上回的事情許是出自徐氏之手？趁著穆戎與太皇太后關係不好的時候，想利用太皇太后？她忍不住嘆了口氣。最終，落得這個結果。

她點點頭。「我會打點好的，皇上……」她頓一頓。「母后那裡您可說了？」

穆戎道：「還不曾。」

正說著，皇太后使人來問了。

怎麼也不可能瞞過去，只是面對親生母親，他仍有些不忍心。

「皇上，我陪你一起去。」她站起來。

穆戎這回沒有拒絕，兩人攜手並肩往坤寧宮去了。

第七十六章

不出所料，皇太后難以承受，差點暈厥。

她哭了許久才停下來，伸手拉住穆戎的手。「戎兒，難為你了……」

只有這樣疼愛自己的人，才會知道他的傷痛。

哥哥要殺他，祖母也要殺他，他這一生興許是失敗的，哪怕得了整個天下。

穆戎垂下眼簾。「母后，是孩兒沒做好。」

皇太后搖搖頭，淚從眼眶裡滾落下來。「都是我這當娘的錯！」

太皇太后一早就提醒過她，可她從來沒有真正地正視過這個問題，她一直自以為是，覺得自己的兒子們定會相親相愛，不會兄弟相殘。

然而，她錯了，她對不起穆戎，也對不起穆炎，那孩子生出殺弟弟的心，也是皇上太過偏心了，可她並沒有好好地安撫。炎兒死了，也只顧著自己傷心，沒有注意到兒媳婦的變化，如今為時已晚……

這一夜，像是過得特別漫長。

到了第二日，下起了雪，雖然不大，可也讓天氣越發寒冷。姜蕙想讓太皇太后過幾日再走，可太皇太后不肯，執意在今日離開，她沒有法子，只得吩咐宮人把一應東西準備好。

車隊從宮門裡緩緩行出，穆戎站在不遠處看著。今日一別，也許永生也不會見了。

皇太后沒有出來。她還不能接受這樣的事實，自己的婆婆要殺兒子，那麼殘酷，她不好面對太皇太后，想必後者也一樣，那麼，就把一切都交給時間吧。

她坐在窗前，看著落雪，忽然羨慕起太上皇。

像他這般，可能人生才過得快活。

經過這事，皇太后也懶了，原本還管一些事，如今是一點也不碰，終日只在殿中歇息。倒是姜蕙怕她孤寂，總抱著阿元去看她，皇太后見到孫兒，仍會露出笑臉來，但可想而知，這一年的春節定然不會那麼愉快了。

幸而時間匆匆，眨眼間就飛快過去。

不知不覺，阿元滿周歲了，一周歲的孩子都要抓周，皇太后記得孫兒的生辰，與太上皇商量。太上皇前不久剛回宮，他們也沒把穆炎的事情告訴他，只說徐氏暴斃，太皇太后想去南園養老，帶著穆仲煥一起去了，太上皇竟然也不懷疑，性子簡單就是有這個好處。

太上皇和皇太后二人興致勃勃，叫人在景仁宮佈置好大案，把抓周的東西擺放好，花樣繁多，竟把大案都擺滿了。

坤寧宮裡，姜蕙正給阿元穿新衣。她有些發愁，孩子一歲了，竟然還不會叫爹娘，上回穆戎過來，取笑兒子笨，一點也不像他，說他八個月就會叫人了。

不過皇太后說，有些孩子甚至一歲半才叫人呢，要她莫擔心。

「阿元，今兒是你周歲生辰，你可得好好表現，莫讓你父皇又說你。」她摸摸他腦袋。「怎麼也得抓個綬帶、簡冊，是不是？」

阿元咯咯笑，手摸在她臉上，好像在安撫。

「傻孩子。」她在他胖胖的小臉上親了一口。「也親親娘。」

阿元雖然還不會說話，可看得懂別人的意思，小臉湊過去，就在姜蕙臉頰上親了一記。

姜蕙滿足地笑起來，抱著他坐上鳳輦，到了景仁宮，二人進去，阿元看到皇祖母就伸出手。

「瞧瞧，他最喜歡的就是您了，母后。」姜蕙抿嘴一笑。

皇太后道：「這孩子有良心呢，總在我這兒，知道我帶他辛苦，一天到晚要我抱，是不是，阿元？」

阿元往她懷裡拱。

現在宮中事宜都是姜蕙在管，有時候忙，她就把阿元送去景仁宮。太上皇常出去玩，皇太后冷清，也樂得帶孫子，祖孫兩個的感情越來越好，皇太后最近也沒有以前憔悴，稍許蒼老的面上有了些紅潤。

都是兒子的功勞，姜蕙知道，也怪不得老人家喜歡享天倫之樂，小小的人兒哪怕不說話，在身邊就教人覺得世間滿是希望。

姜蕙這會兒才看到大案。「這麼多東西啊！也不知道阿元會抓什麼。」

聽起來有些擔心。皇太后笑道：「抓著玩的，怕什麼？」

「是啊。」太上皇也道。「我抓周還抓了帳冊呢。」結果沒當帳房先生也不懂算帳，還不是當了皇帝。

正說著時，穆戎來了，穿著一身龍袍，腳蹬黑靴，顯然是才從朝堂回來。

姜蕙見禮，他順勢就握住她的手。

皇太后見怪不怪。她早已放開了，兒子喜歡兒媳，不願選妃，她也不管了，人生短短，歡歡喜喜就好，且不說兒媳對她也有心，常常噓寒問暖，她沒有什麼不滿足的。

姜蕙輕聲嬌嗔。「今兒阿元周歲，皇上您也不歇息一日。」

穆戎道：「誰說不歇息？朕剛才已經吩咐過了，這日不准上奏疏。」

「真的啊？」姜蕙驚訝，又很歡喜。「那咱們下午去園子裡走走，今兒天好，梔子花都開了。」

穆戎唔了一聲。

皇太后把孩子給他抱。「做爹的多抱抱兒子，將來感情也好，你父皇就喜歡抱你。」

穆戎接過來，看見兒子今兒穿了身紅色的小袍服，上頭繡了牡丹花，富麗堂皇，映照得一張小臉紅彤彤的，分外喜慶，也特別可愛，兩隻眼睛圓溜溜的。他笑著抱過去放在大案前。

阿元起先也沒看到，坐著發呆，還是宮人拿著搖鈴搖了兩下，他扭頭一看，才發現大案上有好些東西，立刻就爬過去，兩隻手在上面亂抓一通，轉眼抓了一錠銀子、一本印金的簡冊。

皇太后雖然覺得是玩，可拿了簡冊總是好事，高興地連聲誇讚阿元。

姜蕙鬆口氣，總算沒丟臉。身為母親，不知不覺就會對兒子有幾分期待。

穆戎又把阿元抱起來，嘴角帶著淡淡的笑，並不激動。這簡冊閃閃發亮，小孩兒原本就喜歡亮的，豈會不去抓？許是那些宮人想討他們喜歡，故意做了這種玩意兒，不過也罷了，高興就行。

抓周真能決定一切，自古宮廷也不會有那麼多風雲了。

太上皇笑道：「咱們阿元爭氣，抓了簡冊，祖父可要賞你！」吩咐下去，賞了一箱子黃金珠寶。

皇太后沒好氣。「這還不是你兒子的？」

太上皇哈哈笑起來。

說了一會兒，謝家大夫人、二夫人等人來了。如今王家、徐家都倒了，唯有謝家，穆戎沒有動，今次阿元周歲，他們都來恭賀，皇太后打算好好提醒他們一下，她這二弟弟、二弟媳婦不太著調。

午時用了麵，阿元嘴小，姜蕙一條條夾斷了餵他吃，皇太后在席上就與謝二夫人道：「我看金家三公子不錯，燕紅就許配給他吧，妳也莫要阻三阻四的了。」

謝燕紅肩骨斷了，好久才痊癒，謝二夫人嫌她沒用，對她極差，差點一條肩膀都廢掉。謝大夫人看不過去，與皇太后提了提，皇太后就作主選了金家。

謝二夫人心裡著惱，這庶女哪來的福氣，還有皇太后撐腰，可她也不敢反對，只得應承下來。

「咱們謝家原先門風清廉，如今我聽了一些風聲，卻是一日不如一日，恐怕這爵位，咱們謝家也不能要了。」皇太后明著說。

謝二老爺嚇出一身冷汗，謝二夫人也變了臉色，連忙保證回去整頓。看著兩人老實了，皇太后這才不提。

下午，姜蕙哄了阿元睡覺，才與穆戎去園子裡。

今兒天氣晴朗，兩人看了花，又去看魚。

姜蕙倚著欄杆，往水潭裡撒魚食，嘴角微微翹著，穆戎見狀，問道：「今兒高興了？」

「說得好像我平常不高興一樣。」她斜睨他一眼。

「沒有比今兒高興吧？」他手攬住她的腰。「朕算了算，好像這一個月都沒有與妳一起出來了，浙江鬧水災，河陽出叛軍，朕忙於處理，委屈妳了。」

姜蕙嘴兒嘟起來。「這些算什麼，我只記得皇上說要陪我去江南玩的。」

穆戎哈哈笑起來。確實他說過這話，現在都過了大半年了。

輕咳一聲，也有些不自在。「這不是忙嗎？等朕空閒一些，明年，明年定帶妳去。」

姜蕙身子扭一扭。「我也不期待這個，也不是怪皇上，還是等到明年再說吧，總不能真讓皇上不管國事，到時候那些大臣不得又跳出來說我是什麼一代妒后？」

穆戎噗哧一笑。

那些臣子見穆戎一直不選妃，有些閒得慌的，就上奏疏相勸，更有甚者便稱姜蕙是妒后。

「還往心裡去啊？」他手一用力，把她摟得更緊了。「朕不是把那人打了二十板子了嗎？」

姜蕙幽幽嘆口氣。「可我就是妒后啊！」

好像無可奈何，那樣愛嬌地摟著他脖子，穆戎看著她如畫般的臉，朝她唇上親去，啞聲道：

「朕就喜歡妳這樣。」

兩人身影漸漸就融合在一起，一道明黃，一道豔紅，糾纏著，移到旁邊的花叢中。

看他把龍袍鋪在地上，姜蕙臉一紅，嬌聲道：「皇上……」

頭上頂著光亮的天，以地為被，她真有些害羞，二人還是第一次在外面呢。

穆戎已經壓上來。「他們都走遠了，怕什麼。」

他呼吸急促，想著在這兒征服她就滿心的刺激。

姜蕙根本也沒法反抗，只覺身子被填滿了，眼前的東西模糊起來，在這大大的天幕下，好像自己飛上了天一樣。

也不知多久，他才不動，兩個人渾身濕透，穆戎先把她抱起來，給她穿上衣服。

姜蕙頭髮散開來，披在身後，忍不住捶他胸口。「都不好出去了。」

穆戎挑眉。「有什麼不好的？就是讓旁人知道朕碰了妳，只有羨慕的分兒。」

姜蕙輕聲呸了一下，仍不肯出來。

瞧她臉上潮紅還未褪去，嘴唇又腫腫的，穆戎只好命人把車輦抬到這兒，吩咐宮人們走遠，親自把她抱到車輦上，這才前往坤寧宮。

結果一到宮裡，姜蕙就叫人去熬避子湯。

穆戎眉頭一皺。怎麼著，居然不想與他生孩子了？

若說剛生了阿元也便罷了，如今都過去一年了，他之前倒未注意，沒想到她現在還在避孕。故而等到宮人端來湯藥，他一把就搶了過去，不給她喝。

姜蕙將將洗完澡，套了件寬鬆裙衫歪在榻上，看穆戎這番動作，她不由得坐起來。「皇上……」

「朕現在就一個孩子，妳不給朕多生幾個？」穆戎把藥湯擱在案上。

姜蕙看他陰沈著臉，噗哧一笑。「皇上，不是妾身不肯，這不是阿元還小嗎？皇上急什麼，難道是嫌妾身年紀大了，怕妾身生不出來？」她搖搖他的胳膊。「再說，您明年還要帶我出去玩呢，挺著肚子不方便。」

居然是為這個，穆戎哭笑不得。

「所以等過了明年可好？我也定心了，不想著要去江南。」

看她跟小姑娘一樣撒嬌，穆戎心一軟，同意了。

姜蕙暗地裡鬆口氣。其實她也不全是為了這個，只是見到那兄弟兩個你死我活的，想著要再生個兒子可怎麼辦，突然有些擔憂，不知道要怎麼教好他們，最好就專生女兒，這樣才安全。

她拿過湯藥喝了下去，喝完了，又拿了糖含在嘴裡去些苦味。

穆戎今日休息，難得也留在坤寧宮，兩個人躺在一個榻上，榻前有一座十二扇美人圖的玉屏風，姜蕙就在那兒繡花，他拿了書看。只是她不太老實，總是動不動就撩撥他兩下，剛才竟然膽子大到去撓他腳心，被穆戎捉住了一頓打。

姜蕙揉著臀部，不服地道：「皇上沒少抓我，怎地輪到我就不准了。」

她被撓癢的時候，笑得眼淚都出來了，卻不見他鬆手，而她才撓了幾下，他就不幹了。

穆戎嘴角一抽，暗想他一個皇帝還要不要臉了，被人撓得忍不住笑，差點滾下來。他道：「就是不准，妳再胡來，小心朕在這兒把妳辦了。」

姜蕙好笑。

兩人正說著，金桂領了個小黃門過來，說是姜家送了周歲禮，那是穆戎一早准許的，姜蕙忙叫他拿過來，只見竟是個小木箱。打開來一看，除了精工打造的金鎖外，還有小孩的衣物、玩具，從頭到腳都很齊全。

「娘娘，聽說全是二夫人還有幾位少夫人、姑娘親手做的。」這少夫人定是說賀家的姜瑜、姜家的沈寄柔，還有早幾個月嫁出去的胡如蘭；姑娘麼，就是姜瓊和寶兒了。

姜蕙一樣樣拿出來看，想到家人，眼睛就紅了。回想起來，她已經一年多不曾見到他們，還是在生阿元之前才見過一次。

看她淚珠在眼眶裡打轉，穆戎頗是內疚。

他之前哄她說，到了宮裡還跟在王府時一樣，可事實上，豈會一樣呢？宮裡的女人幾乎是不能出去的，要不是他疼她，去江南也是個奢想。

可他就她一個女人，不疼她又疼誰？

話到嘴邊，不假思索就溜了出來。「今年中秋，朕准妳回娘家省親。」

姜蕙聽到了，驚喜地回頭。「皇上不騙我？」

正高興時，眼淚卻落了下來。

穆戎認真地道：「不騙妳。」

她撲到他懷裡，伸手緊緊抱著他。「皇上真好。」

這事答應了就不能反悔。畢竟上頭還有個皇太后，穆戎這日親自去說，皇太后聽了，笑著點點頭。「也好，咱們女人命苦，一輩子困在家裡，不似男兒能走四方，皇上既然願意，就讓阿蕙回一趟吧，想必她爹娘也想念得緊。」
穆戎看皇太后面上有幾分落寞，想到她也是長年在宮中，便道：「母后若是想回去……」
皇太后擺擺手，喟嘆一聲。「我回去又有何用，父母早不在人世了。」
如今二房當家，她也不太喜歡那夫妻兩個，還不如留在宮裡。回家是回了父母的家，有父母，才能感受到捧在手裡是個寶的滋味。
穆戎默然。
皇后省親乃是宮中大事，故而這消息一傳出來，兩處都在忙碌著。不只宮裡要準備出行物什，姜家得了消息，生怕怠慢皇后，老太太便命人打掃，有些地方老舊了又重新修葺，倒是弄得整個家都不安生。
胡氏看不過去了。「母親，咱們院子總共就那麼大，就是再修，也比不得皇宮啊！」
老太太道：「妳知道什麼，這是一片心意。」
梁氏也勸。「阿蕙不看重這些，母親也不要太費心了。」
老太太眼睛一瞪。「咱們家受了多少皇恩，老大被封了侯爵，老二都做二品官了，便是阿辭也升了官，如何能敷衍？阿蕙啊，現在對咱們來說，就是天上的菩薩。」
梁氏哭笑不得。
胡氏也沒話說了。他們家蒸蒸日上，如今京城不管哪家哪戶都不敢得罪，要說實話，那是可以橫著走了。不過他們姜家為人低調，胡氏雖然想囂張一把，頭上有姜濟顯盯著也不敢，大房二房也仍住在一起，熱熱鬧鬧的，平日裡不曾有矛盾。

老太太看兩個兒媳都閉嘴了，又叫人去買些盆花，要把家裡裝點得跟個大園子一樣。

胡氏暗地裡搖頭，忽見有個婆子在門外探頭探腦的，正是看守姜瓊的下人，她心裡咯噔一聲，連忙過去。只聽婆子說了一句，就臉色大變，叫道：「還不去找啊，把家裡翻個遍也得找出來！」

老太太聽見了，問道：「怎麼回事？」

胡氏已經哭起來了。「這死丫頭片子，逃了。」

梁氏吃了一驚，可回神一想，又不覺得突然。

說起來，還是一個月前的事了，胡氏相中一個女婿，不只家世好，這人也有才氣，不比姜辭差，也是個翰林。胡氏就想著要把姜瓊嫁過去，結果姜瓊一見著人就不喜歡，抵死不從。胡氏也不肯退讓，到底是千挑萬選才看上的，過了這村就沒這店，母女兩個就鬧起來了。

後來胡氏便使人看著，姜瓊已經被關了好幾日，許是趁著老太太修葺宅院，覓得良機逃了出去。

老太太唉唷一聲，頭一個先罵胡氏。「她不肯就不肯了，妳非要關著，如今可好？她一個姑娘家，萬一出門落到什麼人手裡還得了？」

胡氏又急又氣，真是忙上添亂！

姜蕙這邊還不知，正吩咐人打點。這趟回去，賞家人的東西不少，穆戎來了，她也還沒閒著。

可忙歸忙，這臉上是少有的歡喜，她定然高興壞了。

穆戎笑道：「多帶些東西去，朕瞧著庫房太滿。」
姜蕙道：「已經帶好些了，皇上大方，妾身卻沒臉再拿。」說著坐到他腿上，摟著他脖子。
「就是這一趟，一來一回的，都耗在路上了，恐怕跟他們連話也說不了幾句。」
穆戎眉頭挑了挑。「這話妳倒是又有臉說了？」
姜蕙扭捏道：「也是沒臉，您瞧我這臉都紅了。可要是讓我多住兩日，我寧願什麼都不帶。」
她想求這個恩典，也知道自己貪心，可難得回一趟就要走，又覺得不甘願。
穆戎盯著她的臉看，果然是紅了，忍不住一笑。「總算還知道丟人，這天下誰像妳這樣不知足的？」
「還不是皇上慣的嘛！」她拉拉他袖子。「您要一開始不這樣，我也不敢啊。」
「那朕以後得對妳差一些了。」他一拂袖子。「別哪日都不知道自己是誰了。」
「怎會不知？」她放開手，認真看著他。「我是皇上的女人啊，一早夢裡就預示了，天定的，一輩子都是。」
這麼說出口，為了多住兩日也挺願意使力。穆戎道：「光說沒用，咱們進去。」
他打橫就把她抱起來，兩人一番雲雨，都錯過了晚膳的時辰。穆戎抱著她好一會兒才停下來，吃驚地發現她好像與剛嫁給他沒多少區別，即便生了孩子，仍是教他暢快得很，難怪他也著實想不了別的女人。
「皇上，妾身能住在家中嗎？」她還不忘這事，趴在他胸口問，明眸中滿是期待，好像一個天真的孩子在祈求，教人不忍拒絕。

穆戎把她拉上來，把她腦袋擱在自己胳膊上才道：「就兩日，多一日都不行。」

還是得逞了，姜蕙笑著，撲上去吻他的臉，弄得他一臉口水。

等出來後，金嬤嬤抱著阿元笑道：「皇上、娘娘，請聽著。」她指一指穆戎。「阿元，這是誰呀？」

阿元愣了會兒，說道：「爹、爹……」

「啊，會叫人了！」姜蕙驚喜萬分，連忙把阿元抱過來。「阿元，你好聰明，會叫人了。」

穆戎也笑起來，伸手摸摸阿元的腦袋。「阿元真乖。」

阿元咯咯笑。

「叫娘。」姜蕙趁著他叫人，也希望能聽到一聲娘。

可惜阿元還不會說，只喊爹，姜蕙又有些不高興了。小沒良心的，她天天抱著他，結果只會喊爹，不過轉念一想，她希望兒子得穆戎喜歡，多數都教他喊爹，也是人之常情吧！等過了段時間，他定是會喊娘的。

她湊過去，在兒子臉上親一口。

到了第二日，穆戎就昭告天下，封穆仲元為太子，舉國歡慶。

第七十七章

姜蕙是在中秋前幾日回去的，不提一路上聲勢浩大，便是到了家門口，也是一陣陣的炮仗聲，從門前到上房跪滿了人，等到見了家人，他們又是一番叩拜。

姜蕙忙叫他們起來。「還跟以前一樣，別拘束，不然我都不肯待了。」

眾人陸續站直了，寶兒頭一個跑過來，親熱地拉她的手，也不叫娘娘，只叫姊姊。

姜蕙驚喜道：「寶兒也是個姑娘了。」她摟著妹妹。「長得真快，那麼高了。」

寶兒道：「那是因為姊姊不常見我，才覺得快。」有些抱怨。

梁氏忙道：「寶兒，娘娘平常哪裡有空，這回也是得了恩典。」

寶兒嘁嘁嘴。她十歲了，長得跟姊姊有七、八分像，不過眼睛略圓，瞳孔漆黑，更是可愛些。

姜蕙笑著摸摸她的頭。「我今次回來能住兩日呢，咱們好好說說話。」

眾人都很吃驚，畢竟像這種省親，尋常也就見一見便回去了，哪裡還能住？

老太太笑得合不攏嘴，雙手合十。「真得謝謝皇上隆恩哪！」

姜蕙看她與老爺子一眼。「祖父祖母身體可好？」

「好得不得了，妳祖父每天都出去轉一圈，這身子骨啊，比年輕人還硬朗。」老太太問姜蕙。「上回阿元被封了太子，妳祖父出去與人喝酒，嘖嘖，一連喝了半罈，不知道多高興。」

確實是值得慶祝的事情，不過穆戎連個妃嬪也沒有，姜蕙生的又是嫡長子，做太子是理所當然的。

見家人都看著自己，有些詢問的意思，姜蕙笑道：「原本想帶著阿元一起來的，可他太小了，還是有些不放心。」

「那是不能帶來。」

「阿元已經會叫爹了，皇祖母很喜歡，經常留他在身邊呢。」姜蕙道。

眾人都笑了，孩子健康就好。

姜蕙問起小姪女阿容，沈寄柔比她晚生孩子，阿容才八個月大。

「正在睡呢，怕現在抱來，哭哭啼啼的，反倒打攪，一會兒再抱給娘娘看。」沈寄柔的聲音還是嬌嬌俏俏的，與姜辭並肩立在一起，兩個人握著手，親密得好像才成親一樣。

姜蕙心裡高興，可說了會兒，卻發現不對勁，奇怪道：「阿瓊呢？」

姜瓊還沒有嫁人，不可能不來的，除非是生病……她面上有些擔憂。

胡氏的臉色暗了下來。那死丫頭不知躲去哪兒了，怎麼找也找不到，還帶走了她身邊所有的銀子首飾；他們又不敢報官，萬一弄得人人皆知，這孩子的名聲就沒了，只得託人暗地裡找。可如今連個人影都沒有，卻請人送來一封信，說她已經離開京都，過得很好。

老太太嘆口氣。「說來話長。」

她一五一十說了，姜蕙才知道有這麼回事，忙道：「怎麼沒來告訴我一聲？」

老爺子道：「這等小事哪裡好麻煩妳呢。再說，老二也託了好些人了，便是江湖中人也使了銀子。」

老太太怕姜蕙擔心，笑道：「恐是小丫頭貪玩，偷偷跑去哪處玩了，等玩夠了總會回來。她人機靈，想來不會有事。」又知道姜蕙與梁氏他們定然有體己話，多餘的便不說了。

姜蕙告辭後，與梁氏他們去大房住的地方。

「先去看看阿容。」她笑。

他們便拐彎去姜辭那兒了。

姜蕙一看到阿容，差點笑出聲，輕聲道：「難怪說出生是有八斤呢，果然胖，這孩子是不是很能吃？」

小小的姑娘面如滿月，肉嘟嘟的，眼睛都要陷進去了。

「就是能吃。」沈寄柔嘆口氣。「可把我急的，萬一以後長大了還這麼胖，怎麼嫁人呢？」

姜蕙笑道：「小孩兒胖些才好，大了會長個子的。」

為怕驚擾孩子，他們看了眼就走了。

八月的天氣不冷不熱，幾人就坐在屋前的庭院中，設了几案，擺上瓜果點心，陽光落在身上，與宮裡的感覺不一樣。雖然宮裡也不差，可在家中總有一種讓人留戀的溫暖，因為這兒都是從小陪伴她長大的人。

梁氏也沒問姜蕙宮裡的事情，雖然一年多不見，可女兒得了恩典便知她過得好不好，再說，好氣色都擺著呢，要是成天受委屈，可不是這個樣子。

倒是寶兒拉著姜蕙嘰嘰喳喳的，把自己知道的大大小小事情都告訴她，比如姜瑜的孩子長什麼樣了、胡如蘭的相公好不好，還有姜秀也有喜了等等，姜蕙笑著聆聽。
姜濟達只是看著她笑，見到她就安心了。
時間過得很快，一眨眼就要到午時了，梁氏笑道：「妳今兒想吃什麼？我叫廚房做。」
「你們尋常吃什麼就做什麼，我在宮裡什麼吃不到？」姜蕙笑道。「吃點家常的才好呢。」
寶兒噗哧一笑。「祖母不知道叫廚房買了多少山珍海味呢！」
「也無事，你們留著慢慢吃。」姜蕙道。「吃不掉就賞給下人，可別浪費了。」
梁氏應一聲走了，留下寶兒和沈寄柔。姜蕙問沈寄柔。「阿瓊為了個親事，這就逃跑了？我看還有隱情，祖母不曾詳說。」
沈寄柔嘆口氣。「阿瓊不喜歡那公子，可二嬸非要她嫁，便把她給禁足了，說等到成親那日再放出來。阿瓊這性子也是不服輸的，這不就逃了？」
原來胡氏使出了雷霆手段，只是姜瓊也不是吃素的。
寶兒道：「逃了也好，我一早說嫁人沒意思，咱們就這樣可不是好？二嬸也是，如今咱們家裡這般富貴，何必要攀著名門呢？」
她這妹妹的想法仍是沒有變，不過才十歲，女大當嫁，等她有了意中人，早晚會變的。只是姜瑜與她嫁出去後，就數寶兒與姜瓊的感情最好了。
姜蕙盯著寶兒道：「妳可知她到底去哪裡了？」
寶兒道：「不知。」眼睛卻不由自主地垂了下來。
對妹妹，她還是有幾分了解的。姜蕙道：「阿瓊前段時間聽說迷上了醫書，可是躲去我藥鋪了？」

寶兒不答，身子微微動了動。

姜蕙便使人去藥鋪。結果沒找到人，卻有一封寧溫的信，他稱在京都待久了，想出去走走，藥鋪暫時留給徒弟照看，這幾年掙到的銀子都擺在箱子裡封好了，姜蕙隨時可去取。

他本就是四海漂泊的人，姜蕙想起早年結識，微微一笑。

這日，寧溫出了城門。如今不像當初一無所有，可說是賺得缽滿盆滿，卻仍是簡單的裝束，一個隨從也無，騎的馬兒髒兮兮，揹著行囊，一路往西而去。

上了官道行得半日，眼見路邊有個茶寮，他下馬，要了一壺茶。

「路途遙遠，客官不填飽肚子嗎？」

耳邊卻聽得一個清脆的聲音，寧溫抬頭看去，只見一張圓圓的臉衝著他笑，俏皮可愛。

他眼睛都瞪大了。「是妳？」

姜瓊嘻嘻一笑。「怎麼見到我跟見到鬼一樣？寧大夫，你看到熟人不應該高興嗎？」

寧溫眉頭皺了起來。「三姑娘，妳可知道妳家人都在尋妳？」

「我怎不知？我娘要逼我嫁人，他們全都是幫凶，我回去，你知道是什麼結果嗎？」姜瓊在他對面坐下來。她穿著男兒的衣服，言行舉止不拘小節，要不是這張臉露出幾分女兒氣，還真未必看得出來是姑娘。「結果定然是和離！我娘必定要氣死，我這黃花閨女也便成了棄婦，好不可憐。」

寧湓忍不住一笑。「竟然有妳這樣的姑娘。可妳這般，難道不危險？外面可不比家裡，我勸妳還是回去。」

姜瓊搖搖頭。「非也非也，我跟著寧大夫你走就行了。寧大夫你走南闖北，想必厲害得緊。」她伸手拉住他袖子搖一搖。「我給你當徒弟可好？咱們兩個行走江湖，懸壺濟世，你有個伴，我也能了了心願。」

自她迷上醫術後，沒少纏著他。

寧湓沈默，只當沒聽見，把茶倒進茶盞，一口喝了。

他起身後坐上馬背。「我不能帶妳走，我是男人，妳一個姑娘家如何能跟著？還是回家去吧。」

他拉起韁繩，誰料姜瓊身子矯捷，追上來，一腳踩在他腳背上，翻身就坐在了他身後。

寧湓疼得嘴角一扯。「三姑娘！妳下來！」

姜瓊一把抱住他的後背。「我不下來！我不走，你知道我在這裡等了你多久嗎？我等了五天，我知道你去西域一定會路過這兒，我求了掌櫃在這兒做夥計，一分錢都不要。晚上這兒漆黑一片，我也不敢離開，一個人睡在茶寮裡，聽到些風聲就出來看一看，就為了等你。我不走，我打算就跟著你去天涯海角了！」

寧湓一動不動，呆若木雞，好一會兒才道：「妳的意思是妳看上我了？」

「嗯。」姜瓊臉一紅，把臉貼在他背上。「也不知是什麼時候，興許是你把我從藥鋪趕出來，興許是你迫於無奈教我醫術，興許是你……我有回看書睡著了，你給我蓋了衣服……你還怕我亂嚐草藥，把有毒的都說與我聽。」
她從初時的懵懂無知到後來喜歡上他，自己也很吃驚。可那時，她已經不能再嫁給別人了。
她哭起來，眼淚濕透了他的背，滲透到衣服裡，暖烘烘的，一如她這顆炙熱的心，為了跟著他，她一個人勇闖天涯。
寧溫柔聲道：「可妳仍得回去。」
話說到這分兒上，他還不肯，姜瓊哭得更難過了，委屈道：「我就那麼不好？你看你，這麼大年紀了，娶個我這樣的小姑娘，還有什麼不滿意的？」
寧溫笑起來。姜瓊是率直的，也是可愛的，她有這份勇氣，他又怎能不動容？可他一直把她當妹妹看，不曾有別的心思。
他將馬兒掉轉了頭，輕聲道：「抱好了，咱們回京都。」
「我不想回去，我娘……」
「妳要真跟我走，早晚衙役把我抓了，扣個拐帶的罪名。」他拉緊韁繩，馬兒疾步跑了起來。
姜瓊的眼淚灑在空中，好像一顆顆珍珠。
聽說姜瓊被寧溫帶回來了，姜蕙走出來看。
小姑娘哭得眼睛紅紅的，頭髮散亂，很是潦倒的樣子。
胡氏見到她，本是一腔怒火，看她那麼可憐，又不忍心說了，只叫人帶下去。

姜瓊一步一回頭，寧溫假裝沒看見。

眾人都有些奇怪，老太太道：「今日真是虧得大夫您了，不然咱們這兒還一團亂。」

寧溫道：「不過舉手之勞，她一個姑娘家，在外面太危險了。」

「是啊，這傻孩子貪玩。」老太太笑一笑。「聽說你要去西域？倒是打攪你行程了。」

「只是半日時間，我如今出城還來得及。」他朝眾人一拱手。

姜蕙道：「寧大夫，我好歹是掌櫃，我還有些話問你。」

她請了寧溫單獨說話，二人坐在園中的亭子裡。她瞧寧溫一眼，他頭上戴一頂方巾，青衣布袍，腰間束著同色腰帶，什麼值錢的物品都沒有，乍看上去就兩個字，清貧。

「好歹您也是名醫呢，這寒酸勁……別人只當我剋扣你。」她打趣。

寧溫笑道：「出門在外，財不外露，小命要緊。」

姜蕙點點頭。「這倒也是，不過西域遙遠，你真要去那兒？這一去一回，恐怕得有半年。或許更久。」

寧溫看著她，她仍是一如往昔的美豔，在對面一坐，身後一叢叢的花兒都失去了顏色。他笑了笑，道：「莫非娘娘會掛念我？不過莫擔心，我那幾個徒兒已得我幾分真傳，想必鋪子還不至於要關門大吉。」

姜蕙斜睨他一眼。「我豈是這樣貪心的？我是怕你出事，你也不帶幾個隨從，那邊好似並不太平？」

「只要報出大夫的名，尋常盜賊都不會為難。」寧溫道。「不瞞娘娘，咱們做大夫的，其實到哪兒都吃香得很。」

姜蕙哈哈笑起來。大夫稀少，醫術高的大夫更少，也更得人尊重，這是寧溫之前走南闖北的經驗之談。

她放心了，不過對於剛才姜瓊的事情仍有疑惑。

「阿瓊不會貿然出城，也不會那麼巧就遇上你。」她頓一頓。「可是她故意等你的？」

寧溫無奈。「什麼都瞞不過娘娘。只是她年紀尚小，恐怕不知自己在做什麼，過一陣子，自然會想明白。」

觀他面色，難道姜瓊是喜歡上他了？姜蕙有些出乎意料。

畢竟寧溫已經二十好幾了，可姜瓊才十四歲。不過人與人之間的感情從來就奇妙，更何況寧溫是這樣一個男人，抛開高妙的醫術不說，英俊又風趣，與他在一起輕鬆愜意，也難怪姜瓊會喜歡。她自小就不愛拘束，寧溫是符合她的要求。

「寧大夫不若……」她想著，是不是要成人之美。

寧溫搖頭。「我若成親得早，都能當她爹了。」

這話說的，姜蕙噗哧一聲。「寧大夫，可你還沒成親啊，何不考慮考慮？」

「我無此打算。」他雖然早年對姜蕙動過心，可她嫁人後，此後再不曾遇到教他喜歡的，自然也不能娶姜瓊，恐讓她失落，他並不能保證自己會真心待她。「只等以後得遇有緣人吧。」他告辭。「娘娘，我得走了。」

姜蕙知道說服不了，拿起石桌上的茶盞道：「勸君更進一杯酒，西出陽關無故人。我以茶代酒，敬你一杯，希望你平安歸來。」

寧溫拿起茶盞，一口飲了，放下時道：「也祝娘娘這一生平安。」

他說得情真意切，姜蕙忽地想起那日他曾說願意與她去天涯海角，如今想來，別有一番感慨。

上輩子，寧溫救她一命，匆匆離去；這輩子，他留在她身邊，她卻也不可能嫁他。若說無緣，卻是有緣，只是這緣也僅僅止於朋友，然而，世上能有這樣的朋友，也足矣。

她站起來相送。等到寧溫走了，才去看姜瓊。

胡氏哭得一把眼淚一把鼻涕的，與姜蕙道：「死丫頭剛才交代了，原來是看上了寧大夫，娘娘您說說，這如何可行？咱們這樣的人家，怎能讓姑娘嫁給一個大夫呢？」

姜蕙心想，可寧溫還不願呢！

她道：「我去看看她。」

「您最好能勸一勸她。」胡氏央求。「您如今是娘娘，恐會聽您的。」

姜蕙進去了。

看到她來，姜瓊還知道禮數，連忙行禮。「娘娘，您別怪我。」知道她省親，自己還逃了。

姜蕙一笑。「我還不知道妳的性子？」

姜瓊嘆口氣，問姜蕙。「寧大夫還在嗎？」

「他去西域了。」姜蕙並不隱瞞。

姜瓊的眼淚忍不住又落下來。他還是一點也沒有留戀地走了，哪怕自己付出了那麼多的努力。

姜蕙道：「他是為妳好。阿瓊，天下男兒那麼多，何必非得寧大夫呢？」她伸手拍拍姜瓊的肩膀。「不過我知道現在說這些，妳怕是聽不進去的。」

姜瓊抹著眼淚。「我到底哪裡不好？」

「妳沒有不好，可是人大了才會知道，好些事情都不能如自己的意。」姜蕙聲音溫柔。「未必每個人都能嫁給自己喜歡的男兒。」

姜瓊愣了愣，抬頭看她。「阿蕙，妳以前是不是也不願嫁給皇上？」

姜蕙輕聲道：「是啊，簡直討厭死了。」

「那現在呢？」

姜蕙笑起來，眸中盛滿柔情。「如今自然不討厭，誰教他那麼喜歡我呢。」

姜瓊噗哧笑了，輕輕一拍她。「娘娘，妳臉皮真厚。」她若有所思。「所以，感情是會變的？」

「也不好說，有些會變，有些不會，端看兩個人的選擇。」姜蕙伸手摸摸她腦袋。「我到時與二嬸說一聲，莫要太逼迫妳，妳自己好好想一想。」

姜瓊嗯了一聲。

相信她這樣爽朗的姑娘，定不會為情所縛，總有走出來的一天。

姜蕙在家中住了兩日便回宮了。

坐在鳳輦裡，回味與家人相聚，只覺時間過得太快，好像一眨眼就過去了。
回到坤寧宮時，金嬤嬤抱著阿元相迎，叫道：「唉呀，娘娘總算回來了！」
「怎麼了？」姜蕙忙問。「阿元不舒服？」
金嬤嬤道：「是想您呢，娘娘，您這一走，殿下吃什麼都不香了，一大早就找您，見不到就哇哇大哭，哄了好久才好，奴婢想著是不是請娘娘回來。皇上說就兩日，殿下哭一會兒又不會有什麼。」
她把阿元抱給姜蕙，阿元終於瞧見母親了，兩隻小手歡喜地亂搖，嘴裡道：「娘！」
姜蕙差點高興得哭起來。「什麼時候會喊娘的？」
「娘娘一走就會叫了，恐是心裡知道，這是他的親娘。」
姜蕙往他臉上直親。「阿元、阿元，教你著急了，往後娘去哪兒都帶著你。」
阿元咯咯笑。
等到穆戎回來，她在他面前炫耀。「阿元會叫娘了！」好像是多麼得意的事情。
穆戎笑起來。「這下高興了，不然只叫爹，妳滿臉不樂。」
她嘻嘻一笑。「要換作是皇上，難道皇上高興不成？」
「朕不像妳這樣小氣。」他摟她入懷，低頭親她的唇。
她身上有淡淡的清香，可見才清洗過，唇舌在口中蕩漾著甜味。
二人親了會兒，彼此都有些情動。有道是一日不見如隔三秋，對於從來不曾離別的他們，這兩日也算漫長了。

殿內灑著春光，她躺在他懷裡，輕聲道：「雖然覺得家裡也好，可回了宮，見到皇上，仍覺得還是宮裡好。」

穆戎牽唇一笑。「這話聽著舒服。還有呢？」

姜蕙道：「來而不往非禮也，皇上怎麼光想著聽我說呀？」

「喔？」他側過頭，看著她。「妳想聽朕說什麼？」

清俊出塵的臉近在咫尺，她的手輕輕撫上去。「皇上覺得什麼話最好聽，我就想聽那個。」

穆戎卻不理她，眼見她又要喝避子湯，想起皇太后說的，便道：「妳走了，母后還提過一回呢，說再生幾個孩子，宮裡也熱鬧點，不過朕說等明年了。」

姜蕙聽了，微微嘆口氣。意思是明年必得要生的。

看她臉上滿是擔憂，穆戎奇怪。「是不是害怕？妳生過一次，定會比以前順利。」但他已經有些明白生孩子的痛，沈默會兒，道：「假使妳實在不肯，再晚幾年，等到妳願意。」

姜蕙看到他這麼體貼，很是感動，挽住他胳膊輕聲道：「其實也不是怕生孩子，我是怕……我怕再生個男孩出來。」

她親眼看見他們兄弟相殘，不管是上輩子還是這輩子，他們都沒有和好的可能，可她假使是兩個兒子的母親，怎不心痛？

穆戎恍然大悟。原來她是為這個。

「妳這傻丫頭，想那麼遠。」他揉揉她的頭髮，烏黑又柔軟。做娘了，她的心也軟了。「就為這理由，妳連孩子都不想生了？妳又一定知道將來咱們的孩子會勢同水火？」

「可是怕萬一啊！」姜蕙道。「我怕教不好他們。」

她沒有信心。確實，他自己是個很不好的例子，但也難以避免，誰教帝位讓人垂涎？身為皇家子孫，少有人不覬覦，可那也是他們的事情了。穆戎道：「那時候咱們都老了，還管得了這些？兒孫自有兒孫福，便是朕立了太子，將來這帝位……仍是有能者居之。」

他走到今日，已相信這世上好些事並不是自己能控制的。

他只要把自己做好就行了，做好一個帝王，做好一個丈夫、一個父親，別的，順其自然。

「再說，妳不是想要女兒嗎，難道也不要了？有子有女，方合為好。」他笑著捏捏她臉頰。

「給朕生個公主，長得與妳一樣，將來朕好給她挑個駙馬。」

姜蕙被他說得心動，她真希望有個女兒，就跟寶兒一樣。

「可是，我要生了，又得變醜了。」她垂頭喪氣。「我好不容易瘦下來的，到時你就要嫌棄我。」

「朕叫妳生的，怎會嫌棄？」穆戎道。「朕對妳怎樣，妳不知道？」

「我不知道。」她垂眸。

穆戎挑眉。「朕都沒有選妃，難道還不足以證明？」

「不能。」她手指在他胸口輕畫，又忽地抬起頭瞧他一眼，眸中滿是期待。

穆戎怔了怔，想一想，笑起來。

他捉住她的手，面上有些發熱，過了會兒，鄭重道：「朕只喜歡妳一個，阿蕙。」

甜言蜜語終於來了。姜蕙聽得心麻麻的，身子也有些軟，整個人偎著他。「是不是一直喜歡？」

「一直。」他道。「一輩子。」

輕而深情，直擊向她的心臟。

她臉紅起來。「我也會喜歡皇上一輩子。」

到了第二年，煙花三月，穆戎把事情交託於姜濟顯，與她一道踏上了往江南的旅程。

願得一心人，白首不相離。她想，她已經得到了。

哪怕將來再有變故，她也能與他攜手度過那些風風雨雨。

有他在，她什麼也不怕。

——全書完

番外之一

潭州的玲瓏軒盛產美人，乃風月場所之翹楚，行經此地的官員、客商，無有不願領略其風采的，看到可意的倌人，有些便一擲千金買了回去紅袖添香。

今夜，玲瓏軒仍是人來人往，門前二十八盞燈籠把個夜晚照得亮晃晃的。

姜蕙坐在鏡子前，背上已經吃了一記，曹大姑下手極狠，專愛拿針刺人，這樣不留痕跡，又能得到懲戒的作用。

「我教了妳三、四年，如今正是妳該回報的時候，今兒有幾位貴人來，妳不出么蛾子，咱倆都好過。」曹大姑盯著她的臉蛋看。這姑娘生得花容月貌，玲瓏軒開了三十餘年都不曾遇到，故而她在她身上花費了前所未有的精力。

只是姜蕙不是個乖順的人，逃出去兩回，她有次狠狠打了，讓她躺了一個月，這才聽話些。

姜蕙淡淡道：「我豈敢不聽姑姑的話。」

時至今日，她又能怎麼辦？曹大姑對她萬分戒備，門前門口十來個護衛，她就是再想逃，也沒個法子。

曹大姑頗為滿意，使人拿來漂亮的裙衫。

姜蕙換上後，走出來。晚風輕拂，她抬頭看去，天上的月亮大大的，清輝灑落下來，溫柔又明亮。

幾年前，她還不是孤身一人，父親母親、哥哥妹妹都在身邊，在這樣的日子……她看一眼天空，總覺得日子過得很歡喜。

然而，就像是一場惡夢，轉瞬間，她就落得這個結局。

她忍不住掉下淚來。

曹大姑眉頭皺了皺。「趁早收起妳這副臉，一會兒惹得貴人不高興，看不中妳！」

「唉呀，姑姑，阿蕙到底沒經歷過，您還嚇她。」翡玉走過來，輕輕一拍姜蕙的肩膀，與曹大姑道：「我勸勸她，您去前面歇息會兒吧。」

翡玉是玲瓏軒的老倌人，當年也是紅極一時，只是她個性清高，一直不曾賣身，加之性子八面玲瓏，曹大姑竟也很喜歡她，現在人老珠黃了，便教些小倌彈琴吹笛。

曹大姑跟她相處久了，當她是姊妹，拂一拂袖，道：「也罷。」往前面去了。

翡玉握起姜蕙的手，只覺滑膩柔軟，不由得笑道：「也莫怪曹大姑對妳狠心，著實是對妳有很大的期盼。」

姜蕙心道：還不是想用她賣個好價錢嗎？

她的眼睛會說話，翡玉看出她的心思。「我知妳一早也不想留在這兒，我當年也一樣，可咱們這命生來就這樣，莫可奈何。我今兒只告訴妳一句，不是勸妳聽她的話。」

比起曹大姑，翡玉因她自己的身分，對她們這些倌人總有幾分憐惜。

姜蕙豎起耳朵。

「便是賣與人，也比留在這兒好，因為遇到好的，要麼抬了妳做妾，要麼情誼深了，給妳贖身也不一定。可在玲瓏軒便艱難了，妳這模樣……」翡玉道。「恐她不會讓妳做清倌人，如今她這心比起往年還要狠一些，妳聽我的，最好讓人看中帶了回去，今兒可是有貴人呢，妳以後便是做個側室，也比在這兒服侍旁人好。」

且還不是服侍一個，在玲瓏軒，一旦她破了瓜，可就毀了，不知得服侍多少人，憔悴得快，用不了幾年便人老珠黃；可做側室，畢竟才服侍一個，討得主子歡心，日子也能好過。

她說得合情合理，姜蕙到底在玲瓏軒也住了三、四年，豈會不知？

她點點頭。「謝謝姑姑。」

總算聽進去了。翡玉伸手輕撫一下她的頭髮，暗地裡嘆口氣，可惜這麼漂亮的一位姑娘，要是投身在好人家，不知會有什麼樣的姻緣呢？可惜了。

她領著姜蕙去尋曹大姑。

大堂裡一片絲竹之聲，不過招待貴客卻是在二樓，各處都有雅間。

隨著她進來，不知多少目光落在她身上，有些等不及的，已經叫人去問價錢。

曹大姑很滿意。她親手調教的就是不一樣，只露個身段便能叫人心起漣漪，莫說等會兒還顯出臉呢，那幾位貴人聽說都是高官，想必出手不凡，也不知能賣個幾千兩，或許上萬兩？她心裡笑開了花。

等拿了銀錢，她也可收手去享福了。

她叮囑姜蕙幾句，帶她去了屋裡，原先還有聲音的地方，一下子靜寂無聲。

「快些見過官爺。」曹大姑催促。「去上茶。」

姜蕙心裡到底還是害怕，也沒有仔細瞧，行過禮，走到桌前，拿起茶壺給他們倒茶。她素手如玉，因訓練有素，提起茶壺，這麼略微傾斜就有說不出的韻致；等到她開口，更是教人渾身酥麻。「幾位爺吃慣了好茶，也不知合不合心意。」

「姑娘親手倒的，只怕比天上瓊漿還好喝。」有人調笑。

姜蕙暗惱，走到其中一人面前，將將倒了半盞茶。那人道：「妳抬起頭來。」聲音格外輕，像是和風細雨。

她不由自主就抬起頭，只見這人很年輕，二十來許，生得俊秀脫俗，渾不似凡人，一雙黑眸更有奪人心魄的深幽。她的心一跳，臉忽地紅了。沒想到在玲瓏軒還會有這樣的男人。

她更緊張了，雪白的臉染了紅暈，嬌豔動人。

「看來這姑娘看上您了。」旁邊的人打趣。

比他大上一輪年紀的人，語氣卻客氣，稱呼「您」。

曹大姑有些驚訝，她又看了那年輕人一眼，除了生得好，身上也有股清貴之氣，不易接近，可見這幾人是以他為尊。

眾人喝了會兒茶，便要告辭。

曹大姑今兒叫姜蕙出來是壓軸的，在她之前，已經去過三位姑娘了，她是最後一個，可眼瞅著，怎麼好像沒有看中的？

正當這時，有個滿臉絡腮鬍的中年人在那年輕人耳邊低語一句，只見那年輕人朝姜蕙看了一眼。

曹大姑心裡一喜，有望了！

他們陸續出去，最後只留了中年人，他與曹大姑道：「給這姑娘收拾收拾，帶兩套衣物，一會兒送出來，有馬車等著。」

曹大姑自然答應，兩隻手搓著，有些捨不得般地道：「她在奴家身邊可是有好幾年了，奴家待她是跟閨女一樣，如今要走了，奴家這心裡也難受……」

還想要抬高價錢？那中年人冷冷一笑。「妳倒是有膽子，可知剛才那人是誰？不想要腦袋了？小心妳玲瓏軒就此關門大吉。」

居然不給錢，曹大姑也不是好對付的，立時變臉，扠著腰道：「沒聽說在我這兒還能白撈一個姑娘，不說吃的住的，您瞧瞧，她身上哪一樣不是好的？」

她能在潭州混那麼多年，自然與官府中人關係不錯，做他們這種生意的，什麼都得打點。

中年人懶得與她費唇舌，湊到她耳邊，說了一句。

曹大姑臉色大變，中年人轉身走了。

曹大姑愣在那兒，半晌跺了跺腳，吩咐下去給姜蕙收拾，看到她那張臉，恨不得要哭了。

臨到門口，曹大姑拉著姜蕙的手，柔聲細語道：「我一早說妳運道好，妳可知，妳要服侍的乃是衡陽王穆戎，正經的皇子！妳跟了他，可要好好伺候，也念著我這份恩情，要不是我，妳這今日也不能遇到親王，是不是？」

姜蕙把手抽出來，冷冷道：「我會記著妳的恩情的。」

馬車就在前面等著，她遠遠看見那年輕人。

衡陽王立在不遠處，一身深紫色的衣袍在夜色裡閃著粼粼銀光，她想起翡玉說的，服侍一個人總好過服侍玲瓏軒裡的那些客人。

她原本一早就跌入絕望的深谷，以為自己會被那些遭人厭的男人買去，然而，他卻出乎意料的出色。

她心頭生出幾分隱隱的欣喜，也有些期望，款款走過去，想向他行一禮。

然而，沒等她走近，他轉身上了馬車。

「姑娘也上去吧。」有隨從來提醒。「今兒暫住客棧。」

姜蕙也不知他們要去哪兒，不過曹大姑說他是衡陽王，此地乃潭州，離衡陽不過兩日的路程，許是要去衡陽？她也不多問，上了馬車。到客棧時，一下車便看到穆戎。

他立在那兒，顯得冷冷的，像是天上的月亮高不可攀。姜蕙不知該不該上去，想了會兒還是沒動，微微垂下頭。

穆戎目光落在她身上，想起那日看到她跌坐在路邊的落魄，好像被風雨摧殘的花兒，他忍不住想出手相救。然而等他折回去的時候，她已經嚇得逃走了。

今日再次遇見她，像是失而復得，所以明知那些官員為討好他，他還是把她帶走。

他吩咐何遠。「安置好她。」一轉身走入客棧。

姜蕙抬起頭，只看到他的背影。

後來兩日都是在趕路，他中間不曾與她說過一句，她微微有些失落，也才發現他原來竟是性子那麼冷的人，那到底把她帶回來做什麼？做端茶倒水的丫鬟？

不過這樣也好，聽說富貴人家的丫鬟，等到差不多的年紀，有些是可以自請贖身的，她想著又高興起來。

這日，終於到了衡陽王府。

她之前知道皇親貴族不同於別的富貴人家，今日一見，才真正開了眼界。

庭院裡，曲橋遊廊、假山亭榭，走在其中就跟作夢似的，要不是有人領著，非迷路不可。可便是這樣，她也暈乎乎的，有點摸不著邊，不知道東南西北。

「姑娘，妳以後就住這兒了。」下人指著一處獨院，掩映在花木間。

姜蕙點點頭，謝過他。

院子裡走出來三個丫頭。「唉呀，您來了。」

為首的一個生得眉清目秀，穿著身豆綠色的裙衫。

「我叫桂枝，以後就服侍主子了。」桂枝介紹自己，把手一擺。「主子進去瞧瞧，可有什麼缺的。」

姜蕙有些吃驚。怎麼就成主子了？

「我、我不是來做奴婢的？」她奇怪，如今賣身契是在穆戎手裡。

桂枝抿嘴一笑。「不是。」

剛才她們一眾奴婢聽說穆戎帶了個姑娘回來，都紛紛揣測，因為王府裡奴婢夠多了，不可能再買，當然也不是他親自去買，但現在看到姜蕙就明白了，生得這麼漂亮，自然是個主子。

不過這姑娘瞧著不夠精明，竟然自個兒還不知道。

她領著姜蕙進去。院子不太大，可樣樣齊全，一間正堂，左右兩個側間，還有兩座耳房，庭院裡種了些花木。

雖然玲瓏軒裡，她也一個人住，卻沒有這般大。

「姑娘，這兒專放衣服，您帶來的，我給您放好。」桂枝拿起包袱打開來。

姜蕙四處一看，臥房連被子都準備好了，左側間還是間書房，筆墨紙硯都有，她轉了轉，走回來，還是一頭霧水。

桂枝收拾好，笑道：「一會兒姑娘想吃什麼，奴婢叫她們去給您傳。」她是貼身丫鬟，另外兩個是粗使的，平時掃掃地、洗洗衣服，傳個話。

姜蕙忙道：「隨便吧，我也不挑。」

桂枝知道她才來，定是不習慣。「那我給姑娘拿主意。」

姜蕙坐下來。她現在仍然糊塗，怎麼自己不是奴婢？主子，主子……莫非是做側室的意思？那自己還是要服侍他嗎？想到這個，她的臉不由得紅了紅。

雖然曹大姑教過她好些，可事實上，她還沒碰過男人。

桂枝偷眼打量，她安靜地坐著想事情，睫毛微微發顫，那臉蛋，從額頭到下頷的線條說不出地動人，她暗道：府裡的兩個側室如今可要倒楣了，本來就不怎麼受寵，再來這一個，恐是更沒盼頭了。

不過她沒什麼擔憂的，她服侍的姑娘得穆戎喜歡，那是再好不過。

桂枝主動跟她說穆戎的事情。「咱們王妃前年去世了，殿下現在還未娶妻。」

那府裡是沒有主母了，姜蕙心想，難怪他看起來那麼冷，原來是妻子去世了，誰都不好過，而且兩年了還未娶妻，可見他還算不錯。

她在玲瓏軒聽說的齷齪事太多了，這世上，教人噁心的男人真不少。

二人說了會兒，飯菜端上來，都很可口。姜蕙吃完了，又不知道要做什麼，她問桂枝。「如今我在這兒安住，那得每日去請安嗎？還是只管住著？」她是一點也不清楚。

桂枝笑道：「不用去，殿下愛清靜，若想看妳自會來的。妳在這兒，想做什麼便做什麼，閒暇可以去庭院走走。」

「能出門嗎？」姜蕙問。

「這得要殿下同意。」

姜蕙有些失望。她自從落入曹大姑之手就沒出去過，一直困著，後來被穆戎帶走，路上又忙著趕路。如今看來，不是倌人了也一樣不得自由，不過比起往前，還是好多了。

她走到庭院裡，坐在石椅上，眼前忽地浮現出在家中的情形，差點又要落淚。

他們姜家被人陷害，遭逢大變，親人陸續去世，她帶著妹妹逃出來，誰想到路上卻讓妹妹丟失了，也不知她現在在哪兒？

她微微嘆了口氣，可惜自己泥菩薩過江自身難保，一點辦法也沒有。

桂枝給她拿來針線。「姑娘若實在無事可做，也可繡繡花。」

姜蕙點點頭。

一連好幾日，她便在這院子裡待著，這日實在有些悶，出來庭院走一走。

回去的時候，卻看到穆戎。

他剛剛從外面歸家，她上去行禮，婀娜娉婷，慢慢行來，風情萬種。

穆戎駐足，她那豔麗的美像是一簇燦爛的光，直落入眼中。

「見過殿下。」她輕聲問安。

穆戎道：「妳去賞花了？」

「是。」姜蕙回答。「有些悶，也不知做什麼。」

穆戎道：「妳可會寫字？」

「會，學過一些。」姜蕙道。「幼時父親、哥哥就教了的。」

聽她提起家人，穆戎目光閃了閃。她這樣一個姑娘會落到玲瓏軒，想必是家中出了事情，只是他沒有問下去，點點頭，往她那院子行去。姜蕙有些緊張，跟在後面。

到了那兒，他與桂枝道：「妳出去。」

桂枝心頭一喜，朝姜蕙使了個眼色。

姜蕙面上一紅，眼見門關了，她一時不知道怎麼辦才好。

瞧她手足無措的樣子，穆戎有些奇怪。風月場出來的姑娘，竟還會如此扭捏？不過聽那些官員說，領到他們面前的都是處子，恐是這個原因，況且這段時間，她都沒什麼動靜，許是安分的人。

他目光從頭移到她的腳，看得姜蕙身子都有些發麻。

她知道怎麼服侍男人，可她沒有真正地領教過。

「殿下，您要不要喝茶？」她本能地想逃避。「奴婢叫桂枝倒些熱水來。」

說完這句，她往後退去，穆戎忽然扣住她胳膊，她嚇得渾身一抖。

「殿下……」語氣變得軟軟的，像是能滴出水。

他卻把她拽到了懷裡。她坐在他腿上，渾身發顫，腦袋裡暈乎乎的，也不知道怎麼反抗。這時，他低下頭，親在了她脖頸上，溫熱像是什麼病，一下子傳遍了她全身，她一點力氣也使不出來了。

他看她簡直就跟癱倒了一樣，嘴角微微露出笑意。果然是沒碰過男人。

他抱起她往屋裡走。

她嘴巴還能動，央求道：「殿下，您、您饒了我……」

她害怕了，事情臨到頭上，這時候只寧願做個像桂枝一樣的丫鬟，也不想真的服侍他，她壓根兒不認識他。

可穆戎哪裡會聽？他把人帶回來，不是讓她做個奴婢。

這幾日，雖然沒來看她，可她的影子一直在心裡，最近正好沒碰女人，他起了興致。

姜蕙只覺身上突然一空，衣裳盡數被解開，他壓上來，好像沈重的石頭。

她嚇得兩手兩腳並用，死死地抵住他。

穆戎低頭一看，她的臉白得已經失去了血色，好像高山上的雪蓮花。知道她是第一次才害怕，他稍許緩了一些，把頭挪到她胸口，姜蕙一下子又軟了，微微喘著氣。

他看她略微放鬆，手壓住她胳膊，猛地就進了去。尖銳的疼痛像把刺刀，她的眼淚落下來，濕透了枕頭。

她哭著，伸手撓他，他背上都給她抓破了。

穆戎有些著惱，他碰過好些女人，還不曾遇到這樣的，便是有些痛，哪個不是忍著，她一個奴婢竟然又哭又叫，好像他在做什麼壞事。可他目光移到她臉上的時候，見她梨花帶雨一樣，楚楚可憐，他火氣又消了一些，動作不由自主放慢了。

滋味像是在天上，他發洩出來，方才從她身上下來。

姜蕙蜷縮著身子，把被子拉起來蓋住自己。她從來不知道會那麼痛，這會兒心裡恨死穆戎了。

穆戎坐起來時，看到那抹鮮紅色，到底是流血了，他伸手拉開被子，把她轉過來。她眸中藏著憤恨，咬著嘴唇，那樣子好像是生氣卻不敢發作的小貓兒。

他笑了笑。「以後就好了。」

把她弄成這樣，就這麼輕描淡寫的一句，果然男人不是什麼好的。

可如今她能怎麼辦，伺候了一次，以後定是要兩次、三次的。姜蕙想起翡玉說的話，她們的命就是這般，她如今也只能順從，以後與他感情好了，指不定還能贖身，或是求他找妹妹，畢竟他是親王，什麼做不成？

姜蕙垂眸道：「還望殿下憐惜，下回輕點。」

「妳也不輕啊。」穆戎挑眉，把背給她看。

只見上面好幾道紅痕，都是她抓的。

姜蕙嚇一跳，原來迷迷糊糊中，她竟然做了這事，暗道：活該，他弄得她那麼疼，她抓幾下不也應該？嘴上卻道歉道：「是奴婢沒輕沒重，可奴婢也是痛得認不清人了。」

瞧著是乖乖道歉，卻也沒有真的退讓，還暗暗責怪他魯莽。

這姑娘，不是個順服的人。穆戎得出了結論，卻也覺得有趣，畢竟他碰過的女人沒有一個是這樣的，而且自己被她抓了，居然還不怎麼生氣。

他穿上衣服。

姜蕙縮在被子裡，動也不想動。雖然本分上，她還得討好穆戎，可這會兒她真不想，只覺身下一陣陣的疼。

穆戎穿好了過去看看她，她的臉色仍是很白。

「還在疼？」他問。

姜蕙淚眼模糊。「疼得不得了。」

剛才還扭扭捏捏的，如今與他親近過一次，都知道撒嬌了，這姑娘對付男人有點天分。

穆戎道：「躺著，明日就好了，想吃什麼與桂枝說。」

他說完便轉身走了。

桂枝進來收拾。

姜蕙看著淡黃色的幔帳。這人真無情啊，睡過就走，可見人不能只看臉，她自己還是太天真了，他要是換個五大三粗的樣子，也一點不突兀。

曹大姑說得好，不能對男人抱有期望，只好好服侍就行了，盯著好處，唯獨不要把心交出去。

她現在看得到的好處，就是以後早點贖身，找到妹妹。

番外之二

桂枝稍後端著避子湯過來給她喝。這東西，姜蕙在玲瓏軒聽說過，並不抗拒，她這會兒也不可能想給穆戎生孩子，幾口就喝光了。

桂枝道：「其實殿下也還沒孩子呢。」

姜蕙驚訝。二十來歲的人，原本該當有孩子的，怎地他卻沒有？是原來那王妃去世得早，還沒來得及生嗎？

桂枝看出她的想法，說道：「王妃嫁過來一年多就去世了。」

姜蕙喔了一聲。

「府裡還有兩位側室，殿下也不太喜歡。」桂枝話裡有些暗示。

可就是住久了，也未必給她生，姜蕙心道：他這等身分，第一個孩子肯定是要留給王妃的。她雖然在鄠縣長大，可二叔好歹也是知府，父親哥哥都是唸過書的，她尚且知道嫡庶，所以也沒把桂枝的話放在心裡。

桂枝把藥碗放好，先請她起來，她鋪了新的床單，換了被子，姜蕙才重新躺回去。她很疲累，用了些飯，倒頭便睡了。

第二日醒來，桂枝笑咪咪道：「殿下剛才使人送了些裙衫、首飾來，主子瞧瞧。」桌上擺著的綾羅綢緞色澤鮮豔，首飾精工打造，閃閃發亮。

可她沒多少興趣。曹大姑說女為悅己者容，女人就是要打扮給男人看的，雖然這話沒錯，可也得有心儀的男人。昨兒那位把她弄疼，拿這些來補償，她這心裡也沒什麼痛快。

「妳收好吧。」她道。

隨後幾日，她也沒出門，閒暇時就在書房裡寫寫字，要麼與桂枝閒說兩句。桂枝看她寂寥，有回讓她出去走走，她竟也不肯，怕碰到穆戎，他又不管不顧地把她壓在床上。

然而，有時候就是怕什麼來什麼。

她正在書房看書，就見一個人突然走進來，見到一抹紫色，她心裡咚地一跳，慢慢站起來。

在外面，他就見到她坐著，不知看到什麼，露出些笑意，帶著幾分歡快。可現在，她漂亮的臉蛋繃緊了，還未說話就散發出抗拒的味道，像是帶刺的花。

兩個人對視一眼，姜蕙還知道自己的本分，上來問安。

「殿下，怎麼這會兒來了？」她道：「聽說您尋常很是繁忙。」

所以她被他碰過了，一次也沒來求見？還算知道分寸，比那兩個側室好多了，總找機會在他面前晃蕩，原本有心也被弄得沒了興致。

穆戎拿起她的書看，竟是卷話本小說，寫的是玉娘子成仙記，他少時也看過，很有趣味。

姜蕙道：「就擺在書房，奴婢隨手拿來看看。」

尋常沒什麼好解悶的，故而書房裡都擺些書，好打發時間。

穆戎目光落在她身上，她只穿了身素色裙衫，一頭青絲梳成單螺，很是簡單，上面連首飾也沒有戴。他問道：「我送的，妳怎麼不用？」

戴。

雖然自己走了，可她疼的樣子教他有些在意，故而使人送些東西來，結果她竟然一樣都沒穿戴。

姜蕙一時也不知道怎麼回答，半晌道：「不知道您來，奴婢一個人，怎麼穿不是穿。」再好看，也沒人看。

穆戎聽到這話，輕聲一笑。

那笑容教姜蕙呆了呆。她一早知道他好看，可不知道他真正笑的時候卻是那樣的吸引人，讓人心裡無端生出幾分甜蜜。她面上突然一紅，低下頭去。

他的手放在她腰肢上。她被他一碰，又像受到驚嚇，急忙往後退一步。

他的手虛空地掛在那兒。

竟然還躲他？穆戎眉頭挑了挑。

姜蕙咬著嘴唇，聲音輕得好像蚊蚋。「我怕疼。」

經歷過一次，就難以忘懷這種痛，雖然她知道她這身分必得要服侍他，推卻不了，卻忍不住害怕，希望得到他的憐惜。

他明白了，原來是為此。

她背靠著牆壁，微微仰頭看他，一雙明眸波光流轉，像是在央求他答應。

屋外的陽光此時從窗櫺中透進來，他伸出手握住她的腰，頭慢慢低下。

看他越來越近，姜蕙猛地把眼睛閉起來，一顆心怦怦直跳。

白如雪的肌膚漸漸浮出胭脂色，唇不染而紅，抿得緊緊的，像是不願張開的花，他看了片刻，沒有猶豫地把唇壓在她的唇上。
兩者相交，姜蕙的腦袋好像被抽空了，一點也沒法再想事情，整個人軟得站不住。
他輕而易舉就捲住她的唇舌，吮吸那甘美。
她好一會兒才回過神。原來他親了她，她也說不出這是種什麼感覺，原本對這個陌生的男人，她該是討厭的，可心裡竟然沒有多少反感，看來他還是沾了皮相的光。
他漸漸去解她的衣服，她不讓，可是他力氣那麼大，她無法抵抗，在心裡就要哭了，只是他卻沒有立時動作，而是從上面慢慢親下來，弄得她又羞又難受。
這一次，好像比上次好了很多，她不是很疼，到了最後，還有點舒服。
就是躺在書案上，怎麼想怎麼覺得臉紅。
自己兩條腿還直纏著他的腰，好像兩根藤蔓。
看她閉著眼睛，臉紅彤彤的，羞得不肯起來。他摟著她，她躲在他懷裡，他低聲問：「還像上回疼嗎？」
她搖搖頭。「好一些了。」
「以後慢慢就不疼了。」他手撫在她背上，大片肌膚光滑又細膩，教人愛不釋手。
他一直摸著，姜蕙沒穿衣服，覺得冷，往他懷裡鑽了鑽，有些害羞地道：「咱們要一直這樣嗎？」
他笑起來，放開她，自己穿衣服。
他一離開，那溫度就沒了，她忍不住打了個噴嚏。

穆戎見狀，把外袍披在她身上。那一刻，姜蕙覺得，他好像還是挺好的，上回她疼，這回他就注意了，沒有硬是闖入，還知道給她披衣服呢……她把他的大袍子裹得緊緊的，從書案上跳下來。

他身材高大，袍角拖到地上，她走兩步，差點摔一跤。

穆戎把衣袍又拿回來。「還是穿妳自己的。」

姜蕙噘噘嘴，低聲道：「小氣。」

他是怕她又摔了好不好？穆戎不理她，穿上衣袍，打開門出去了，又留她一個人。

桂枝打水伺候她洗澡，姜蕙躺在浴桶裡，微微閉著眼睛。

桂枝滿臉笑容，柔聲道：「殿下來了兩回了，可見很喜歡妳。」

「兩回就喜歡了？」姜蕙懷疑。

桂枝道：「當然，他尋常要人伺候，都是她們自己去的，不會像這樣連著兩次親自過來。」

桂枝心裡不是不嫉妒，可她生得沒那麼漂亮，知道穆戎定是看不上眼，所以她甘心伺候姜蕙，以後姜蕙抬了側室，總有她的好處。

至於姜蕙，她當然也希望穆戎喜歡自己，這樣才好求他幫忙啊！

不過他到底有沒有喜歡上，說實話，她拿不準，但他對她比上回好。

姜蕙將將洗了澡出來，外頭一個粗使丫鬟來傳話。「主子，殿下請您去一同用飯呢。」

桂枝聽了喜不自禁，連忙給姜蕙打扮。

「您瞧瞧，主子，奴婢沒說錯吧？」

姜蕙卻沒那麼大的反應。說起來，還是因了她的身世，即便做了幾年的奴婢，可在玲瓏軒裡，她沒伺候過人，所以雖然知道自己現在的身分，可心裡從來就沒有甘心過，不過吃個飯，她真不覺得有什麼榮耀。

她跟著隨從到了上房。

穆戎住的院子更大，乍看過去像座殿宇，只是偌大的地方卻透著股濃濃的冷清，一路上沒有幾個人，就是到了那兒，也很少看到下人。

她走進去給穆戎問安。

精心打扮過了，更是絕色的美人。穆戎打量她一眼，道：「坐吧。」

她坐在他對面，桌上擺了好些佳餚，那味道聞著就知道可口，比她平時吃的講究多了。

穆戎先伸出筷來。他沒有要人布菜，自己自斟自飲。

姜蕙心想，總不能乾坐吧？便問：「殿下，奴婢也能吃嗎？」

「當然。」不然請她來做什麼。

她微微一笑，也不拘束，看他喝著酒，她拿起酒壺，自己也倒了一杯，抿一口，竟不是烈酒，帶點甜味。她笑道：「殿下，這酒真好喝，什麼果子釀的？」

「葡萄。」穆戎看她怡然自得，可見只要不做讓她疼的事，她並不太怕自己。

姜蕙點點頭。「難怪，聽說葡萄釀酒就是很好喝，只是昂貴，不過殿下想必不差這個錢。」

她身上有少見的直率，可又不討人厭，反而透著些嬌憨。

穆戎笑了笑。「那妳多喝點。」

姜蕙喜歡，果然多喝了兩杯，結果這酒雖然好入口，後勁還是有的。等她喝完，頭就有些昏了，後來也不知怎的，第二日醒來，睜眼一看，只見到一頂陌生的幔帳。

原來昨兒自己沒回去。

再轉頭一看，身邊還有一個人，他一隻胳膊摟著自己的腰，她後背貼著他胸膛，那裡暖烘烘的，像是冬日裡的灶火。

她微微一動，他胳膊就緊了緊，像是用了幾分力，生怕她走了。

這一刻，心裡也不知什麼滋味，細細品一下，好像不差，莫名地安心，她把眼睛又閉了起來。

便是這樣，她與穆戎漸漸親密了，一日復一日，就有些期盼他能常來。

也許一個女人到了這年紀，又把自己交給了他，終於覺得孤寂了；也許他擁著她的時候，可以忘記曾經的悲痛，教她覺得他是能抵擋風雨的高牆，她或許能就此停歇下來。

所以哪怕他話不多，也不大容易笑，她還是知道了思念的味道。

桂枝看著她這番變化，心有戚戚焉。

在王府中，哪個女子對穆戎沒有幾分愛慕？只是下場都不會很好罷了，比如原先的王妃沈寄柔，癡愛他成狂，一刻也離不得他，又疑神疑鬼的，自穆戎納了側室之後，更是不得了，數次哭得暈過去，偏生遇到冷性子的丈夫，沈寄柔難以忍受折磨，便懸梁自盡了。

現在想起來，桂枝都忍不住嘆氣。

其實男人哪個能從一而終，莫說是穆戎這樣的身分。

幸而，穆戎對姜蕙還是很好的，至少比起那兩個側室好多了，常常賞些金銀珠寶、綾羅綢緞，今日又突然賞了一座珊瑚桌屏，紅豔豔的奪人眼。

姜蕙看了喜歡，起身裝扮了，對桂枝道：「我去面謝殿下。」

桂枝忙道：「也不用吧，殿下喜歡清靜，主子要謝，等殿下來了便是。」

可姜蕙按捺不住，已經好幾日不曾見到穆戎了，她眨眨眼道：「就一次，殿下不見就算了。」

她往頭上插一支他送的花蝶金簪，腳步輕盈地往正房去了。

穆戎正在書房，聽何遠說姜蕙來道謝，他下意識地眉頭皺起，因為府中人都知道，他不愛旁人打攪，若是想見誰，自然會使人傳喚，可姜蕙竟然私自來了。

他有些不悅，只是正要何遠趕她走時，卻改變了主意。

他也看了許久的兵書，有些疲累，她又是第一次來，不懂規矩，他一會兒教教她。

何遠便把姜蕙請進來。

他竟然見了自己，姜蕙滿心歡喜。她當然知道穆戎的習慣，也是碰碰運氣，可他沒有生氣呢。

她好像一隻蝴蝶，從門外飛進來，落入他的書房。

見她眸中春光燦然，穆戎板著的臉鬆了鬆，但語氣還是冷冷的。「下回再為這事，不必前來。」

突然被冷水澆了一下，姜蕙僵了僵，眼睛有些起霧。她咬一咬嘴唇，道：「奴婢知道了，奴婢告辭。」

居然轉身就走，穆戎愣在那裡，眼看她要消失在門口，忙道：「回來！」

她頓住腳步，也沒有轉過頭，委屈道：「殿下不是嫌棄奴婢打攪嗎？奴婢不敢留在這兒，往後也絕不會來了，必定謹遵殿下教誨。」

伶牙俐齒的，敢跟他使性子。他該是惱火的，可不知為何卻沒有，看著她的背影沒有那麼直，肩膀垮下來，脖頸也低垂著，他知道她傷心了。

這傷心好像一股溪流，從他心裡淌過去，他語氣不由自主地軟和了些。「既然來了，陪本王出去走走。」

他站起來，披上紫貂絨的披風。

姜蕙感覺他走過自己身邊，擦過她肩膀走了出去。

此時正是寒冬臘月，距離她來到王府，已經有大半年了。

今日沒有飄雪，難得有麗日，光芒落在身上是淡淡的溫暖。

他們一前一後走在王府的園子裡，到了這時節，好些樹已經掉了葉子，只有光禿禿的枝條伸向天空，但也有一些長青樹，長著教人羨慕的綠葉，獨自繁華。

她穿著雪白的狐裘，走在後面，往前看一眼，那抹紫色像濃烈的風景，只是離得有些遠。

他們也不是第一次出來散步，有時候他來看她，心情好時，就會帶她出來，有時候卻只會抱著她躺在床上，纏綿好久。當然，他心情最好的時候，會同她一起坐在書房，教她怎麼寫好字，或者拿卷書出來，叫她讀給他聽。

她當然都是高高興興的，他偶爾也會笑，笑容迷人，教人好一會兒都陷在裡面。

姜蕙回想起那些情景，走得更加慢了。

他突然轉過身，皺眉道：「磨磨蹭蹭的，還要本王等妳？」

她抬起頭，看見他的不耐煩，然而，這是他第一次停下來站在遠處等她。

他今日，不但見了她，還等她，姜蕙忽然笑起來。

他雖然冷冷的，可是有時候好像是故意的。

那一笑，像是春風，也像明亮的陽光。穆戎看著她，道：「快些過來。」

她快步走過去，如同在林間蹦跳的小鹿，竄到他身邊，不知足地道：「下回殿下還等等我，咱倆一塊兒走才熱鬧。」

穆戎哼了一聲。

兩人並肩而去。他腳步果然慢了，她偷偷笑，垂眸看到他的手，鬼使神差般地伸了過去，柔軟的手掌一下握住他的手指，帶著股涼意。

穆戎心頭一跳，她膽子怎麼那麼大！可莫名的，他有些歡喜，便任由她牽著。

這日回來，姜蕙臉上滿是笑容，桂枝只當有什麼喜事，要麼是穆戎想抬了她做側室？她問：「可是殿下許諾什麼了？」

姜蕙搖搖頭。

桂枝皺起眉頭。那又有什麼好事呢？她道：「要是殿下哪日讓主子做了側室才好呢，那麼等到日後娶了王妃，日子長了，指不定會讓主子做個側妃。」

聽到王妃兩個字，姜蕙好像才想起來，忽然有些難過。是啊，他要娶王妃的，以後有了王妃，只怕都不來她這兒了，她還那麼歡喜做什麼？

她怎麼把以前想的那些都忘掉了？她這等身分，原本只該討了他歡心，她自己想要什麼，藉機會得了便是，以後再求個恩，贖了身，該怎麼就是怎麼。

而他，他是要有妻子的。

她一言不發，轉身去了裡間。

這幾日，再沒有去見穆戎。等到了新年，他回了京城給父皇母后拜年，臨行時好像也沒有想到她。

這一去，竟是一、兩個月都不曾見到面。

時間像是突然過得慢了，她才知道，有些東西並不是想拋掉就能拋掉的，她不知不覺就喜歡上了他，帶著濃烈的熱情。也許是因為自己第一次喜歡上一個男人吧，她也不知道如何控制。

好不容易他回來了，只是這趟回來，府裡又擺了宴席，好像有貴客。

前面熱熱鬧鬧的，她分外冷清，在自個兒院子裡待不住，走到園子裡散心。

冬去春來，天氣暖了，抬起頭，總能看到好些小鳥兒從天空飛過。

她不知坐了多久，眼見西邊有紅霞映染，才站起來往回走。

誰想到路上卻碰到他。他穿著一襲紫袍，長身玉立，仍是謫仙般俊美，光芒萬丈。

她見到他，心忽地麻了，又帶著說不出的難過，竟不想上前行禮，他身邊有好幾位侍女，只怕也未必看見自己。

她轉過身，蓮步輕移，避開他往東邊而去，行到一處亭子方才停下。

只是沒等她歇息會兒，身後一陣腳步聲傳來，她回頭一看，一道人影疾行而來，猛地扣住了她的胳膊。

她輕呼一聲。「殿下！」

穆戎冷聲道：「見到本王，妳竟然逃走？還知不知禮數了！」

她說不出話來，滿腔的委屈，眼眸中慢慢蓄了淚，好像小小的珍珠浮在漣漣波光的湖面上。那麼一望，教人心碎。

穆戎捧起她的臉，猛地親了下去，好像野獸般，要把她的人都吸進肚子裡。

他嘴裡有淡淡的酒味，她的頭昏沈沈的，也像醉了。

朦朧中，她好像看見對面立著一位姑娘，清麗脫俗，飄然若仙，可等她再看的時候，卻不見了。

穆戎好一會兒才停下來，摟著她的腰，下頷抵在她頭頂，輕聲道：「阿蕙，我想妳了。」

聽到這話，姜蕙只覺自己要死掉一樣。

她抬起頭看他，他面色發紅，就是眸中也有些淡紅，原來是醉了，不然她無法想像，他這樣的人會說出這樣的話。

可她還是歡喜，酒後吐真言，他定是喜歡自己的。這世上，有什麼比兩情相悅的事情還要教人高興？

她扶著他回去，他高大的身子倚在她肩頭，沈重得好像塊大石頭，她一會兒就出了汗。他斜睨她一眼。「阿蕙，妳要揹我嗎？」

「你想壓死我啊！」姜蕙瞪大了眼睛。

他哈哈笑起來。

難得見他這麼爽朗，不知道酒醒了，還會不會這樣呢……

事實證明，第二日就不一樣了，還是跟往前那樣，淡淡的。

可是他對她仍然不錯，三、五日裡總有一日會把她叫去，有次還問她想不想聽戲，她說怕吵著他，他又笑起來。

兩人越來越好，姜蕙想著，等哪一日，或許就可以請他幫忙找妹妹了，他一定會答應的。

日子過得很快，眼見到了四月末，很快要過端午了。

桂枝這日一進來，就見到姜蕙在做香囊。

「是給殿下的？」她笑咪咪地問。

料子是紫色的，誰都知道穆戎喜歡這顏色，故而當然是做給他的。

姜蕙嗯了一聲。「妳說殿下會不會喜歡？」

「妳送的豈會不喜歡？」桂枝道：「不過這花樣未免普通了。」她頓一頓。「依奴婢看，不如繡個鴛鴦吧，妳如今跟殿下那麼好，殿下定然高興。」

她面色有些複雜，然而姜蕙的心思都在香囊上，也沒有注意。

鴛鴦一雌一雄，形影不離，她喜歡穆戎，當然也希望他們兩個能跟鴛鴦一樣親密，情竇初開的女子，總是滿腔的浪漫情懷。

她笑道：「好，就繡鴛鴦吧。」

番外之三

節前，整個衡陽府的官員都來送節禮，這段時間人來人往的，不過也僅僅止於門前，那些人把禮送來，都是交由管事傳達到穆戎手中，故而府中還是冷清。

這日，姜蕙總算把香囊做好了。紫色的緞子上，兩隻鴛鴦相依相偎，栩栩如生，教人看著就覺得甜蜜。

桂枝笑著問：「主子今日就要送去了？」

「到端午節那天再送。」她好像珍寶一樣把香囊收起來。

正說著，柳氏來了。她是穆戎其中一個側室，與姜蕙原是井水不犯河水，當初聽說穆戎帶了一個姑娘回來，也沒放在心裡，可誰想到那日起，穆戎就沒碰過她們兩個側室了。

她有日瞧見了姜蕙一回，確實是有沈魚落雁之美，像是那花中之王牡丹，能奪去所有人的光彩。那瞬間，她是甘拜下風，然而心裡終究不舒服。

聽說她來了，姜蕙有些詫異，也不太喜歡。

她們這種身分的人，彼此遇見難道不尷尬嗎？可人來了，也不敢就這麼趕她走，畢竟柳氏沒與她起過衝突。

請了她進來，姜蕙叫桂枝上茶。

柳氏先是四處打量一眼，只見她這屋裡好些昂貴的玩意兒，最扎眼的就是那盆紅珊瑚，聽說這還是皇上之前賞給穆戎的，從深海裡一打撈上來就是樹的樣子，格外珍貴。

原來真在她這兒了，她羨慕道：「殿下可真疼妳啊。」

姜蕙不慣說這些，只是笑了笑。

可看在柳氏眼裡是有些得意了，她嘆口氣。「殿下便是這樣的人，起先總是看重，慢慢就淡了，不過瞧妳這姿容，定是比咱們強一些。」暗示她以後人老珠黃了，穆戎也就不喜歡了。

姜蕙雖然從來沒有與人拈酸吃醋過，可在玲瓏軒裡，女人間的鬥爭還是知道的，柳氏來說這些不過是為了刺她的心。

姜蕙淡淡道：「妳倒是了解殿下，下回我問問他，可是這樣的？」

柳氏嚇一跳，臉色微微一變。

依姜蕙如今的寵愛，真要去問，自己準沒好結果，穆戎的手段，她不是沒見過。

柳氏忙道：「不過打趣一、兩句，妳莫放在心裡。我今兒來，也只是想與妳解解悶，咱們住在這府裡，終日也不出門，互相走動走動，不至於那麼冷清。」

「我倒是還好，便在書房裡寫寫字、看看書。」

看她軟下來，姜蕙也不為難。

柳氏笑道：「妳倒是好，能識文斷字，我是識不了幾個。」

兩人說了幾句，柳氏點到正題上了。「前幾日府裡來了一位姑娘呢，妳可知道？衛家的二姑娘，真正是天香國色，她姨祖母還是皇太后，聽說與殿下是青梅竹馬。」

她說起這個，姜蕙忽然就想起那日在園子裡，迷迷糊糊中看到的一個人。

說的可是她？穆戎的青梅竹馬？她眉頭皺了皺。

果然還是在意的。這女人啊，要是以奴婢的身分起了爭寵的心，恐怕早晚也走不遠。柳氏一會兒就告辭了，出了門口，瞥見前方一道紫色，她裝作沒看見，諷刺地與身邊的丫鬟道：「瞧著野心也不小，指不定想當王妃呢，一早就盯著那位置。」

她說完，低下頭往西邊走了。

那句話被風吹著，落入穆戎的耳裡。他怔了怔，好一會兒才抬腳進去。

姜蕙看見他，急忙迎上去。「還當節前殿下忙，不會來呢。」

她的手自然地拉住他袖子，盈盈一笑，嬌媚天成。

他驅除了那點疑惑，淡淡道：「與平日差不多。」

她道：「可我聽說好些人都來送禮，可是來求殿下辦事？」

穆戎一笑。「是。」

身為皇上最疼的兒子，又是此地的藩王，他是炙手可熱。

「那殿下可會答應？」她好奇。

「得看是什麼人。」他坐下來，伸手把她抱在腿上。

雖然她身材高眺，亭亭玉立，可在他面前還是顯得嬌小，腦袋也不過到他的肩膀，這時候，她總會把頭靠在上面，身子軟軟的，像豆腐一樣。

要是他再碰幾下，她就變成水了，所以他總是喜歡抱著她，陷在她的柔情裡。

姜蕙現在就有些吃不消的樣子，得把兩隻手摟住他脖子才勉強坐好。

她想起妹妹的事情，問穆戎。「殿下，那要是我呢，您可會幫忙？」

穆戎停了手。「妳要本王幫什麼？」

「我想找妹妹。」姜蕙的眼睛慢慢紅了，鼻子也酸酸的。「我家裡出了事，我帶著妹妹逃出來，後來路上把她弄丟了，也不知道她現在在哪兒……我在玲瓏軒也想法子打聽了，可一點用也沒有，許是走得遠了。」

她哭起來，伏在他肩頭，眼淚濕了他的衣袍。

他拍拍她的後背。「妳說清楚些，在哪兒丟失的？長什麼樣子？幾歲？」

「在鄠縣往宋州的路上，我妹妹很漂亮，大眼睛，皮膚也是白白的。」

「跟妳小時候一樣？」他抬起她的臉瞧，她的臉小小的，肌膚雪白無瑕，柔嫩得好像一掐就能變成汁水，這會兒掛著淚珠，楚楚可憐。他問：「像不像妳？」

「差不多。」她道。「她那時才五歲。」

穆戎眉頭微微一動。

五歲的姑娘，一個人在路上恐是凶多吉少，便是遇到好人，過了幾年，也很難找到了。他大概知道姜蕙是有魏國人的血統，但魏國被越國滅了之後，魏人散落在四處，膚色白也不能成為重要的特徵，哪怕他是親王，也難入手去查。

可他還是點點頭。「本王知道了，會命人去找。」

他很認真，姜蕙大喜，也不管臉上有眼淚，忍不住就親了他一口。

鹹味落在唇上，他舔了舔，別有一番滋味，他湊上去，吻住她的唇，把這淚水也吃了。

姜蕙臉紅起來，嬌嗔道：「很苦呢，殿下還愛這個。」一邊拿帕子擦眼淚。

「沒吃過。」他道。

確實沒吃過，只是見過。有段時間，他因為這眼淚也曾焦躁過，然而始終沒有軟了心，最後讓沈寄柔死了。

那時，她便是終日地哭，只因為自己沒有像她想像的那麼喜歡她。她就像一根要人命的繩索，想要困著他，讓他跟她一起窒息……他怎麼肯？

身為親王，還能一輩子繞著一個女人？他沒有那麼多的耐心哄她，漸漸地，也越來越厭煩她，甚至為了教她死心，納了側室。

原本，男人不就是這樣嗎？作為妻子，她的本分應是好好扶持他，與他同甘共苦，風雨同舟，而不是只知道向他索取感情。

只是他不曾想到，這些竟然逼死了沈寄柔。

那時候，有半年的時間，他都沒有再回王府。

想起往事，他突然沒了興致，把姜蕙抱下來，淡淡道：「妳妹妹的事情，不要擔心。」

剛才還與她親密，一轉眼又冷了，姜蕙有些奇怪，可他答應了，她還是很高興地送他出門。

很快就到了端午。姜蕙對鏡梳妝，沒有哪一日比這日還要來得精心，看著鏡中漂亮的自己，她想到一會兒要給穆戎送香囊，說不出的期盼，也不知他是什麼反應？

桂枝在她頭上插了一支垂珠釵，明晃晃的珍珠在她頰邊搖晃，襯得她的臉更加光潔。

「主子是要去殿下那兒？」她問。「不等殿下來嗎？」

姜蕙搖搖頭。「我去見他。」

往日裡，多數都是穆戎來，但今次她要送禮物，最好是自己過去。

桂枝點點頭。「希望主子順利。」語氣裡莫名有些傷懷。

可姜蕙沒發現，沈浸在幻想中的女子總是比較遲鈍。

她把香囊拿出來，放在袖子裡，就往穆戎那兒去了。

端午節，王府還是有節日的樣子，門上都貼了門神、插著艾草，下人們今日也穿上了新衣服，領到端午節的賞錢，面上都帶著笑容。

姜蕙一路進去，到了門口，看到穆戎正坐在那兒。

「進來吧。」他輕淡的聲音傳出來。

她走進去，一顆心怦怦直跳，平生沒有送東西給男人，這是第一回，她鼓起勇氣把香囊拿出來。「殿下，我做了好幾日呢，裡頭放著香草，送給您的。」

穆戎聽說有禮物，本是開懷，誰想卻見到一對鴛鴦。

他臉色一變，朝姜蕙看去。

她逆著光，一時都看不清楚容顏，他忽然想起那日端午，沈寄柔也是做了這樣一個香囊，就是繡著鴛鴦的。他聲音變得乾澀了一些，問道：「為何會繡了鴛鴦？」

怎麼還問呢？鴛鴦一瞧就明白。姜蕙紅著臉道：「當然是希望跟殿下——」

話未說完，就見桌上的香囊被他扔在地上。

他冷聲道：「出去，給本王滾出去！」

姜蕙嚇得怔在那裡。她看見他的臉色冰冷無情，滿是厭惡，隱隱還帶了血腥味。他第一次這樣對她，為什麼？就因為她繡了鴛鴦？因為她希望……

恍惚間，她明白過來，心好像被刀砍了一下，痛得難以承受，轉身跑了，背影好像一片雲，迅疾地消失在他視線裡。

他隱隱聽見哭聲，被風吹進來，縈繞在書房。

可是他沒有叫她回來。他坐在那兒，紋絲不動。

姜蕙直跑到院子裡才停下來，桂枝見到她，問道：「主子，怎麼了？」

她搖著頭，淚水被風一吹，乾在臉上，有些生疼。剛才她猝不及防，沒忍住哭，然而現在，她已經哭不出來了。這幾年，受過的苦難道還不夠多嗎？她什麼沒有遇到過，只是因他一些疼愛生了非分之想，想著與他做對鴛鴦，真正可笑！

她如今不過是個奴婢，雖然並不把自己當成奴婢，卻是鐵一樣的事實。

所以，他眼中滿是厭惡，嘲笑她的不自知。

她在椅子上慢慢坐下來，把首飾一支支拔了，叫桂枝打水來，把臉洗了。

桂枝被她的舉動弄得有些不知所措。

分明是她在穆戎那兒受到譴責，若是尋常姑娘，定然會趴著大哭一場，但她沒有，她表現得很冷靜，教人有點難以想像，畢竟她跟穆戎那麼好了。

「主子。」桂枝想著得說點什麼。「是不是殿下不喜歡香囊啊？」

「是。」她竟然還笑了起來，嘴角微微挑著，帶著無限風情。
桂枝為了這笑，有些心疼。
她不得已才害了姜蕙，不然，她是挺喜歡這姑娘的。
桂枝微微低下頭，柔聲勸道：「不喜歡便罷了，主子下回再繡些別的，莫往心裡去。」
姜蕙淡淡道：「我憑什麼往心裡去呢？」她對桂枝道：「有些餓了，妳去膳房要些吃的。」
這個時候，居然還有胃口？桂枝吃驚，但也與外面的小丫頭說了。
姜蕙吃完了，便去歇息。
桂枝其間去偷偷看過一眼，也不知她有沒有睡著，蜷在被子裡，原先高眺的身材，卻也變得那麼小，很是安靜。她嘆了口氣，輕聲走去了外面。
後來，她也沒有看過姜蕙哭，好像這件事並未發生過，她照樣吃睡，只是很少去書房了，也沒有主動見過穆戎。
當然，穆戎也沒有來。
這段時間，桂枝覺得她大概就要不得寵了，可是，也沒有聽到穆戎去見別的側室。
六月一過，慢慢入了秋，到了清晨，總見到滿地的落葉，四處都透著蕭瑟之感，天也好像變遠了，萬里無雲。
穆戎看著門口，靜悄悄的，連鳥雀的聲音都沒有。
他發了一會兒呆，與何遠道：「叫姜蕙過來。」
已經有一個多月，他沒有見到她了。聽說她好吃好睡的，並沒有他想像中的生氣，然而，她終是沒有來了。

何遠使人去叫。

穆戎忽然就有些坐不住，他站了起來。

過了一陣子，姜蕙才來。她穿著漂亮的裙衫，也細心裝扮過了，走到面前，光彩照人。

「奴婢見過殿下。」她的聲音也如往常一樣甜美，可穆戎仔細品來，卻總覺得有點不同。

他道：「過來。」

她離得有些遠，也不似以前，總是依在他身邊，甚是主動。

見她走來，他手往前一伸，摟住了她的腰肢，纖細如柳枝。他抱緊了她，放在自己腿上。

姜蕙微微笑了笑，卻是沈默無言。

她不知道與他再說什麼，既然要本分、要識趣，她是得知道分寸，一個奴婢比側室還不如，哪有膽子與他談笑風生呢？只在他要她的時候，她把自己交出來罷了。

她的笑還是很嫵媚，勾人魂魄。

穆戎盯著她的眼睛，問道：「近日都在做什麼？」

「還是跟以前一樣。」她道。「多數都在院子裡，偶爾出來走走。」

「喔？」他微微挑眉。「出來的時候，怎麼沒來見本王？」

姜蕙低下頭。「怕打攪殿下。」

她面色淡淡，看不出喜怒，不像以前，他抱起她，她自然地把腦袋靠在他肩膀上，有時兩隻手會摟住他的脖子，笑著時，眸中情絲纏綿。她現在雖然還是美，卻沒有以前那樣的感覺了。

他遲疑了片刻，問：「妳還在生氣？」聲音低低的，好像並不想讓她聽見。這話，原本是不該問出口的。他一個親王，呵斥她幾句又算得了什麼？原就是她不對，他對她太好了，讓她忘了本分。

姜蕙詫異。「殿下說什麼？生氣？」她笑了笑。「奴婢有何好生氣的？」

她竟然說得好像已經不記得那回事了，穆戎語塞。

抱著她，他一時也不知道說什麼，懷裡的身子是溫暖的，可不知為何，卻讓他生出一股冷意，好像抱著的是一塊寒冰。

他眉頭皺了皺，除去了她的衣服。

在書案上，他把她壓在身下，一次又一次的索取，她終於熱了，嬌喘地求饒，手腳都纏在他身上，他才放開她。

姜蕙被他弄得迷迷糊糊，渾身癱軟，哪裡還有力氣回去？他抱著她去了臥房，她睡得香濃時，整個人靠過來，依偎在他懷裡，這時他才有些歡喜。

可姜蕙卻不再作這個夢了。

她已經清醒地明白，彼此身分的差距。

所以多數時候，她都是規規矩矩的，不會再像以前那樣貿然去牽他的手，不會突然去見他，不會與他說些忘了身分的話。

然而，他一點興致也沒減，比原先還要熱烈些，有時候一天數次，她出來時，腿都軟了。

這事也教桂枝驚訝，怎麼她還能得寵呢？

「可見殿下是真疼愛主子。」桂枝道。「主子不知道，那兩個側室都要氣瘋了，本來天天花枝招展的想得殿下青睞呢，可殿下還是只見主子，主子不能放過這個機會。」

姜蕙沒說話。

機會？尋死的機會還差不多，她反正再不會給他做什麼香囊了，她如今只求他能尋到妹妹。想到這個，她把首飾盒打開來看了看。雖然才一年多，可是竟然有那麼多貴重的首飾。

她又問桂枝。「我現在有多少銀子啊？」

「主子月錢有十兩，如今存了三十多兩，有一些拿去賞人了，還有點菜用了些。」

「喔，以後省著點用。」姜蕙心想，得好好存錢了，以後給自己贖身。只可惜那些首飾都是他賞的，恐是不能賣掉，她暗地裡嘆口氣。

就是不知道他肯不肯？不過等上幾年，她再不是年輕小姑娘了，他也沒有什麼不捨得的。

她蓋上盒子，那些璀璨的首飾在眼前消失了。

這日，她在庭院裡曬太陽，深秋的太陽照得人暖烘烘，昏昏欲睡，突然她聽到一陣琴音，好像仙樂一般。她睜開眼睛，忍不住好奇這是誰。在她印象裡，玲瓏軒王琴師的琴藝已經是出神入化，這人的竟也不差。

她走出去，桂枝跟在身後。

隨著琴音，她不知不覺就走到王府的園子裡。她已經很久不來了，此時秋天，唯有各色菊花盛開，爭相鬥豔。

她遠遠看見有位姑娘坐在亭中撫琴，穿著月白色的裙衫，飄然若仙。

是她！姜蕙想起來了，自己曾見過她，就在那日穆戎醉酒親吻她的時候。

她是誰？

她走上前去，然而，就在將將要到亭子時，她猛然發現穆戎竟然也在，只是被那姑娘的身影擋住了。他就坐在右側方，穿著一身紫袍，金線織就的雲紋閃著粼粼的光，他好像被這光暈罩住了，教人看不真切那絕世的容顏。

她腳步停了下來，心裡忽地升起酸澀。

原想走開，誰料那姑娘手一頓，琴聲停下來，只聽到她優美的聲音。「見到便是緣分，還請莫走。」

姜蕙倒不好真的走了。

那姑娘笑著問穆戎。「殿下，這是不是你從潭州帶回來的姑娘？」

穆戎點點頭。

「她叫什麼？」

「姜蕙。」

「喔，阿蕙。」那姑娘向她招手。

姜蕙走過去。

她道：「我叫衛鈴蘭，妳可會彈琴？」

姜蕙看清了她的樣子，她清麗脫俗、舉止優雅，十足的大家閨秀，她忽然想起柳氏說的，這大概是穆戎的青梅竹馬吧？她微微笑了笑。也是，只有這樣的姑娘，才配做他的妻子。

「我不會。」她搖搖頭。「我不曾學過。」

就是學過，此時此刻，她是不想彈的。

她朝穆戎行一禮。「剛才打攪了殿下雅興，奴婢告辭。」

她轉身走了。

衛鈴蘭眉頭挑了挑，嘴角露出些許笑意。一早聽說穆戎寵愛她，那日在園子裡摟住她親吻，恰好讓自己看見。她當時難以相信，因為穆戎的冷性子，從不對女人熱情，便是當年的沈寄柔，還不是一樣無法得到他的心？

不過今日看來，兩人的關係已經不好了。

她收斂了喜意，回頭看向穆戎。他並不看自己，目光追隨著姜蕙，一直到了遠處。

那不是她所熟悉的人，在那瞬間，她好像看到他眸中的情感。

衛鈴蘭心頭一冷。

這時，穆戎突然站了起來，快步往前走去。

番外之四

「殿下！」衛鈴蘭忍不住叫住他。

穆戎淡淡道：「妳回去吧，本王還有事。」

衛鈴蘭聽了，大為惱怒。

二人也算是從小認識的，她這回來衡陽還不是為了他？可他一點也沒有放在心上，如今為了個奴婢，把她一個人拋在這兒。

衛鈴蘭咬了咬牙，出於自尊心，終究沒有跟上去，拂袖走了。

姜蕙沿著青石路，腳步並不快，只是沒想到穆戎會突然出現在眼前。高大的身影擋住了光，在她臉上投下濃重的陰影。

姜蕙吃了一驚，她的眼眸微微睜大，好像在問：你怎麼會在這兒？他剛才明明跟衛鈴蘭在一起啊，還是她先走的。

穆戎道：「妳要回去？」

姜蕙嗯了一聲。「原先也是有些睏，聽到琴音才出來的。」

穆戎道：「本王許久不去妳那兒了，走吧。」

姜蕙眉頭擰了起來。他如今與她又沒有什麼話好說，去她院裡做什麼呢？雖說服侍他乃是本分，可她現在卻不太想。她問道：「府中來客，殿下不去陪著嗎？」

看來並不希望他去她那兒。穆戎臉色沈了沈，他疾步追上來，她竟然拒絕？便為了那一個香囊，她當真是說不得了？

穆戎是聰明人，姜蕙在那件事之後反應如此不同，自然猜到了原因。

起先總想著時間久了，早晚她會恢復，然而沒有，她的心好像突然就不在自己身上了，哪怕他寵愛她，只要她一個，但不在歡愛的時候，她就有些不冷不熱的，細細想來，像是敷衍。

穆戎越想越是惱火，扣住她胳膊道：「走！」

姜蕙幾乎是一路被他拽著回去。

他腳步大，她跟不上，好幾次差點摔了。他沒有耐心，索性一把將她抱起來，路上也不知道引來多少目光。

姜蕙低聲道：「殿下這樣，恐怕對您名聲不好。」

堂堂一個親王，光天化日之下抱著奴婢行走，傳出去，是有些不好聽。

穆戎道：「妳給我閉嘴！」

也許是這段時日，他對她的忍耐終於到了極點，他說完，低頭壓在她的唇上，重重吮吸了幾口，道：「在本王府裡，本王想做什麼就做什麼。」

姜蕙驚得渾身一抖，下意識就把手摟在他脖子上。

看見他眸中的火焰，她直覺他會把自己扔下去。

原本是無事，可地上那麼硬，說不定會摔斷腰。

她整個人蜷縮了起來，顯得有些無力，卻突然依戀他，緊緊抱著他，穆戎的火氣好像一下子又消了點。他問：「妳還在生氣嗎？」

「嗯？」姜蕙一時沒反應過來。

「妳還在生氣嗎？」他盯著她的眼睛。

姜蕙本能地搖了搖頭。

他冷笑一聲。「不生氣了，為何對本王如此？」

姜蕙不明白，眸中有幾分迷茫。

她如今這樣，可不正好合了他的意？原先是她不對，依她的身分，本就不該對他有期望，別說什麼兩情相悅這種天真的想法了。

所以，他為何惱怒？他到底想自己怎麼樣？

姜蕙垂下眼簾。「奴婢有什麼做錯的地方，還請殿下指正。」

他身子一僵，終究說不出話來。

他是在氣她對自己不如從前，可這話，他怎麼說得出口？是自己扔了那香囊，讓她哭著逃開，是自己要她明白自己的身分。

忽然間，他不知道怎麼處理他們之間的關係了。

走到屋裡，他把她放下來。她下來的時候，手緩緩鬆開，他脖頸間一涼。

「要不，」他道。「要不……」

姜蕙抬眸看他。

他沒法說完。即使抬了她做側室，又能如何呢？他仍是要娶妻子的，不可能讓她做王妃，也不可能讓她與自己做一對形影不離的鴛鴦。

想到這裡，他的心口竟然一痛。

他轉身走了。姜蕙看著他的背影，那抹紫色離自己越來越遠，卻沒有多少悲傷。

她這些年的遭遇，早讓她習慣了痛苦，如今碰到他也讓她明白，她對感情不該有多大奢求。

秋去冬來，穆戎又要入京了。他是皇上最疼愛的兒子，故而幾乎每年過年，他都要回去京都。但這次，他居然要帶姜蕙一起去。

她多少有些驚訝，問桂枝。「妳沒有聽錯？」

桂枝道：「沒有，殿下就是這麼吩咐的，還讓奴婢多帶些衣服呢，說京都冷。」

那麼遙遠的路途，來回兩個月，殿下居然還要帶著她，可見有多寵愛。偏生她好像沒有察覺，在她嘴裡，再也聽不見她提起穆戎了。

這兩人的事，桂枝還真有些難以了解，但反正對姜蕙，穆戎是比對沈寄柔好多了，經歷過香囊一事，還能對她那麼有耐心。

桂枝有些發愁。她欠了那人天大的人情，到底怎麼還呢？

過了幾日，他們就上路了。

因為遠，得坐馬車，姜蕙穿著狐裘出來，剛剛要踏上馬車，何遠過來道：「殿下吩咐，讓妳去坐那兒。」

跟他一輛馬車？姜蕙心裡咯噔一聲，一點也不想去。兩個人不說話，難道不尷尬嗎？可也不能不去。

當她踏上馬車時，感覺到一股暖意。他坐的車果然豪華多了，腳下鋪著厚厚的毛氈，角落裡還放著一個炭盆，銀絲炭一點煙都沒有，但有些味道，故而車窗開了一半。

她行了一禮，坐在旁邊。

穆戎看她一眼，淡淡道：「坐那麼遠做什麼？」

不管如何，她還是他妾侍。

姜蕙只得挪過來一點，他便沒有再說話。

馬車疾馳著，有些顛簸，幸好有軟墊，也不是很疼，不過久了，她還是有些吃不消。見她微微動了好幾次，他把她抱在自己腿上。「這樣是不是好一點？」

姜蕙臉有些紅。「就怕壓到殿下。」

他微微笑了笑。「無妨，妳也不重。」

說話的時候，他把她耳邊一綹長髮別在耳後，見到小巧的耳朵，還摸了一下。

姜蕙耳朵就有點燙。

二人都不知道親熱過多少回了，她哪些地方敏感，他自然一清二楚。穆戎湊過去親了親，把她耳垂含在嘴裡。她身子猛地一顫，輕聲道：「殿下，您饒了我。」

她帶了些嬌嗔，穆戎停了下來。

「妳還沒去過京都吧？」他問。

她點點頭。「太遠了，奴婢家在鄠縣。」

「鄠縣，本王不曾去過，到底是什麼樣子？」

想起家鄉，姜蕙聲音都溫柔了一些。「很是漂亮，有點像江南水鄉，河流特別多，一到夏天，兩邊的蘆葦都長起來，藏了好些野鴨子，那時候，打魚的人也多。」

美好的記憶也像長河，緩緩流過。

可到後來，她就哽咽了，無法再說下去。

穆戎知道她家裡遭逢大難，聽何遠說是被周王謀反案牽連，過去了這麼些年，如今要再查起來，憑他的身分並不合適。

他伸手擁緊她，她這回聽話地依偎在他懷裡。

也許是回不到過去了，可現在，也還不錯，只要她留在自己身邊就好。

這段時間，二人的關係稍稍有了些修補，姜蕙的話多了些，但還是很有分寸。

眼看入了京城，她透過車窗往外看，像是看到一個新世界，比鄠縣不知道熱鬧多少，比宋州也是。她笑道：「要是能出去玩玩就好了。」

自言自語，也沒有同他說，可聽得出來，她很嚮往。

穆戎心想，等到空閒時，帶她出去玩一次也沒什麼大不了的。

但是他也沒有說。

馬車一直到宮門才停下，姜蕙與他下了馬車。她是不能坐轎子的，只能隨著宮人走過去。路上，宮人就有些奇怪她的身分，說是奴婢，可看穿著一點也不像，裙衫用料很講究，首飾也華貴，聽說還是跟穆戎坐一輛車過來的，莫非是什麼寵妾？可也沒有膽子問。

穆戎的人，他們誰也不敢得罪。

姜蕙被領到一處院子裡暫時歇息，宮人道：「有什麼要的，儘管出來說。」

姜蕙點點頭，她這會兒也有些累，坐著歇息。

桂枝覺得冷，叫那些宮人燃了炭火。

眼見她們一點也不耽擱，桂枝心知都是看在穆戎的面子，不然像姜蕙這樣的身分，她們是不屑的；論起來，姜蕙比她們還不如。

「主子餓不餓？」桂枝問。

姜蕙道：「一會兒再吃。」

桂枝應了聲，拿起榻上的薄被給她蓋上，將將要出去，只見一個人迎面進來，她面色微微一變，躬身道：「衛二姑娘。」

姜蕙吃驚，沒想到在這兒也能見到她。

她從榻上下來見禮，衛鈴蘭微微一笑。「舟車勞頓，我打攪妳了吧？」

姜蕙不喜歡她，但也不至於當面給臉色，只是淡淡道：「也歇了會兒，不知衛姑娘來有何要事？」

她身上並沒有卑微之態，也不知道是不是穆戎待她太好了，她不像個奴婢，這樣看著自己，好像與自己竟是同一類人。

衛鈴蘭暗地裡極為惱火，別說姜蕙，就是宮中妃嬪見到她，都有幾分客氣謙卑，她算什麼東西？

她嘴角微微一牽，坐下來道：「聽說妳來京都了，咱們總有一面之緣，故而來看看。」

姜蕙笑了笑。「多謝衛姑娘這份心了。」

那回從柳氏口中得知，衛鈴蘭乃天之驕女，不只家世好，還是皇太后的表外孫女兒，依她這樣的身分親自來看，難道不奇怪？

她當然懷疑，可她仍沒有多餘的話。說得越多就越錯。

屋內也是寂靜了會兒，衛鈴蘭看著姜蕙，忽地微微一笑，道：「我看我得說說三表哥了，妳這樣漂亮，怎麼也該抬了做側室的。」

姜蕙眉頭挑了起來。

要是以往，她興許會傷心，穆戎喜歡她，卻不給她抬高身分，然而現在她明白了，他根本也不是真心，不過把她當個玩意兒，要什麼身分呢？她隨時可以伺候他就夠了，所以衛鈴蘭這句話，如今對她來說並沒有什麼殺傷力。

她看向衛鈴蘭。「衛姑娘人可真好，不過側室什麼的又有多少區別，端看殿下的寵愛了。」

女人與女人，尤其是衛鈴蘭這樣的人與她，除了為了男人，還能有什麼？

她雖然不再為穆戎神傷，但衛鈴蘭不安好心，她也不想讓她舒服。

果然衛鈴蘭的臉色變了變，目光好像毒蛇一樣地咬住她。

她站起來道：「妳說得沒錯，可見殿下的眼光還是好的，只是做奴婢到底委屈了妳，這奴婢啊，不得主人心思時，轉頭就是被打死的命呢！」

衛鈴蘭心道：穆戎這樣的人，難道還能一輩子喜歡妳一個？他為了皇位，早晚也得娶自己，就是再美，身世擺在那裡，都是被人踩在腳下的泥，又得意什麼？衛家可是最好的助力。

姜蕙面無表情，淡淡道：「衛姑娘要走了？」

「我正要去拜見姨祖母。」她道，有些得意。

面子上總得有些禮數，姜蕙送她出去。

眼見她走遠了，她問門外的宮人。「衛姑娘常入宮嗎？」

宮人道：「年幼時常來的，皇太后娘娘很喜歡她，這兩年長大了，便不太來了。」

原來如此。看宮人提起她面色很是柔和，姜蕙笑了笑，道：「這衛姑娘我也不熟，她人好嗎？」

「當然，衛姑娘乃京都閨秀的楷模，才貌雙全不說，蕙質蘭心，還很樂於助人。」宮人滿口讚語。

姜蕙點點頭，走了進去。

許是因新年就要到了，穆戎忙於應酬，一直未曾見她，不過她早已習慣這樣的日子，一個人住在這兒也能過得去。

直到新年後，他才有消息。

她到的時候，他正露著光裸的左胳膊。

「過來給本王搽藥。」他看到她，微微一笑，像是冬日裡放晴的陽光。

姜蕙有些吃驚。「殿下受傷了？」

「嗯。」他垂下眼眸，掩蓋住陰鬱。「昨日去狩獵，不小心傷了。」

她忙走過去，只見傷口確實不大，比起他胸口的那個傷疤，小得不能再小了，她微微鬆了口氣。

他嘴角挑了挑。剛才還是露出了幾分關心。

「聽說殿下還打過仗的，怎麼打獵還會受傷？」她拿起案上的藥膏，用食指取了一點，往傷口上一搽。

感覺很清涼，他道：「大意了。」

是大意了，第一次被毒箭射到，差點在宮裡丟了命；這一次也是差點，要不是何遠臨危射出暗器打中他的馬，讓牠崴了腳，那枝箭便要穿透他的後背。

姜蕙自然不知，等她塗完藥，就被他摟在了懷裡。

兩個人正親熱呢，聽說太子來了，姜蕙嚇一跳，想要下來，結果他竟然死死抱著她，不讓她動。太子來了，她還坐在他腿上，羞得滿臉通紅，頭低了下去。

太子一早聽說穆戎帶了個妾室回京都，聽說長得國色天香，他看一眼，只見到她雪白的肌膚，也沒有細看，畢竟今日是來探望穆戎的。

「三弟的傷怎麼樣了？」他關切地詢問。

穆戎笑了笑。「小傷，無事。」這才放開姜蕙，她連忙避去裡間。

「皇兄來得正巧，不如與我痛飲一杯？」他道：「過年時，只一心應付旁的，咱們好像還未喝過吧？」

太子有些猶豫，穆戎已經叫人上酒來。

門大開著，裡面還藏著他的女人，太子終於把酒杯拿了起來，這一喝下去，卻不知道自己已經走上了黃泉路。

姜蕙聽到咚一聲，偷偷瞧去，看到太子倒在地上，嘴角流出血來。

她驚得差點叫出聲，一把捂住了自己的嘴。

穆戎朝她看過來，拿帕子擦了擦手，扔在太子的臉上。她眼眸微微睜大，忍不住往後退了幾步。

他走進來。

她低下頭，有些透不過氣。

為何他會毒死自己的親哥哥？她如今親眼目睹了，會不會也殺了她滅口？念頭一閃而過，她輕聲道：「殿下，您沒事吧？」

表現得頗是鎮定，是個聰明人。穆戎伸手撫一下她的頭髮。「本王無事，妳先回去。」

她應一聲，走了出去。

宮中一片混亂，但這些都與她無關。她住在那院子裡，直到一個多月後，穆戎才帶她回了衡陽。

可能因為毒死了自己哥哥，所以他比往常更沈默了，甚至還打算去山西討伐北元，她知道的時候，他已經要走了。

臨行時，他過來與她作別。

「回來時，得要明年了。」他看著她。「妳會不會想本王？」

姜蕙低頭撫弄衣角。「自然，希望殿下能凱旋歸來。」

穆戎眼眸瞇了瞇，把她下頜抬起來。「妳再說一遍。」

陽光下，他的黑眸深邃又明亮，映照出她的影子，她面上微微一熱，輕聲道：「我會思念殿下的。」

再如何，她都不曾想過要他死。

穆戎神色柔和了一些，低頭在她唇上親了親。「等本王回來。」

番外之五

他這一去就是半年，打贏了北元軍，皇上大喜，宣他回京封賞，他在京都又住了一個多月。回衡陽的路上，已經是第二年。

何遠恭賀穆戎。「屬下聽聞，皇上已經吩咐禮部，等過了清明，一入夏就要立殿下為太子。」

這是早就料到的事情，穆戎並不驚訝。在他毒死穆炎的那天，也沒有多少期盼了。

他面色淡淡，看著遠方，在這一刻想起的卻是姜蕙。

「走吧。」他翻身上馬。

衡陽王府一直沒有得到消息，因為穆戎不曾使人去通報，故而他突然回來，教姜蕙有些驚慌，這大半年來，她很適應沒有主子的府邸了。

可是他出現在自己的院子裡，看起來風塵僕僕，她怔了片刻，才上前見禮。

穆戎瞧她一眼，她渾身上下都沒來得及打扮，露出原本天然的麗色，像他在行軍途中驚鴻一瞥，路邊盛開的野花，遺世獨立，卻有著絕代的風華。

他伸手把她摟進懷裡，沒有說一句話就低下了頭。

在山野孤寂的日子，他總是想起她。這些年，他並沒有多少歡快的日子，那些女人，不管是沈寄柔、他的側室，還是偶爾遇到的女子，都不曾教他心動，教他放不開。

唯有她，好像慢慢走入了他的心。

這一刻，他用力地吻住她，採擷她的甜美。

在她身上，他總能得到滿足。

久旱逢甘霖，兩人纏綿許久，姜蕙躺在他懷裡，瞧著胸口、腿上的吻痕，心想軍中莫非沒有女人？簡直跟頭餓狼似的，她都被他弄疼了，差點讓她想起第一次，還好他還知道放慢一點。

見她要起來去洗浴，穆戎拉住她不給走。「再躺會兒。」

他手臂摟著她的腰，姜蕙沒法子，只得不動了。

「妳這幾個月都在做什麼？」他問。

姜蕙道：「沒什麼不一樣的，吃了睡，睡了吃。」

他笑起來。「胡說，沒見妳胖。」

她也笑了笑。氣氛輕鬆時，她還是會打趣。她問道：「殿下都做些什麼呢？打仗很辛苦吧？」

「還好，有幾位將軍協助，算不得什麼。」他鼻尖聞到她身上淡淡的香味，忽然覺得疲乏，語氣也緩了下來。「等過段時間，妳隨本王搬去京都。」

「去京都？」她驚訝。

「嗯。」他沒有解釋，轉眸看著她，心裡想著，那一日他被立為太子，該求父皇封她做什麼好，太子婕妤？還是太子嬪？

姜蕙自然不知。她對宮裡的事情不了解，也不想關心，她一直只有兩個願望，一個是尋到妹妹，一個是贖身。

看他心情不錯，她想了想，輕聲問道：「殿下，奴婢有件事想問問你。」

「妳說。」

「之前奴婢求殿下替奴婢找妹妹，不知殿下可找到？」算起來，這都有一、兩年了。

穆戎輕撫她的手頓了頓，半晌道：「還不曾，妳再等等吧。」

「一點線索也沒有？」她失望，也起了疑心，怎麼說，他都是親王啊。

「是。」穆戎聲音更輕了一些。

其實根據探查之人的回稟，她的妹妹多半是死了，然而，他卻不想這樣說出來。她的家人都不在了，唯有一個妹妹，看得出來，她人生的希望有一部分寄託在妹妹身上，這答案對她來說太殘忍。

當然，總有一日，他仍要告訴她。但不是今日。

他說完這個字，起身穿衣去了外面。

姜蕙看著他的背影，抿了抿嘴。他好像又不高興了？就因為自己問起妹妹，煩勞了他這個親王嗎？

以後她再也不會問了，人活在這世上，能依靠的，只有自己。

等穆戎走了，她開始點算這段時間存的銀子。

什麼跟他去京都，她才不想去呢！

桂枝見著了，奇怪地問道：「主子是要買什麼東西嗎？」

「不是。」姜蕙搖搖頭。

桂枝眼睛一轉。「剛剛奴婢出去，聽人說，這回殿下還去了京都，皇太后已經決定讓殿下娶衛姑娘了。」

她的手頓了下來，但很快又笑了笑。「這不是挺好的？」

見她的反應如此奇特，桂枝更是驚訝。她難道一點也不嫉妒？

「我打算贖身。」姜蕙問桂枝。「王府的奴婢可以贖身的吧？」

桂枝眼睛都瞪圓了。「主子、主子要贖身？」

如今太子死了，穆戎很快就要取代他的位置，將來也是一國之君，依姜蕙現在這麼得寵，一開始封個婕妤定是穩妥，以後指不定還能做寵妃呢！可她竟然要贖身？

但桂枝卻實實在在地鬆了口氣。假使姜蕙贖了身，就離開王府了，不會對衛鈴蘭造成任何威脅，這是好事。

她道：「自然可以，不過得殿下同意，就怕殿下會不捨得。」

姜蕙聽了也有些擔心了，因為今日穆戎索取的架勢，好像不曾厭倦，該不會真不肯放她走吧？

她思來想去，最近與穆戎的相處比起往前更融洽了一些。

兩個人關係不好，他自然不會同意；關係好了，興許會憐惜她，放她一條生路？

只是這段時間，衛鈴蘭常來府中，總是當著穆戎的面是一套，當著她的面又是一套，教她噁心透頂，就是穆戎這樣的人，她都覺得衛鈴蘭配不上。

有日在他面前提起時，她忍不住也帶了些情緒。「衛姑娘看起來挺不喜歡我，可背地裡好像又對人說我好。」

穆戎聽了好笑。這是在吃味了？

「衛姑娘怎麼樣，本王清楚。」他道。「妳這麼聰明，總不至於中了旁人的挑撥之計。」以為是那兩個側室所為。

姜蕙看他不信，對他又多了一分失望。幸好自己決定贖身，不然到時候衛鈴蘭嫁給他，還不知道自己要怎麼死呢！

這日，她自以為差不多的時候，服侍好穆戎，醞釀了一番，說道：「奴婢想求殿下給奴婢一個恩典。」

剛才她柔情款款，穆戎身陷其中，不知今夕何夕，只當她終於不再生氣，願意敞開心扉，二人能回到當初了，故而面色也很柔和，輕撫她頭髮道：「要什麼恩典，本王都答應妳。」

那麼溫柔，笑著看她，一雙黑眸好像星辰一樣閃耀，假使他自始至終都如現在這般待她，她是不捨得離開的。

可他親手打碎了她的夢，丟失的東西又如何尋得回呢？

姜蕙從床上下來，躬身道：「奴婢想給自己贖身。」

聲音清晰地在耳邊迴蕩，穆戎卻好像沒聽明白，眉頭微微挑了挑，道：「妳說什麼？」

「當初殿下從玲瓏軒救了奴婢，奴婢心存感激。」除去穆戎待她沒有真心，其他一切尚好，至少她不曾提心吊膽過，也不曾被旁人欺負，要是她的心放寬些，興許能這麼熬下去，可她不願。

「如今奴婢想求個自由身，請殿下看在奴婢這兩年多服侍殿下的分上，能成全奴婢。」她跪下來，很是認真。

穆戎耳邊卻嗡嗡作響。

她竟然要走？什麼時候，她生出了這個心？

他勉強按捺下來，問道：「妳要本王還妳賣身契，妳打算去哪兒？」

姜蕙聽他這麼問，心裡一喜。或許他肯答應？她斟酌言詞道：「奴婢想尋個地方，安安靜靜過日子。」

話剛剛說完，只聽房中砰的一聲巨響，床前高几上的白瓷花瓶落在地上，裂成無數碎片。

她抬起頭，看見穆戎眸中一片冰冷，臉色也不由得白了。

穆戎盯著她，覺得心口好像被塞了東西，說不出的煩躁，很想把她也同那花瓶一樣，撕成碎片。

過安安靜靜的日子？她在王府不能過嗎？他難道待她還不好？除了在那日責罵過她，他又做了什麼對不起她的事情？她要這麼急著離開他！

原來，她心裡根本就不曾喜歡過自己！喜歡的話，又豈會要走呢？

他馬上就要做太子了，原本想著要給她一分榮光，或許等到將來他站得更高，她也能伴隨自己……這麼想著，他快馬加鞭從京都回來。

可是，她就是這麼對自己的！

一瞬間，他竟然有些透不過氣。

「我不會答應，妳退下！」他厲聲喝道。

他難得發脾氣，難得聲音那麼大，姜蕙還不願走，輕聲道：「殿下，奴婢只有這一個請求，您不能答應嗎？王府那麼多人，您也不在乎少一個奴婢啊！」

口口聲聲奴婢，難道還在意她的身分？穆戎嘴角扯了扯。是，她雖然是奴婢，可他待她早就超過任何女人了，她就那麼在乎身分？他在她眼裡，或許還不比她一個身分重要吧？

那一刻，他當真想放她走了，走得遠遠的，彼此再不相見。

可是話到嘴邊，他仍沒有捨得。

他淡淡道：「妳退下，既然知道是奴婢，便該知道什麼時候不該多嘴。」

姜蕙眸中閃過一絲怨懟。她求到這分兒上，為何他還不肯？

她咬著牙，站起來走了。

回到院子裡，桂枝問：「殿下可曾答應？」

姜蕙嘆口氣，搖搖頭。

桂枝心道：與她猜的一樣，只怕是不肯的。

穆戎寵愛她，誰都一眼就能看出，不然衛鈴蘭也不會怕她將來威脅到自己，唯獨姜蕙沒有放在心裡，只想要離開王府。

桂枝道：「殿下不肯便罷了。」

是啊，又能如何呢？難道自己還能逃走不成？

這念頭一閃而過，姜蕙眼睛突然一亮。

怎麼就不能逃走？她絕不能束手就擒，一輩子在這兒做個奴婢！

對於逃跑，她還是有心得的，加之一直服侍穆戎，也了解該怎麼應付，等到一切部署好之後，這日，她終於從王府離開了。

然而她沒有想到，還是被穆戎得知了。

她雇的牛車將將出城沒多久，他就追了上來。

看著那熟悉的容顏出現在面前，穆戎的肺都差點氣炸！

他不准，她居然私自逃走？她就那麼想離開他？

捫心自問，他恨不得把她掐死，可他按捺了下來。在她面前，他總是變得有些奇怪，明明不該發脾氣的卻偏要發，該發的，卻又忍住。

就像現在，她偷了權杖，不管如何都是大罪，可他竟然沒想著要懲罰她，只想快些把她帶回去。

然而，姜蕙卻不肯。她從包袱裡拿出一物，道：「十方圖在我這兒，今日殿下需得放了我走！」

十方圖乃一幅要緊的軍事地圖，是他派人花費四年方才繪製完成，不曾想到她竟然以此作為威脅，忍不住喝道：「把圖交出來！」

姜蕙冷笑。「把賣身契拿來，放我走！」

少見的堅持，一絲也不肯退讓，原來她是這樣的女人，他可小瞧她了。

他揮手命人舉起弓箭道：「小心我取妳性命。」

為了離開自己，她可願意捨命？穆戎盯著她燦若桃李的臉，假使她願意，他便放她走吧，教她去天涯海角，做個自由自在的人，從此相忘於江湖——

是的，相忘於江湖。

自從姜蕙說要贖身，想要離開他，他每每想起，不由自主地陷入一種難以言說的抑鬱。

這是從來不曾有過的，那感覺牽制著他，教他不得舒服。

哪怕後來她躺在他懷裡，近在咫尺，他也無法再像以前那樣投入地享受她給的滋味，好像從此摻雜了什麼，自己也分辨不清。

也許，正該如她希望的，放她走，再不相見，他很快就能忘了她，也就能擺脫這種左右自己的情緒。

耳邊只聽姜蕙道：「殺了我，你也取不到地圖。我死了，這地圖就會傳到別國去。」

她挑著眉，明眸閃著狡黠的光，胸有成竹，傍晚璀璨的霞光在身後簇擁，教她整個人徐徐生光，恍若從天上降臨。

他以前從沒有見過這樣的她，尖銳似刀劍，一往直前。

現在想起來，他可能對她真的算不上了解，也不知她在自己身邊，再待幾年，又會是什麼樣子？

一邊想著放她走，一邊卻又留戀，他如此果斷的人，為了她，卻是反反覆覆。

可又如何呢？她一心想走，想要離開他。

穆戎忽然有幾分迷茫，自己究竟是怎麼了？

然而，就在這時，他看見姜蕙臉色一變，眸子睜大了，好像發現了什麼。

他下意識地往前走去。

可來不及了，她連一句話都無法再說，仰面就倒了下去，像是傍晚消失的落日，天地暗了下來。

他立在她身邊。她一動不動，一抹血從花瓣似的嘴唇裡流出來，映襯得一張臉更是白如美玉。

何遠見狀，連忙奔到姜蕙身邊，蹲下來摸了摸她的脈搏，一片平靜。

她死了，中了極為劇烈的毒藥，頃刻斃命。

何遠有些不忍，輕聲道：「殿下，她已經走了，還請殿下節哀。」

語聲隨著風飄入耳中，一字一字，殘酷無情。

就在剛才，她還想要脅自己，滿是活力，現在，何遠竟然告訴他，她已經死了，再也不能說話，再也不能動了……

那瞬間，他無法思考，只覺得心臟在胸口劇烈地跳動著，因為跳得太快，帶來了難以承受的疼痛，好像那顆心一邊跳一邊脹大，像要撕裂開他的胸膛，從裡面擠出來……

好一會兒，他才能動，蹲下來，伸手撫在她的眼睛上。

她的眼睛仍然睜著，看著高遠的藍天，那兒有她嚮往的自由。

他忽然想起初見時，她坐在官道上狼狽的樣子，那雙眼睛也像是被水洗過，清澈透明，閃耀著動人的光澤，教他難以忘懷。

那時候，他還沒有娶妻呢，假使那時，他就把她帶回家，今日又會是什麼光景？

他嘆息一聲，把她眼睛合上，抱起她，回到馬車上。

四周一片寂靜，他也沒有下令，只與她那麼坐著。

何遠立在馬車外，忽聽他的聲音傳來。「你回王府去查一查。」

何遠應一聲，翻身上馬。

也不知過了多久，她的身體慢慢冷了、僵硬了，月光從車窗透進來，溫柔地輕撫在她的臉頰上。

要是往常，她興許會高興地說，今日月亮好圓啊！可現在，她沈默著，原本紅潤的嘴唇失去了顏色，然而依舊那麼動人，像是在沈睡。

穆戎一點一點恢復了正常，吩咐車夫往前而去。

何遠回到王府時，直闖姜蕙住的小院，只是還沒進入，就聽守門的婆子說，桂枝懸梁自盡了。

原來是她下的毒，可原因呢？

他下令把所有人等都抓了起來。

穆戎帶著姜蕙回來，閉門不見人，何遠為儘快查個水落石出，請了周知恭，直等到第二日才見到穆戎，何遠忙道：「還請殿下再等幾日。」

他偷瞧穆戎一眼，見他臉色發青，憔悴難當，便知是一夜未睡。

誰想到穆戎卻道：「你留在這兒繼續查，本王要去鄠縣一趟。」

何遠吃了一驚。

穆戎沒有解釋，又回了房裡，稍後吩咐他準備大量冰塊。

他要帶姜蕙回家鄉。她一定很想念她的家人，如今他能為她做的不多，只教他們團圓吧！

那日之後，除了何遠，在所有人眼裡，他突然就在衡陽消失了。

再次出現的時候，已經隔了三個月，看起來與平常沒什麼兩樣。

何遠上前道：「殿下，您總算回來了，皇上前兩日又使人過來，屬下只能說您去遊山玩水，不知歸期。皇上已經下令等殿下一回來便搬去京都，要封殿下為太子了。」

穆戎點點頭，面上並沒有什麼喜色。

「殿下，還有些文書需要您審閱，都在書房呢。」何遠提醒。

穆戎便往書房去了。

好像更沈默了一些，何遠心道：這兒離鄠縣一來一去至多兩個月，也不知那一個月他都在做什麼？只是他也不敢問。

穆戎走到書房坐下，果然看見一疊文書，何遠忙過去給他磨墨，有些需要蓋印，他就把書案上的寶盒打開來。

寶盒尋常都是放置印章的，誰想到，卻露出一枚香囊，紫色的料子上繡著一對鴛鴦，活靈活現，相依相偎。

何遠愣住了，好像意識到什麼，連忙放下盒蓋，往後退了幾步。

那日她興高采烈地過來，說要送他禮物，而他見到香囊大發雷霆，扔在地上，只是等她走後，他仍是不捨得，撿了起來，與印章放在一處。

如今，這是她留給自己唯一的禮物吧？

穆戎把香囊拿在手裡，柔軟的綢緞上好似還帶著她的體溫，那瞬間，好像又看到她走進來。

要是那日，他看清楚她的樣子，歡喜地收下，該多好？便是他答應她，與她做一對鴛鴦，又能如何？為何當初自己不明白，如今明白，終是晚了！

他心頭一陣刺痛，想起那一個月，坐在她墳頭，陰陽兩隔，他再說什麼，她也聽不見，他再是喜歡她，她也不會知道……

眼淚終於忍不住，決堤般地落下來。

男兒有淚不輕彈，何況是他，何遠見到此情此景，驚駭莫名，才知他動了真心。

可惜姜蕙已經死了。

等到了京都的時候，已經是九月，皇上向來疼愛他，當即就封了他為太子，與此同時，皇太后也想雙喜臨門，讓穆戎與衛鈴蘭成親。

誰想到他一反常態，當眾拒絕，誓死不娶。

皇上沒有相逼，皇太后不滿，可終究也沒有辦法，倒是衛鈴蘭淪為笑柄，因京都眾人一早都知道這門親事，結果到頭來，太子嫌棄她，哪怕違抗皇太后也不肯娶她。

她向來清高，背地裡也遭人嫉妒，一時難以承受，躲去外祖家，住了大半年才回來，可是出了這等事，一直無人問津，沒有嫁出去。

兩年之後，皇上駕崩，穆戎登基。

而這時，終於有人肯娶她了，但衛鈴蘭的心裡一直藏著一根刺。

因為穆戎到現在都沒有娶妻，經過大選後，宮裡也有數十妃嬪，卻沒有立誰為皇后，假使當年她能嫁給他，一早就是皇后了吧？母儀天下，無上的尊貴！

她每日想起，就有說不出的怨恨。

然而，現在她這樣子、這年紀，能嫁到如此丈夫也算不錯，她雖然遺憾，可也無可奈何。

只是沒想到，花轎將將出了家門，也不知哪兒來的馬車橫衝直撞，一下就把轎子撞倒，她從花轎裡滾下來，還來不及逃，那馬兒如瘋了一般，揚起前蹄朝她面上直踩下來。

恍惚中，她好像看到馬上之人身穿緋衣，絕色的容顏，卻是姜蕙。

她來報仇了……

那是衛鈴蘭最後的想法，下一刻，她的腦袋就被踩得粉粹。

鮮血流淌在衛家大門口，喜事變成了喪事。

穆戎手裡拿著酒盅微微搖晃，聽何遠稟告此事。

衛鈴蘭死了，衛家大亂。

他把酒一口飲下，心裡並沒有多少快意。

身邊的張良媛偎過來。「皇上，您可要注意身體呢。」

穆戎朝她看一眼，黑眸深如海，奪人心魄。「給朕倒酒。」

張良媛臉上一紅，拿起酒壺，也不知怎麼回事，她的手抖了抖，酒潑出一些，滴在他腰間掛的香囊上。她嚇得花容失色，連忙放下酒壺，跪下來求饒，像是害怕，卻做出了最漂亮的姿態，楚楚可憐。

穆戎輕聲一笑。「妳是不是覺得朕寵妳，便不會責罰妳了？」

張良媛年輕漂亮，是比較得寵，她心裡想著，假使自己污了這香囊，穆戎沒有責怪，這就夠她在其他妃嬪面前炫耀的了。

因為誰都知道，他把香囊當作寶，旁人不能碰，那麼她碰得了，自然在穆戎心裡的地位就不一樣，故而見他看穿了自己的想法，嚇得連忙告罪。

「拉去靜琪閣。」他低頭喝酒，再不看她。

那是被打入冷宮了！

張良媛如今才知道後悔，大聲求饒，可兩隻手被人抓著，很快就拖出了乾清宮的殿門。

穆戎嘴角露出一絲嘲諷的笑。不過令她們生幾個孩子，好讓自己有後，一個個卻得寸進尺，難道她們不知道，這都是妄想嗎？

他一連喝了好幾盅酒，到了龍床上，已經昏昏沈沈，他自個兒解了腰帶，把香囊摘下來握在手裡。

有時候喝醉酒，他能見到她，仍像當初一樣，她依偎著自己，牽著自己的手，在林間散步。

有時候，她會抱著自己躺在床上，用教人聽一下就心醉的聲音與他閒話家常。

有時候，她動情的時候，會殿下殿下地喊，叫他饒了她。

「阿惠，朕錯了……」他喃喃自語。假使那天他追上去，與她道歉，他們兩個就能歡歡喜喜了吧？

依他九五之尊，就是封她做皇后誰又能如何呢？誰也攔不住他。

阿惠，要是妳能出現在朕面前，朕就封妳做皇后。

他握緊香囊，蓋好被子，安安靜靜地等著。

這樣日復一日地等待。

哪怕他心裡知道，這是一個虛幻的夢。

番外之六

承平七年。

將將立夏，園中綠意盎然，阿元抱著妹妹阿寶走入坤寧宮的內殿，見母后還守在床前。

阿寶正要張口叫人，阿元一把捂住她的嘴。「別大聲，父皇病著呢。」

阿寶一雙黑葡萄似的眸子眨了眨，點點頭，阿元把手放下來。

穆戎三個月前親征北元，雖是凱旋而歸，手臂卻受了傷，他又不肯在山西久留，帶傷回京。到了宮裡與妻兒見面，剛過了一晚，早上起來整個人滾燙如炭火，適才姜蕙已請太醫看過。

「母后，」阿元走過來，輕聲道。「父皇還未醒？」

「太醫說要等會兒的。」姜蕙生怕驚擾到穆戎，走到外面才道：「沒有大礙，只是需要多多休息。」

阿元鬆了口氣，聽起來父皇病得不重。「那孩兒跟母后一起等著。」

「你有這孝心就夠了，真在這兒也是無事可做，還是帶阿寶出去走走。」姜蕙撫一撫兒子的腦袋。「你們父皇醒了，我自會使人去說。」

阿元今年七歲，阿寶才三歲，作為哥哥，對妹妹很是愛護，平常除了聽課學習，便喜歡照顧妹妹，姜蕙知道兒子懂事，也從來不操心。

阿元應了一聲。

「聽哥哥的話，知道嗎？」姜蕙又叮囑阿寶。

阿元沈穩早熟，阿寶卻十分好動，要是留這個女兒在房裡，指不定就能把穆戎吵醒過來。

阿元抱著妹妹出去，到了門口，把她放下來，二人手拉手走遠了。

姜蕙又坐回去，半邊身子靠在床頭，眼眸半合著。

她昨日也沒有睡好。說起來穆戎這病，有一大半得怪他自己，途中已經勞累，還受了傷，到了宮中就該多休養幾日，結果非得與她纏綿，一隻手就教她使不出力來，到頭來還不是害了自己嗎？

幸好不嚴重，可是太醫剛才問話時，提起這個，她都忍不住臉紅。因為在別人眼裡，興許覺得是她不明事理，皇上都這樣了，她還不知道收斂，天地良心，其實她是沒力氣阻止。

她越想越生氣，忍不住輕聲道：「你看你可是活該，我一早說了，叫你睡覺，等過幾日，你偏像個急色鬼！」

也不知穆戎是不是聽見了，竟然眼皮子動了動。

她伸手去摸他額頭，已經沒有原先那麼燙了，可見太醫的藥開得好，立竿見影。

就在她要把手縮回來的時候，只聽他喃喃道：「阿蕙，妳別走。」深情中帶著幾分惶急，姜蕙怔了怔，他的手已經覆蓋上來，緊緊握住了她的。

「皇上，您醒了？」她驚喜。

穆戎睜開眼睛。竹青色的幔帳映入眼簾，很是陌生。自從他登基之後，幔帳皆是明黃，他又不在任何妃嬪的殿中過夜。

這是哪兒？記憶慢慢回到腦中，他想起來，自從姜蕙死後，已經過了十年，那天重臣們跪了一地，哭聲淹沒乾清宮，他駕崩了！

「皇上？」看他面色瞬變，姜蕙又輕喚一句。

穆戎把目光移到她臉上，剎那間，竟是渾身一震。

眼前的女人與姜蕙生得一般無二，美豔無雙，他失聲道：「阿蕙？」

姜蕙皺起眉頭。難道還在糊塗，怎麼看見她，好像見到鬼一樣？她微微偏頭。「皇上，是不是哪裡仍不舒服——」

話未說完，就見穆戎猛地把她抱在懷裡，那麼緊，她都透不過氣來。

「皇上。」她越發覺得奇怪，輕聲問道：「怎麼了？」

雖然他才從山西回來，見到她也是一樣擁她入懷，可不像現在，他的懷抱教她莫名覺得陌生。

好像真的怕她走了一樣。

可穆戎再如何寵她，沒碰別的女人，卻不曾有過這樣的情緒。

柔軟的身體貼著自己的胸膛，仍像往昔一樣，不過身上的香味好像有些不同。穆戎抱了會兒，在腦中回想，才發現剛才看到的姜蕙，像是添了些成熟之美，既有少女的嬌媚，也有婦人的風韻。

他心中一凜，轉瞬間，這具身體的記憶如潮水一般湧來，在短暫的混亂中，他慢慢明白了是怎麼回事。

只是想起她說的那些預示，他不免起了疑心，手臂鬆了鬆，垂眸看她。「阿蕙，妳還記得妳偷了十方圖嗎？」

姜蕙的身子頃刻間僵住了，難以動彈。

他怎麼知道？這事她誰也不曾說過，她只與穆戎提過夢裡自己家破人亡、淪為奴婢。

「皇上，您在說什麼？」她抬起頭，無法掩飾震驚。

她知道！原來真是她，她沒死——不，她死了，來到了這兒。

穆戎大喜過望，一時也不知該怎麼反應，也許這是老天垂憐，在他死後，讓自己能重新見到她。

他低下頭親吻她的唇，好像一隻猛獸，她心裡突突地跳，不知為何，突然想起他上輩子在園子裡親她，醉酒時的樣子。

他們雖是同一個人，可上輩子、這輩子，不管是親吻還是歡愛，卻是不太一樣的，有些細小的差別，她難以忘懷。

第一次喜歡上的人帶給她刻骨銘心的傷痛，所以即便這一世，他對她好，她也不能忘掉那些事情。

記憶那麼深刻，以至於她一開始如此排斥他，一點也不想嫁給他……她腦中一片混亂，今日的他是怎麼了？

「阿蕙。」他終於放開她，歡喜地道：「阿蕙，原來妳在這兒。」

姜蕙一動不動，耳邊嗡嗡作響，嘴唇好像麻木了，半晌才遲疑地道：「殿下？」

「是。」穆戎輕撫她的臉。「是本王。」

她死前，他尚未封為太子，在她記憶裡，自然還是衡陽王。

姜蕙險些昏厥，不敢相信。

「阿蕙。」他伸手握住她的肩膀。「我也不知怎麼回事，讓我能見到妳……」他說著，腦袋突地一陣發脹，好像有東西要把他擠出去。他意識到了什麼，急促地道：「也許我很快就要消失，阿蕙，我喜歡妳，那香囊我沒有扔掉，妳看……」他想說自己還掛在腰間呢，可現在的他只穿著裡衣。

他道：「那時我不知，傷了妳的心，我怕自己重蹈覆轍，也怕妳像我原先的妻子那樣，阿蕙，妳明白嗎？」

即便他再是柔情密意，眸中總藏著一些冷漠，不像這輩子的穆戎這樣直接，喜歡她便是喜歡她，沒有多少猶豫。

姜蕙如今自是相信了，一時只覺胸腔裡脹得發痛，往日情景歷歷在目，她忍不住哭起來，質問道：「怎麼是你？你把他怎麼了？」

她眸中滿是焦急，穆戎一怔，隨之而來卻是滿心的苦澀。她現在喜歡的已經不是他了，而是另外一個他。

他向她表白，她卻只顧著問那個人。

「他好好的，想必我走了，他就能出來。」他握住她的手。「阿蕙，我知道妳心裡恨我，當初也確實是我不對，是我對不住妳。」只想把自己要說的話一股腦兒地傾訴。

姜蕙聽說穆戎沒事，當下冷靜了一些，才能思考他說的那些話，一時百感交集，也不知該怎麼回應，半晌迸出一句。「原來你是個傻子。」

她的眉眼仍如當初，不管何時總帶著少見的嬌媚與風情。穆戎把她摟在懷裡。「我確實是個傻子，沒有留住妳，不像他那麼幸運。」

這輩子，那人娶了她，代替了自己，他既嫉妒又欣慰。

姜蕙看他抱著自己，卻是不樂。「你是你，不是他，不要碰我！」

穆戎不放手。「我不管這些，一個時辰也好，一刻也好，我就要抱著妳。妳死後，我心裡想著妳，一輩子不曾娶誰為妻，我還在乎妳是誰的妻子？妳大不了叫人，看誰理妳。」

姜蕙氣得笑了，可聽到這番話，終究是高興的。

「你總算有些良心。」她道。

穆戎嘴角牽了牽。良心什麼的他不知道，只是這痛不欲生的感覺，著實教他難以承受，雖然擁有天下，卻實在無趣。

那時，他才真正明白，有她在身邊，才是圓滿；沒有她，總是殘缺。

他頭低下來，啄了一下她的唇。「要是我能不走就好了。」

姜蕙臉色一變。「那可不行，你想害死他？」

「那妳是希望我死嗎？」穆戎挑眉問。

姜蕙竟不能立刻回答。

那半分的猶豫，穆戎也滿足了。他的手環著她的腰。「妳放心，這原是他的軀殼，我也不能久留。」

她幽幽一嘆。「原本你也不該留這兒，你在那兒不也是皇帝嗎？」

他已經死了。

他卻不想告訴她，怕她為自己傷心，他笑一笑，道：「是，朕也是九五之尊。」他在她耳邊低語。「所以，今日能見到妳，朕了了心願，再無牽掛，回去好好治國。」

「你之前不曾好好治國嗎？」她轉眸看他。

他有些慚愧，無奈道：「因為想妳，總是喝醉酒，有時候去早朝也胡言亂語，聽說得了醉帝的稱號。」幸好也不甚嚴重，至少他離開的時候，越國仍是太平。

姜蕙心裡酸澀，要是當初二人說開，興許也能像現在。可惜，時光再也回不去……她偷偷擦了下眼睛，柔聲道：「我如今很好，你回去了，也好好的，不用掛念我，娶個皇后，生兒育女。」

他差點落下淚，勉強笑道：「把阿元、阿寶叫來。」他想看一眼他與她生的孩子。

姜蕙使人去叫。

兩個孩子聽說父親醒了，歡喜地過來探望。兒子像他，眉眼清俊；女兒像她，嬌美可愛。若是那時他願意讓她生個孩子，定也會這樣的，可自己卻因她的身分，耽擱了。

他伸出手抱了抱兩個孩子，兩個孩子親暱地喊著父皇。

姜蕙見他們說了一陣子，讓兩個孩子先出去。

穆戎靠在床頭，有些疲倦，感覺自己要睡著了。

他讓她靠在自己胸口，感受著她獨有的溫暖，他喃喃道：「阿蕙，這輩子我只喜歡過妳一個……」

有些像夢囈，聲音輕得恍若雨絲飄落，姜蕙鼻子一酸。她感覺他要走了，輕聲道：「我也只喜歡過你一個……不，兩個你。」

「如今還喜歡嗎？」他有些祈求。

「嗯。」她點點頭。

她不曾喜歡過別人，不管是上輩子還是這輩子，喜歡就是喜歡，雖然她一直對他有怨，然而，如今已經沒有了。

他嘴角挑了起來，柔聲道：「謝謝妳，阿蕙。」

他閉上了眼睛，再無遺憾。

殿內靜悄悄的，姜蕙感覺到自己的心臟一陣狂跳，慢慢地，才又安穩下來。

好一會兒，穆戎睜開眼睛，看到她躺在自己懷裡，愉快地笑起來。「一直守著朕呢？」

她眼角有些濕潤。「是，就怕皇上不醒了。」

看起來竟是那麼害怕，穆戎坐起來，把她抱緊了。「怎麼了？不過是小病，許是勞累了，妳這麼擔心做甚？」

「倒是……」他猶豫了會兒，想了想，還是沒有說。

剛才好像作了一個夢，有什麼占據了他的身體，他感覺自己醒不過來，再也見不到她，見不到兒女，他用力掙扎，方才擺脫。
幸好一睜眼就看到她，讓他滿腹安心。
「阿蕙，下回打仗朕也帶著妳去。」他道。「這樣就算受傷了，也不用急著回來。」
要不是想念她，他不會披星戴月、風塵僕僕，也就不會病著了。
姜蕙皺起眉頭。「皇上怎麼烏鴉嘴呢！下回定然不會受傷的。再說，我也不願皇上再去打仗，那麼凶險，打死我也不准了。」
她抱住他胳膊。當時聽說他受傷，她不知道多擔心，幸好是輕傷，可這種事難說。
「皇上答應我，不要再親征了，好嗎？」她搖著他胳膊。
看她好像要賴似的，穆戎噗哧一聲。「這是阿寶常做的，妳怎麼也學上了？」
「那我是還不如阿寶了？」她噘起嘴，眸中閃過一絲傷心。
還跟女兒吃醋，穆戎忍俊不禁，可是心早就軟了。這次他離家三個多月，才知道相思苦，之前一天幾天的算什麼？三個月簡直就像三年。
一等打完仗，他歸心似箭，才發現，自己真的把她當成習慣了，離不了她，想念她的溫柔，想念她的嫵媚，想念她好像孩子一樣地撒嬌。
所以，還親征什麼呢？
「往後再不去了，反正有賀大將軍坐鎮，那些蠻夷不敢招惹。有時間，朕帶妳去……」江南去過了，平夏也去過了，還去哪裡呢？
姜蕙道：「去衡陽吧，皇上。」

穆戎有些意外。

「皇上也住過幾年的，我想去看看。」她伸手摟住他脖子。「好不好？就住在衡陽王府。」

那是他年少時的一個家，他遠離京都，一個人來此開府，在那裡，有孤獨的時光，也有過憧憬，那時候，金嬤嬤總提起府裡何時多個衡陽王妃呢！幸好，後來他認識了她。

他笑道：「好，衡陽也算繁華，到時候咱們打扮成庶民，一塊兒出去玩玩。」

這種事，他們做過不止一次。

姜蕙一迭連聲地道好，看她那樣興奮，笑顏如花，剎那間，他心頭閃過一個念頭，也不知為何，帶著萬般的欣慰。

像是人世間，他想得到的，也不過是這一刻。

他對她，她對他，不負相思。

——全篇完

萬物齊漲！
這年頭兒日子不好過，求生存不容易啊！
東方不敗有了葵花寶典，成了武林不敗，
姊妹們，想掙錢、理家、財庫年年有餘，
還想嫁個好人家，成就女人不敗，
就不可少了這部「持家寶典」，
保妳活得生氣盎然，心滿意足！

年年有魚

全套五冊

小小女子為自己掙得一片天，掙得深情體貼好夫君……
熟讀此持家寶典，愛自己過好日，永遠不嫌晚啊!!

妙趣橫生的種田文／玖藍／祝你持家不敗

活了二十八歲，無父無母的她，向來自立自強，
憑著比別人努力，終於當上業務主管，
一場車禍意外，她竟成了年僅七歲的農家小女孩兒，杜小魚。
而且投身在古代，還是一窮二白、窮到不行的農家……
然而，她愛這個重生，因為她從此有了「家」、及疼她的家人。
雖說既來之則安之，但她發現，原來小農女真不是那麼好當的！
地少要買田，沒肉吃要開源，看病看不起要自個兒學醫，
除了種大米外，她還得尋找合適的經濟作物，
總之，純靠天吃飯絕不靠譜！
爹娘及大姊沒有生意頭腦，二哥聰明卻整日忙著讀書，
這杜家啊，看來只得靠她才有指望了……
所以，她農書不離手，種田高手絕不放過，
她相信，只要努力，日子總能越過越好，一切都取決於態度！
眼前較難的倒是，要她「裝小」、裝笨點兒，
防著被家人看出她的「判若兩人」……

流浪貓狗介紹所

為流浪貓狗加油 和貓寶貝 狗寶貝

廝守終生(一定要終生喔！)的幸福機會

對人來說，貓寶貝狗寶貝只是生活的一部分，
但妳（你）對牠們來說，卻是生活的全部，領養前請一定要考慮清楚——

▲ 帥氣又友善的Jimmy

性　　別：男孩

品　　種：混種

年　　紀：1歲多

個　　性：親人、親狗、親貓、親小孩，愛撒嬌，非常友善

健康狀況：已施打預防針，有一隻腳在流浪時受過傷，
　　　　　但不影響跑、跳與作息

目前住所：台北市北投區

本期資料來源：台灣認養地圖http://www.meetpets.org.tw/content/62422

『Jimmy』的故事：

Jimmy是來自於板橋收容所的孩子，2015年4月被前任主人認養出去，但前任主人採取放養的方式，所以Jimmy不見了主人也沒找回。後來9月愛媽在北投區山上餵食浪浪時發現了Jimmy，當時牠看起來非常狼狽、無助，而且也餓到沒有力氣走動，虛弱地躺在山腳邊，甚至有一隻腳還受傷了！

愛媽急忙帶下山、掃了晶片，經過一番周折，終於聯絡到前任主人。但是前任主人遲遲不願出面接回Jimmy，甚至表示不想再繼續飼養牠了。

後來，志工主動與前任主人接洽，請求前任主人轉讓飼養資格，由志工繼續幫Jimmy尋找下一個愛牠的主人。

經過幾個月的調養，Jimmy終於恢復了原來的健康，心情也開朗許多，對小朋友非常友善，喜歡向人撒嬌，也喜歡跟其他動物一起玩耍～～甚至可以跟貓咪和平相處呢！

你願意給遭受遺棄卻依然乖巧、信任人類的Jimmy一個永遠幸福的家嗎？有意認養者請來信carolliao3@hotmail.com（Carol 咪寶麻），主旨註明「我想認養Jimmy」，感謝大家。

認養資格：

1. 認養者須年滿25歲，有獨立經濟能力，並獲得家人、同住室友或房東的同意。
2. 認養前須填寫問卷，評估是否適合認養。
3. 須同意簽認養寵物切結書。
4. 同意送養人日後之追蹤探訪，對待Jimmy不離不棄。

來信請說明：

a. 個人基本資料：姓名、性別、年齡、家庭狀況、職業與經濟來源等。
b. 想認養Jimmy的理由。
c. 過去養寵物的經驗，及簡介一下您的飼養環境。
d. 若未來有當兵、結婚、懷孕、畢業、出國或搬家等計劃，將如何安置Jimmy？

文創風 380

不負相思 3 完

國家圖書館出版品預行編目資料

不負相思 / 藍嵐著. --
初版. -- 臺北市 : 狗屋, 2016.02
冊 ; 公分. --（文創風）
ISBN 978-986-328-553-3（第3冊：平裝）. --

857.7　　104027290

著作者　藍嵐
編輯　張蕙芸
校對　黃薇霓　周貝桂
發行所　狗屋出版社有限公司
地址　台北市104中山區龍江路71巷15號1樓
電話　02-2776-5889～0
發行字號　局版台業字845號
法律顧問　蕭雄淋律師
總經銷　知遠文化事業有限公司
電話　02-2664-8800
初版　2016年2月
國際書碼　ISBN-13　978-986-328-553-3
原著書名　《重生宠后》，由北京晉江原創網絡科技有限公司授權出版

定價250元
狗屋劃撥帳號：19001626
網址：love.doghouse.com.tw　E-mail：love@doghouse.com.tw